張愛玲

華麗緣

散文集一

一九四〇年代

主編的話

在文學的長河裡，張愛玲的文字是璀璨的金沙，歷經歲月的淘洗而越發耀眼，而張愛玲的身影也在無數讀者心中留下無可取代的印記。

為紀念張愛玲百歲誕辰及逝世二十五週年，「張愛玲典藏」特別重新改版，此次以張愛玲親筆手繪插圖及手寫字重新設計封面，期盼能帶給讀者全新的感受，並增加收藏的意義。

「張愛玲典藏」根據文類和作品發表年代編纂而成，包括張愛玲各時期的長篇小說、短篇小說、散文和譯作等，共十八冊，其中散文集《惘然記》、《對照記》本次改版並將增訂收錄近年新發掘出土的文章。

一樣的悸動，一樣的懷想，就讓我們透過全新面貌的「張愛玲典藏」，珍藏心底最永恆的文學傳奇。

目錄

天才夢

我是一個古怪的女孩，從小被目為天才，除了發展我的天才外別無生存的目標。然而，當童年的狂想逐漸褪色的時候，我發現我除了天才的夢之外一無所有——所有的只是天才的乖僻缺點。世人原諒瓦格涅的疎狂，可是他們不會原諒我。

加上一點美國式的宣傳，也許我會被譽為神童。我三歲時能背誦唐詩。我還記得搖搖擺擺地立在一個滿清遺老的籐椅前朗吟「商女不知亡國恨，隔江猶唱後庭花」，眼看著他的淚珠滾下來。七歲時我寫了第一部小說，一個家庭悲劇。遇到筆劃複雜的字，我常常跑去問廚子怎樣寫。第二部小說是關於一個失戀自殺的女郎。我母親批評說：如果她要自殺，她決不會從上海乘火車到西湖去自溺。可是我因為西湖詩意的背景，終於固執地保存了這一點。

我僅有的課外讀物是西遊記與少量的童話，但我的思想並不為它們所束縛。八歲那年，我嘗試過一篇類似烏托邦的小說，題名快樂村。快樂村人是一好戰的高原民族，因克服苗人有功，蒙中國皇帝特許，免徵賦稅，並予自治權。所以快樂村是一個與外界隔絕的大家庭，自耕自織，保存著部落時代的活潑文化。

我特地將半打練習簿縫在一起，預期一本洋洋大作，然而不久我就對這偉大的題材失去了興趣。現在我仍舊保存著我所繪的插畫多幀，介紹這種理想社會的服務，建築，室內裝修，包括圖書館，「演武廳」，巧格力店，屋頂花園。公共餐室是荷花池裏一座涼亭。我不記得那裏有沒有電影院與社會主義——雖然缺少這兩樣文明產物，他們似乎也過得很好。

九歲時，我躊躇著不知道應當選擇音樂或美術作我終身的事業。看了一張描寫窮困的畫家的影片後，我哭了一場，決定做一個鋼琴家，在富麗堂皇的音樂廳裏演奏。

對於色彩，音符，字眼，我極為敏感。當我彈奏鋼琴時，我想像那八個音符有不同的個性，穿戴了鮮艷的衣帽攜手舞蹈。我學寫文章，愛用色彩濃厚，音韻鏗鏘的字眼，如「珠灰」，「黃昏」，「婉妙」，「splendour」，「melancholy」，因此常犯了堆砌的毛病。直到現在，我仍然愛看聊齋誌異與俗氣的巴黎時裝報告，便是為了這種有吸引力的字眼。

在學校裏我得到自由發展。我的自信心日益堅強，直到我十六歲時，我母親從法國回來，將她睽隔多年的女兒研究了一下。

「我懊悔從前小心看護你的傷寒症，」她告訴我，「我寧願看你死，不願看你活著使你自己處處受痛苦。」

我發現我不會削蘋果。經過艱苦的努力我才學會補襪子。我怕上理髮店，怕見客，怕給裁縫試衣裳。許多人嘗試教我織絨線，可是沒有一個成功。在一間房裏住了兩年，問我電鈴在哪兒我還茫然。我天天乘黃包車上醫院去打針，接連三個月，仍然不認識那條路。總而言之，在現實的社會裏，我等於一個廢物。

我母親給我兩年的時間學習適應環境。她教我煮飯；用肥皂粉洗衣；練習行路的姿勢；看人的眼色；點燈後記得拉上窗簾；照鏡子研究面部神態；如果沒有幽默天才，千萬別說笑話。

在待人接物的常識方面，我顯露驚人的愚笨。我的兩年計畫是一個失敗的試驗。除了使我的思想失去均衡外，我母親的沉痛警告沒有給我任何的影響。

生活的藝術，有一部份我不是不能領略。我懂得怎麼看「七月巧雲」，聽蘇格蘭兵吹bagpipe，享受微風中的籐椅，吃鹽水花生，欣賞雨夜的霓虹燈，從雙層公共汽車上伸出手摘樹巔的綠葉。在沒有人與人交接的場合，我充滿了生命的歡悅。可是我一天不能克服這種咬嚙性的小煩惱，生命是一襲華美的袍，爬滿了蝨子。

一九三九年

・初載於一九四〇年八月上海《西風》第四十八期。

到底是上海人

一年前回上海來，對於久違了的上海人的第一個印象是白與胖。在香港，廣東人十有八九是黝黑瘦小的，印度人還要黑，馬來人還要瘦。看慣了他們，上海人顯得個個肥白如瓠，像代乳粉的廣告。

第二個印象是上海人之「通」。香港的大眾文學可以用膾炙人口的公共汽車站牌「如要停車，乃可在此」為代表。上海就不然了。初到上海，我時常由心裏驚嘆出來：「到底是上海人！」

我去買肥皂，聽見一個小學徒向他的同伴解釋：「喏，就是『張勳』的『勳』，『功勳』的『勳』，不是『薰風』的『薰』。」新聞報上登過一家百貨公司的開幕廣告，用駢散並行的陽湖派體裁寫出切實動人的文字，關於選擇禮品不當的危險，結論是：「友情所繫，詎不大哉！」似乎是諷刺，然而完全是真話，並沒有誇大性。

上海人之「通」並不限於文理清順，世故練達。到處我們可以找到真正的性靈文字。去年的小報上有一首打油詩，作者是誰我已經忘了，可是那首詩我永遠忘不了。兩個女伶請作者吃了飯，於是他就作詩了：「樽前相對兩頭牌，張女雲姑一樣佳。塞飽肚皮連讚道：難覓任使踏穿鞋！」多麼可愛的，曲折的自我諷嘲！這裏面有無可奈何，有容忍與放任——由疲乏而產生的放任，看不起人，也不大看得起自己，然而對於人與己依舊保留著親切感。更明顯地表示那種態度的有一副對聯，是我在電車上看見的，用指甲在車窗的黑漆上刮出字來：「公婆有理，男女平權。」一向是「公說公有理，婆說婆有理，」由他們去罷！各有各的理。男女平等，鬧了這些年。平等就平等罷！——又是由疲乏而起的放任。那種滿臉油汗的笑，是標準中國幽默的特徵。

上海人是傳統的中國人加上近代高壓生活的磨練。新舊文化種種畸形產物的交流，結果也許是不甚健康的，但是這裏有一種奇異的智慧。

誰都說上海人壞，可是壞得有分寸。上海人會奉承，會趨炎附勢，會混水裏摸魚，然而，因為他們有處世藝術，他們演得不過火。關於「壞」，別的我不知道，只知道一切的小說都離不了壞人。好人愛聽壞人的故事，壞人可不愛聽好人的故事。因此我寫的故事裏沒有一個主角是個「完人」。只有一個女孩子可以說是合乎理想的，善良、慈悲、正大，但是，如果她不是長得美的話，只怕她有三分討人厭。美雖美，也許讀者們還是要向她叱道：回到童話裏去！在《白雪公主》與《玻璃鞋》裏，她有她的地盤。上海人不那麼幼稚。

我為上海人寫了一本香港傳奇，包括〈泥香屑〉、〈一爐香〉、〈二爐香〉、〈茉莉香片〉、〈心經〉、〈琉璃瓦〉、〈封鎖〉、〈傾城之戀〉八篇。寫它的時候，無時無刻不想到上海人，因為我是試著用上海人的觀點來察看香港的。只有上海人能夠懂得我的文不達意的地方。

我喜歡上海人，我希望上海人喜歡我的書。

・初載於一九四三年八月上海《雜誌》第十一卷第五期。

洋人看京戲及其他

用洋人看京戲的眼光來看看中國的一切，也不失為一樁有意味的事。頭上搭了竹竿，晾著小孩的開襠袴；櫃台上的玻璃缸中盛著「參鬚露酒」；這一家的擴音機裏唱著梅蘭芳；那一家的無線電裏賣著癩疥瘡藥；走到「太白遺風」的招牌底下打點料酒……這都是中國，紛紜，刺眼，神秘，滑稽。多數的年青人愛中國而不知道他們所愛的究竟是一些什麼東西。無條件的愛是可欽佩的——唯一的危險就是：遲早理想要撞著了現實，每每使他們倒抽一口涼氣，把心漸漸冷了。我們不幸生活於中國人之間，比不得華僑，可以一輩子安全地隔著適當的距離崇拜著神聖的祖國。那麼，索性看個仔細罷！用洋人看京戲的眼光來觀光一番罷。有了驚訝與眩異，才有明瞭，才有靠得住的愛。

為什麼我三句離不了京戲呢？因為我對於京戲是個感到濃厚興趣的外行。對於人生，誰都是個一知半解的外行罷？我單揀了京戲來說，就為了這適當的態度。

登台票過戲的內行仕女們，聽見說你喜歡京戲，總是微微一笑道：「這京戲東西，複雜得很呀。就連幾件行頭，那些個講究，就夠你研究一輩子。」可不是，演員穿錯了衣服，我也不懂；唱走了腔，我也不懂。我只知道坐在第一排看打武，欣賞那青羅戰袍，飄開來，露出紅裏子，玉色袴管裏露出玫瑰紫裏子，踢蹬得滿台灰塵飛揚；還有那慘烈緊張的一長串的拍板聲——用以代表更深夜靜，或是吃力的思索，或是猛省後的一身冷汗，沒有比這更好的音響效果了。

外行的意見是可珍貴的，要不然，為什麼美國的新聞記者訪問名人的時候總揀些不相干的題目來討論呢？譬如說，見了謀殺案的女主角，問她對於世界大局是否樂觀；見了拳擊冠軍，問他是否贊成莎士比亞的腳本改編時裝劇。當然是為了噱頭，讀者們哈哈笑了，想著：「我比他懂得多。名人原來也有不如人的地方！」一半卻也是因為門外漢的議論比較新鮮戇拙，不無可取之點。

然而為了避重就輕，還是先談談話劇裏的平劇罷。《秋海棠》一劇風魔了全上海，不能不歸功於故事裏京戲氣氛的濃。緊跟著《秋海棠》空前的成功，同時有五六齣話劇以平劇的穿插為號召。中國的寫實派新戲劇自從它的產生到如今，始終是站在平劇的對面的，可是第一齣深入民間的話劇之所以得人心，是借重了平劇——這現象委實使人吃驚。

為什麼京戲在中國是這樣地根深蒂固與普及，雖然它的藝術價值並不是毫無問題的？《秋海棠》裏最動人的一句話是京戲的唱詞，而京戲又是引用的鼓兒詞：「酒逢知己千杯少，話不投機半句多。」一爛熟的口頭禪，可是經落魄的秋海棠這麼一回味，憑空添上了無限的蒼涼感慨。中國人向來喜歡引經據典。美麗的，精警的斷句，兩千年前的老笑話，混在日常談吐裏自由使用著。這些看不見的纖維，組成了我們活生生的過去。傳統的本身增強了力量，因為它不停地被引用到的人，新的事物與局面上。但凡有一句適當的成語可用，中國人是不肯直截地說話的。而仔細想起來，幾乎每一種可能的情形都有一句合適的成語來相配。替人家寫篇序就是「佛頭著糞」，寫篇跋就是「狗尾續貂」。我國近年來流傳的雋語，百分之九十就是成語的巧妙的運用。無怪乎中國學生攻讀外國文的時候，人手一篇「俗諺集」，以為只要把那些斷句合文法地連綴起來，便是好文章了。

只有在中國，歷史仍於日常生活中維持活躍的演出。（歷史在這裏是籠統地代表著公眾的回憶。）假使我們從這個觀點去檢討我們的口頭禪，京戲和今日社會的關係也就帶著口頭禪的性質。

最流行的幾十齣京戲，每一齣都供給了我們一個沒有時間性質的，標準的形勢——丈人嫌貧愛富，子弟不上進，家族之愛與性愛的衝突……《得意緣》、《龍鳳呈祥》、《四郎探母》都可以歸入最後的例子，出力地證實了「女生外向」那句話。

《紅鬃烈馬》無微不至地描寫了男性的自私。薛平貴致力於他的事業十八年，泰然地將他的夫人擱在寒窰裏像冰箱裏的一尾魚。有這麼一天，他突然不放心起來，星夜趕回家去。她的一生的最美好的年光已經被貧窮與一個社會叛徒的寂寞給作踐完了，然而他以為團圓的快樂足夠抵償了以前的一切。他不給她設身處地想一想——他封了她做皇后，在代戰公主的領土裏做皇后！在一個年青的，當權的妾的手裏討生活！難怪她封了皇后之後十八天就死了——她沒這福分。可是薛平貴雖對女人不甚體諒，依舊被寫成一個好人。京戲的可愛就在這種渾樸含蓄處。

《玉堂春》代表中國流行著的無數的關於有德性的妓女的故事。良善的妓女是多數人的理想夫人。既然她仗著她的容貌來謀生，可見她一定是美的，美之外又加上了道德。現代的中國人放棄了許多積習相沿的理想，這卻是一個例外。不久以前有一張影片《香閨風雲》，為了節省廣告篇幅，報上除了片名之外，只有一行觸目的介紹：「貞烈嚮導女」。

《烏盆計》敘說一個被謀殺了的鬼魂被幽禁在一隻用作便桶的烏盆裏。西方人絕對不能了解，怎麼這種污穢可笑的，提也不能提的事竟與崇高的悲劇成分摻雜在一起——除非編戲的與看戲的全都屬於一個不懂幽默的民族。那是因為中國人對於生理作用向抱爽直態度，沒有什麼不健康的忌諱，所以烏盆裏的靈魂所受的苦難，中國人對之只有恐怖，沒有憎嫌與嘲訕。

「姐兒愛俏」每每過於「愛鈔」，於是花錢的大爺在《烏龍院》裏飽嘗了單戀的痛苦。劇作者以同情的筆觸勾畫了宋江——蓋世英雄，但是一樣地被女人鄙夷著，純粹因為他愛她而她不愛他。最可悲的便是他沒話找話說的那一段：

生：「手拿何物？」

旦：「你的帽子。」

生：「噯，分明是一隻鞋，怎麼是帽兒？」

旦：「知道你還問！」

逸出平劇範圍之外的有近於雜耍性質的《紡棉花》，流行的《新紡棉花》只是全劇中抽出的一幕。原來的故事敘的是因姦致殺的罪案，從這陰慘的題材裏我們抽出來這轟動一時的喜劇。中國人的幽默是無情的。

《新紡棉花》之叫座固然是為了時裝登台，同時也因為主角任意唱兩支南腔北調的時候，觀眾偶然也可以插嘴進來點戲，台上台下打成一片，愉快的，非正式的空氣近於學校裏的遊藝餘興。京戲的規矩重，難得這麼放縱一下，便招得舉國若狂。

中國人喜歡法律，也喜歡犯法。所謂犯法，倒不一定是殺人越貨，而是小小的越軌舉動，妙在無目的。路旁豎著「靠右走」的木牌，偏要走到左邊去。《紡棉花》的犯規就是一本這種精神，它並不是對於平劇的基本制度的反抗，只是把人所共仰的金科玉律佻㒓地輕輕推搡一下——這一類的反對其實即是承認。

中國人每每哄騙自己說他們是邪惡的——從這種假設中他們得到莫大的快樂。路上的行人追趕電車，車上很擁擠，他看情形它是不肯停了，便惡狠狠的叫著：「不准停！叫你別停，你敢停麼？」——它果然沒停。他笑了。

據說全世界惟有中國人罵起人來是有條有理，合邏輯的。英國人不信地獄之存在也還咒人：「下地獄」，又如他們最毒的一個字是「血淋淋的」，罵人「血淋淋的驢子」，除了說人傻，也沒有多大意義，不過取其音調激楚，聊以出氣罷了。中國人說：「你敢罵我？你不認識你爸爸？」暗示他與對方的母親有過交情，這便給予他精神上的滿足。

《紡棉花》成功了，因為它是迎合這種吃豆腐嗜好的第一齣戲。張三盤問他的妻，誰是她的戀人。她向觀眾指了一指，他便向台下作揖謝道：「我出門的時候，內人多蒙照顧。」於是觀眾深深感動了。

我們分析平劇的內容，也許會詫異，中國並不是尚武的國家，何以武戲佔絕對多數？單只根據三國志演義的那一串，為數就可觀了。最迅疾的變化是在戰場上，因此在戰爭中我們最容易看得出一個人的個性與處事的態度。楚霸王與馬謖的失敗都是淺顯的教訓，台下的看客，不拘是做官，做生意，做媳婦，都是這麼一回事罷了。

不知道人家看了《空城計》是否也像我似的只想掉眼淚。為老軍們絕對信仰著的諸葛亮是古今中外罕見的一個完人。在這裏，他已經將鬍子忙白了。拋下臥龍岡的自在生涯出來幹大事，為了「先帝爺」一點知己之恩的回憶，便捨命忘身地替阿斗爭天下，他也背地裏覺得不值得麼？鑼鼓喧天中，略有點淒寂的況味。

歷代傳下來的老戲給我們許多感情的公式。把我們實際生活裏複雜的情緒排入公式裏，許多細節不能不被剔去，然而結果還是令人滿意的。感情簡單化之後，比較更為堅強，確定，添上了幾千年的經驗的份量。個人與環境感到和諧，是最愉快的一件事。而所謂環境，一大部份倒是群眾的習慣。

京戲裏的世界既不是目前的中國，也不是古中國在它的過程中的任何一階段。它的美，它的狹小整潔的道德系統，都是離現實很遠的，然而它絕不是羅曼蒂克的逃避——從某一觀點引渡到另一觀點上，往往被誤認為逃避。切身的現實，因為距離太近的緣故，必得與另一個較明徹的現實聯繫起來方才看得清楚。

京戲裏的人物，不論有什麼心事，總是痛痛快快說出來；身邊沒有心腹，便說給觀眾聽，語言是不夠的，於是再加上動作，服裝，臉譜的色彩與圖案。連哭泣都有它的顯著的節拍——一串由大而小的聲音的珠子，圓整，光潔。因為這多方面的誇張的表白，看慣了京戲覺得什麼都不夠熱鬧。台上或許只有一兩個演員，但也能造成一種擁擠的印象。

擁擠是中國戲劇與中國生活裏的要素之一。中國人是在一大群人之間呱呱墜地的，也在一大群人之間死去——有如十七八世紀的法國君王。（《絕代艷后》瑪麗安東尼便在一間廣廳中生孩子，床旁只圍著一架屏風，屏風外擠滿了等候好消息的大臣與貴族。）中國人在哪裏也躲不了旁觀者。上層階級的女人，若是舊式的，住雖住在深閨裏，早上一起身便沒有關房門的權利。冬天，棉製的門簾擋住了風，但是門還是大開的，歡迎著闔家大小的調查。清天白日關著門，那是非常不名譽的事。即使在夜晚，門閂上了，只消將窗紙一舐，屋裏的情形也就一目了然。

婚姻與死亡更是公眾的事了。鬧房的甚至有藏在床底下的。病人「迴光返照」的時候，黑壓壓聚了一屋子人聽取臨終的遺言，中國的悲劇是熱鬧，喧囂，排場大的，自有它的理由；京戲裏的哀愁有著明朗，火熾的色彩。

就因為缺少私生活，中國人的個性裏有一點粗俗。「事無不可對人言」，說不得的便是為非作歹。中國人老是詫異，外國人喜歡守那麼些不必要的秘密。

不守秘密的結果，最幽微親切的感覺也得向那群不可少的旁觀者自衛地解釋一下。這養成了找尋藉口的習慣。自己對自己也愛用藉口來搪塞，因此中國人是不大明瞭他自己的為人的。群居生活影響到中國人的心理。中國人之間很少有真正怪癖的。脫略的高人嗜竹嗜酒，愛發酒瘋，或是有潔癖，或是不洗澡，講究捫蝨而談，然而這都是循規蹈矩的怪癖，不乏前例的。他們從人堆裏跳出來，又加入了另一個人堆。

到哪兒都脫不了規矩。規矩的繁重在舞台上可以說是登峰造極了。京戲裏規律化的優美的動作，洋人稱之為舞蹈，其實那就是一切禮儀的真髓。禮儀不一定有命意與作用，往往只是為行禮而行禮罷了。請安磕頭現在早經廢除。據說磕頭磕得好看，很要一番研究。我雖不會磕，但逢時遇節很願意磕兩個頭。一般的長輩總是嚷著：「鞠躬！鞠躬！」只有一次，我到祖姨家去，竟一路順風地接連磕了幾個頭，誰也沒攔我。晚近像他們這樣慣於磕頭的人家，業已少見。磕頭見禮這一類的小小的，不礙事的束縛，大約從前的人並不覺得它的可愛，現在將要失傳了，方才覺得可哀，但看學生們魚貫上台領取畢業文憑，便知道中國人大都不會鞠躬。

顧蘭君在《儂本癡情》裏和丈夫鬧決裂了，要離婚，臨行時伸出手來和他握別。他疑心她不貞，理也不理她。她悽然自去。這一幕，若在西方，固然是入情入理，動人心弦，但在中國，就不然了。西方的握手的習慣已有幾百年的歷史，因之握手成了自然的表現，近於下意識作用。中國人在應酬場中也學會了握手，但在生離死別的一剎那，動了真感情的時候，絕想不到用握手作永訣的表示。在這種情形之下，握手固屬不當，也不能拜辭，也不能萬福或鞠躬。現代的中國是無禮可言的，除了在戲台上。京戲的象徵派表現技術極為徹底，具有初民的風格，奇怪的就是，平劇在中國開始風行的時候，華夏的文明早已過了它的成熟期。粗鄙的民間產物怎麼能夠得到清朝末葉儒雅風流的統治階級的器重呢？紐約人聽信美術批評家的熱烈推薦，接受了原始性的圖畫與農村自製的陶器。中國人捨崑曲而就京戲，卻是違反了一般評劇家的言論。文明人聽文明人的崑曲，恰配身分，然而，新興的京戲裏有一種孩子氣的力量，合了我們內在的需要。中國人的原始性沒有被根除，想必我們的文化過於隨隨便便之故。就在這一點上，我們不難找到中國人的永久的青春的秘密。

・初載於一九四三年十一月上海《古今》第三十四期。

更衣記

如果當初世代相傳的衣服沒有大批賣給收舊貨的，一年一度六月裏晒衣裳，該是一件輝煌熱鬧的事罷。你在竹竿與竹竿之間走過，兩邊攔著綾羅綢緞的牆——那是埋在地底下的古代宮室裏發掘出來的甬道。你把額角貼在織金的花綉上。太陽在這邊的時候，將金線晒得滾燙，然而現在已經冷了。

從前的人吃力地過了一輩子，所作所為，漸漸蒙上了灰塵；子孫晾衣裳的時候又把灰塵給抖了下來，在黃色的太陽裏飛舞著。回憶這東西若是有氣味的話，那就是樟腦的香，甜而穩妥，像記得分明的快樂，甜而悵惘，像忘卻了的憂愁。

我們不大能夠想像過去的世界，這麼迂緩，安靜，齊整——在滿清三百年的統治下，女人竟沒有什麼時裝可言！一代又一代的人穿著同樣的衣服而不覺得厭煩。開國的時候，因為「男降女不降」，女子的服裝還保留著顯著的明代遺風。從十七世紀中葉直到十九世紀末，流行著極度寬大的衫褲，有一種四平八穩的沉著氣象。領圈很低，有等於無。穿在外面的是「大襖」。在非正式的場合，寬了衣，便露出「中襖」。「中襖」裏面有緊窄合身的「小襖」，上床也不脫去，多半是嬌媚的桃紅或水紅。三件襖子之上又加著「雲肩背心」，黑緞寬鑲，盤著大雲頭。

削肩，細腰，平胸，薄而小的標準美女在這一層層衣衫的重壓下失蹤了。她的本身是不存在的，不過是一個衣架子罷了。中國人不贊成太觸目的女人。歷史上記載的聳人聽聞的美德——譬如說，一隻胳膊被陌生男子拉了一把，便將它砍掉雖然博得普通的讚嘆，知識階級對之總隱隱地覺得有點遺憾，因為一個女人不該吸引過度的注意；任是鐵錚錚的名字，掛在千萬人的嘴唇上，也在呼吸的水蒸氣裏生了銹。女人要想出眾一點，連這樣堂而皇之的途徑都有人反對，何況奇裝異服，自然那更是傷風敗俗了。

出門時裤子上罩的裙子，其規律化更為徹底。通常都是黑色，逢著喜慶年節，太太穿紅的，姨太太穿粉紅。寡婦繫黑裙，可是丈夫過世多年之後，如有公婆在堂，她可以穿湖色或雪青。裙上的細摺是女人的儀態最嚴格的試驗。家教好的姑娘，蓮步姍姍，百摺裙雖不至於紋絲不動，也只限於最輕微的搖顫。不慣穿裙的小家碧玉走起路來便予人以驚風駭浪的印象。更為苛刻的是新娘的紅裙，裙腰垂下一條條半寸來寬的飄帶，帶端繫著鈴。行動時只許有一點隱約的叮噹，像遠山上寶塔上的風鈴。晚至一九二〇年左右，比較瀟洒自由的寬摺裙入時了，這一類的裙子方才完全廢除。

穿皮子，更是禁不起一些出入，便被目為暴發戶。皮衣有一定的季節，分門別類，至為詳盡。十月裏若是冷得出奇，穿三層皮是可以的，至於穿什麼皮，那卻要顧到季節而不能顧到天氣了。初冬穿「小毛」，如青種羊，紫羔，珠羔；然後穿「中毛」，如銀鼠，灰鼠，灰脊，狐腿，甘肩，倭刀；隆冬穿「大毛」——白狐，青狐，西狐，玄狐，紫貂。「有功名」的人方能穿貂。中下等階級的人以前比現在富裕得多，大都有一件金銀嵌或羊皮袍子。

姑娘們的「昭君套」為陰森的冬月添上點色彩。根據歷代的圖畫，昭君出塞所戴的風兜是愛斯基摩式的，簡單大方，好萊塢明星仿製者頗多。中國十九世紀的「昭君套」是顛狂冶豔的，——一頂瓜皮帽，帽沿圍上一圈皮，帽頂綴著極大的紅絨球，腦後垂著兩根粉紅緞帶，帶端綴著一對金印，動輒相擊作聲。

對於細節的過分的注意，為這一時期的服裝的要點。現代西方的時裝，不必要的點綴品未嘗不花樣多端，但是都有個目的——把眼睛的藍色發揚光大起來，補助不發達的胸部，使人看上去高些或矮些，集中注意力在腰上，消滅臀部過度的曲線……古中國衣衫上的點綴品是完全無意義的，若說它是純粹裝飾性質的罷，為什麼連鞋底上也滿佈著繁縟的圖案呢？鞋的本身就很少在人前露臉的機會，別說鞋底了，高底的邊緣也充塞著密密的花紋。

襖子有「三鑲三滾」，「五鑲五滾」，「七鑲七滾」之別，鑲滾之外，下襬與大襟上還閃爍著水鑽盤的梅花，菊花。袖上另釘著名喚「闌干」的絲質花邊，寬約七寸，挖空鏤出福壽字樣。

這裏聚集了無數小小的有趣之點，這樣不停地另生枝節，放恣，不講理，在不相干的事物上浪費了精力，正是中國有閒階級一貫的態度。惟有世上最清閒的國家裏最閒的人，方才能夠領略到這些細節的妙處。製造一百種相仿而不犯重的圖案，固然需要藝術與時間；欣賞它，也同樣地煩難。

古中國的時裝設計家似乎不知道，一個女人到底不是大觀園。太多的堆砌使興趣不能集中。我們的時裝的歷史，一言以蔽之，就是這些點綴品的逐漸減去。

當然事情不是這麼簡單。還有腰身大小的交替盈蝕。第一個嚴重的變化發生在光緒三十二三年。鐵路已經不這麼稀罕了，火車開始在中國人的生活裏佔一重要位置。諸大商港的時新款式迅速地傳入內地。衣袴漸漸縮小，「闌干」與闊滾條過了時，單剩下一條極窄的。扁的是「韮菜邊」，圓的是「燈菓邊」，又稱「線香滾」。在政治動亂與社會不靖的時期——譬如歐洲的文藝復興時代——時髦的衣服永遠是緊匝在身上，輕捷俐落，容許劇烈的活動。在十五世紀的意大利，因為衣袴過於緊小，肘彎膝蓋，筋骨接筍處非得開縫不可。中國衣服在革命醞釀期間差一點就漲裂開來了。「小皇帝」登基的時候，襖子套在人身上像刀鞘。中國女人的緊身背心的功用實在奇妙——衣服再緊些，衣服底下的肉體也還不是寫實派的作風，看上去不大像個女人而像一縷詩魂。長襖的直線延至膝蓋為止，下面虛飄飄垂下兩條窄窄的袴管，似腳非腳的金蓮抱歉地輕輕踏在地上。鉛筆一般瘦的袴腳妙在給人一種伶仃無告的感覺。在中國詩裏，「可憐」是「可愛」的代名詞。男子向有保護異性的嗜好，而在青黃不接的過渡時代，顛連困苦的生活情形更激動了這種傾向。寬袍大袖的，端凝的婦女現在發現太福相了是不行的，做個薄命的人反倒於她們有利。

那又是一個各趨極端的時代。政治與家庭制度的缺點突然被揭穿。年青的知識階級仇視著傳統的一切，甚至於中國的一切。保守性的方面也因為驚恐的緣故而增強了壓力。神經質的論爭無日不進行著，在家庭裏，在報紙上，在娛樂場所。連塗脂抹粉的文明戲演員，姨太太們的理想戀人，也在戲台上向他的未婚妻借題發揮，討論時事，聲淚俱下。

一向心平氣和的古國從來沒有如此騷動過。在那歇斯底里的氣氛裏，「元寶領」這東西產

清末時裝

生了——高得與鼻尖平行的硬領，像緬甸的一層層疊至尺來高的金屬項圈一般，逼迫女人們伸長了脖子。這嚇人的衣領與下面的一捻柳腰完全不相稱。頭重腳輕，無均衡的性質正象徵了那個時代。

民國初建立，有一時期似乎各方面都有浮面的清明氣象。大家都認真相信盧騷的理想化的人權主義。學生們熱誠擁護投票制度，非孝，自由戀愛。甚至於純粹的精神戀愛也有人實驗過，但似乎不曾成功。

時裝上也顯出空前的天真，輕快，愉悅。「喇叭管袖子」飄飄欲仙，露出一大截玉腕。短襖腰部極為緊小。上層階級的女人出門繫裙，在家裏只穿一條齊膝的短袴，絲襪也只到膝為止，袴與襪的交界處偶然也大胆地暴露了膝蓋。存心不良的女人往往從襖底垂下挑撥性的長而寬的淡色絲質袴帶，帶端飄著排穗。

民國初年的時候，大部份的靈感是得自西方的。衣領減低了不算，甚至被蠲免了的時候也有。領口挖成圓形，方形，雞心形，金剛鑽形。白色絲質圍巾四季都能用。白絲襪腳跟上的黑繡花，像蟲的行列，蠕蠕爬到腿肚子上。交際花與妓女常常有戴平光眼鏡以為美的。舶來品不分皂白地被接受，可見一斑。

軍閥來來去去，馬蹄後飛沙走石，跟著他們自己的官員，政府，法律，跌跌絆絆趕上去的時裝，也同樣地千變萬化。短襖的下襬忽而圓，忽而尖，忽而六角形。女人的衣服往常是和珠寶一般，沒有年紀的，隨時可以變賣，然而在民國的當鋪裏不復受歡迎了，因為過了時就一文不值。

時裝的日新月異並不一定表現活潑的精神與新穎的思想。恰巧相反。它可以代表呆滯；由於其他活動範圍內的失敗，所有的創造力都流入衣服的區域裏去。在政治混亂期間，人們沒有能力改良他們的生活情形。他們只能夠創造他們貼身的環境——那就是衣服。我們各人住在各人的衣服裏。

一九二一年，女人穿上了長袍。發源於滿洲的旗裝自從旗人入關之後一直與中土的服裝並行著的，各不相犯，旗下的婦女嫌她們的旗袍缺乏女性美，也想改穿較嫵媚的襖袴，然而皇帝下詔，嚴厲禁止了。五族共和之後，全國婦女突然一致採用旗袍，倒不是為了效忠於滿清，提倡復辟運動，而是因為女子蓄意要模仿男子。在中國，自古以來女人的代名詞是「三綹梳頭，兩截穿衣。」一截穿衣與兩截穿衣是很細微的區別，似乎沒有什麼不公平之處，可是一九二〇年的女人很容易地就多了心。她們初受西方文化的薰陶，醉心於男女平權之說，可是四周的實際情形與理想相差太遠了，羞憤之下，她們排斥女性化的一切，恨不得將女人的根性斬盡殺絕。因此初興的旗袍是嚴冷方正的，具有清教徒的風格。

政治上，對內對外陸續發生的不幸事件使民眾灰了心。青年人的理想總有支持不了的一天。時裝開始緊縮。喇叭管袖子收小了。一九三〇年，袖長及肘，衣領又高了起來。往年的元寶領的優點在它的適宜的角度，斜斜地切過兩腮，不是瓜子臉也變了瓜子臉，這一次的高領是圓筒式的，緊低著下頷，肌肉尚未鬆弛的姑娘們也生了雙下巴。這種衣領根本不可恕。可是它象徵了十年前那種理智化的淫逸的空氣——直挺挺的衣領遠遠隔開了女神似的頭與下面的豐柔的肉身。這兒有諷刺，有絕望後的狂笑。

當時歐美流行著的雙排鈕扣的軍人式的外套正和中國人淒厲的心情一拍即合。然而恪守中庸之道的中國女人在那雄赳赳的大衣底下穿著拂地的絲絨長袍，袍叉開到大腿上，露出同樣質料的長袴子，袴腳上閃著銀色花邊。衣服的主人翁也是這樣的奇異的配答，表面上無不激烈地唱高調。骨子裏還是唯物主義者。

近年來最重要的變化是衣袖的廢除。（那似乎是極其艱難危險的工作，小心翼翼地，費了二十年的工夫方才完全剪去。）同時衣領矮了，袍身短了，裝飾性質的鑲滾也免了，改用盤花鈕扣來代替，不久連鈕扣也被捐棄了，改用撳鈕。總之，這筆賬完全是減法——所有的點綴品，無論有用沒用，一概剔去。剩下的只有一件緊身背心，露出頸項、兩臂與小腿。

現在要緊的是人，旗袍的作用不外乎烘雲托月忠實地將人體輪廓曲曲勾出。革命前的裝束卻反之，人屬次要，單只注重詩意的線條，於是女人的體格公式化，不脫衣服，不知道她與她有什麼不同。

我們的時裝不是一種有計畫有組織的實業，不比在巴黎，幾個規模宏大的時裝公司如Lelong's Schiaparellis，壟斷一切，影響及整個白種人的世界。我們的裁縫是沒主張的。公眾的幻想往往不謀而合，產生一種不可思議的洪流。裁縫只有追隨的份兒。因為這緣故，中國的時裝更可以作民意的代表。

究竟誰是時裝的首創者，很難證明，因為中國人素不尊重版權，而且作者也不甚介意，既然抄襲是最隆重的讚美。最近入時的半長不短的袖子，又稱四分之三袖，上海人便說是香港發起的，而香港人又說是上海傳來的，互相推諉，不敢負責。

一雙袖子翩翩歸來，預兆形式主義的復興。最新的發展是向傳統的一方面走，細節雖不能恢復，輪廓卻可儘量引用，用得活泛，一樣能夠適應現代環境的需要。旗袍的大襟採取圍裙式，就是個好例子，很有點「三日入廚下」的風情，耐人尋味。

男裝的近代史較為平淡。只有一個極短的時期，民國四年至八九年，男人的衣服也講究花稍，滾上多道的如意頭，而且男女的衣料可以通用，然而生當其時的人都認為那是天下大亂的怪現狀之一。目前中國人的西裝，固然是謹嚴而黯淡，遵守西洋紳士的成規，即使中裝也長年地在灰色、咖啡色、深青裏面打滾，質地與圖案也極單調。男子的生活比女子自由得多，然而單憑這一件不自由，我就不願意做一個男子。

衣服似乎是不足掛齒的小事。劉備說過這樣的話：「兄弟如手足，妻子如衣服。」可是如果女人能夠做到「丈夫如衣服」的地步，就很不容易。有個西方作家（是蕭伯納麼？）曾經抱怨過，多數女人選擇丈夫遠不及選擇帽子一般的聚精會神，慎重考慮。再沒有心肝的女子說起她「去年那件織錦緞夾袍」的時候，也是一往情深的。

直到十八世紀為止，中外的男子尚有穿紅著綠的權利。男子服色的限制是現代文明的特徵。不論這在心理上有沒有不健康的影響，至少這是不必要的壓抑。文明社會的集團生活裏，必要的壓抑有許多種，似乎小節上應當放縱些，作為補償。有這麼一種議論，說男性如果對於衣著感到興趣些，也許他們會安分一些，不至於千方百計爭取社會的注意與讚美，為了造就一己的聲望，不惜禍國殃民。若說只消將男人打扮得花紅柳綠的，天下就太平了，那當然是笑話。大紅蟒衣裏面戴著綉花肚兜的官員，照樣會淆亂朝綱。但是預言家威爾斯的合理化的烏托邦裏面的男女公民一律穿著最鮮艷的薄膜質的衣袴，斗篷，這倒也值得做我們參考的資料。

因為習慣上的關係，男子打扮得略略不中程式，的確看著不順眼，中裝上加大衣，就是一個例子，不如另加上一件棉袍或皮袍來得妥當，便臃腫些也不妨。有一次我在電車上看見一個年青人，也許是學生，也許是店夥，用米色綠方格的兔子呢製了太緊的袍，腳上穿著女式紅綠條紋短襪，嘴裏啣著別緻的描花假象牙烟斗，烟斗裏並沒有烟。他吮了一會，拿下來把它一截截拆開了，又裝上去，再送到嘴裏吮，面上頗有得色。乍看覺得可笑，然而為什麼不呢，如果他喜歡……秋涼的薄暮，小菜場上收了攤子，滿地的魚腥和青白色的蘆粟的皮與渣。一個小孩騎了自行車衝過來，賣弄本領，大叫一聲，放鬆了扶手，搖擺著，輕倩地掠過。在這一剎那，滿街的人都充滿了不可理喻的景仰之心。人生最可愛的當兒便在那一撒手罷？

・初載於一九四三年十二月上海《古今》第三十六期。

一九三幾年

（1）交際場中的太太，澆得人滿頭滿臉的活潑。

（2）香港女學生細瘦跳蕩。

（3）上海女學生白胖熱鬧。

活　潑

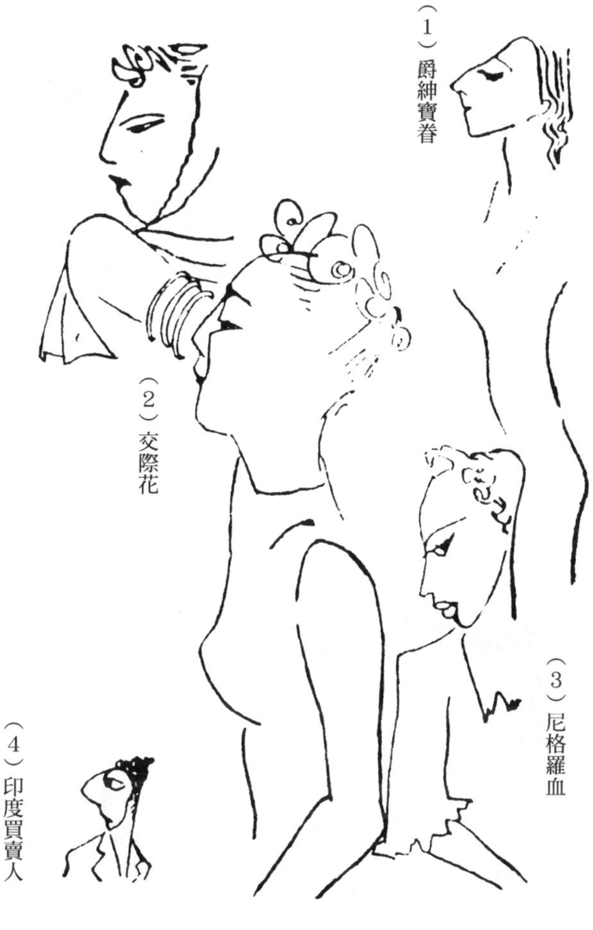

香　港

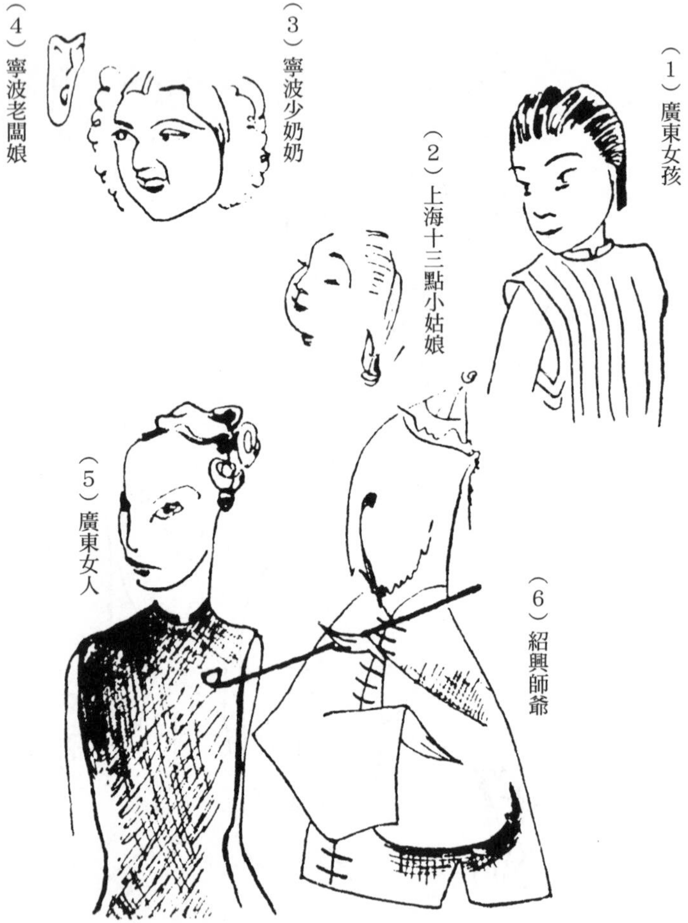
（1）廣東女孩
（2）上海十三點小姑娘
（3）寧波少奶奶
（4）寧波老闆娘
（5）廣東女人
（6）紹興師爺

地方色彩

公寓生活記趣

讀到「我欲乘風歸去，又恐瓊樓玉宇，高處不勝寒」的兩句詞，公寓房子上層的居民多半要感到毛骨悚然。屋子越高越冷。自從煤貴了之後，熱水汀早成了純粹的裝飾品。構成浴室的圖案美，熱水龍頭上的H字樣自然是不可少的一部份；實際上呢，如果你放冷水而開錯了熱水龍頭，立刻便有一種空洞而悽愴的轟隆轟隆之聲從九泉之下發出來，那是公寓裏特別複雜，特別多心的熱水管系統在那裏發脾氣了。即使你不去太歲頭上動土，那雷神也隨時地要顯靈。無緣無故，只聽見不懷好意的「嗡……」拉長了半晌之後接著「訇訇」兩聲，活像飛機在頂上盤旋了一會，擲了兩枚炸彈。在戰時香港嚇細了胆子的我，初回上海的時候，每每為之魂飛魄散。若是當初它認真工作的時候，艱辛地將熱水運到六層樓上來，便是咕嚕兩聲，也還情有可原。現在可是雷聲大，雨點小，難得滴下兩滴生銹的黃漿……然而也說不得了，失業的人向來是肝火旺的。

梅雨時節，高房子因為壓力過重，地基陷落的緣故，門前積水最深。街道上完全乾了，我們還得花錢僱黃包車渡過那白茫茫的護城河。雨下得太大的時候，屋子裏便鬧了水災。我們輪流搶救，把舊毛巾，麻袋，褥單堵住了窗戶縫；障礙物濕濡了，絞乾，換上，污水折在臉盆裏，臉盆裏的水倒在抽水馬桶裏。忙了兩晝夜，手心磨去了一層皮，牆根還是汪著水，糊牆的花紙還是染了斑斑點點的水痕與霉跡子。

風如果不朝這邊吹的話，高樓上的雨倒是可愛的。有一天，下了一黃昏的雨，出去的時候忘了關窗戶，回來一開門，一房的風聲雨味，放眼望出去，是碧藍的瀟瀟的夜，遠處略有淡燈搖曳，多數的人家還沒點燈。

常常覺得不可解，街道上的喧聲，六樓上聽得分外清楚，彷彿就在耳根底下，正如一個人年紀越高，距離童年漸漸遠了，小時的瑣碎的回憶反而漸漸親切明晰起來。

我喜歡聽市聲。比我較有詩意的人在枕上聽松濤，聽海嘯，我是非得聽見電車響才睡得著覺的。在香港山上，只有冬季裏，北風徹夜吹著常青樹，還有一點電車的韻味。長年住在鬧市裏的人大約非得出了城之後才知道他離不了一些什麼。城裏人的思想，背景是條紋布的幔子，淡淡的白條子便是行馳著的電車——平行的，勻淨的，聲響的河流，汩汩流入下意識裏去。

我們的公寓近電車廠鄰，可是我始終沒弄清楚電車是幾點鐘回家。「電車回家」這句子彷佛不很合適——大家公認電車為沒有靈魂的機械，而「回家」兩個字有著無數的情感洋溢的聯繫。但是你沒看見過電車進廠的特殊情形罷？一輛啣接一輛，像排了隊的小孩，嘈雜，叫囂，愉快地打著啞嗓子的鈴：「克林，克賴，克賴，克賴！」吵鬧之中又帶著一點由疲乏而生的馴服，是快上床的孩子，等著母親來刷洗他們。車裏的燈點得雪亮。專做下班的售票員的生意的小販們曼聲兜售著麵包。有時候，電車全進了廠了，單剩下一輛，神秘地，像被遺棄了似的，停在街心。從上面望下去，只見它在半夜的月光中坦露著白肚皮。

這裏的小販所賣的吃食沒有多少典雅的名色。我們也從來沒有縋下籃子去買過東西。（想起《儂本癡情》裏的顧蘭君了。她用絲襪結了繩子，縛住了紙盒，吊下窗去買湯麵。襪子如果不破，也不是絲襪了！在節省物資的現在，這是使人心驚肉跳的奢侈。）也許我們也該試著吊下籃子去。無論如何，聽見門口賣臭豆腐干的過來了，便抓起一隻碗來，蹬蹬奔下六層樓梯，跟蹤前往，在遠遠的一條街上訪到了臭豆腐干担子的下落，買到了之後，再乘電梯上來，似乎總有點可笑。

我們的開電梯的是個人物，知書達禮，有涵養，對於公寓裏每一家的起居他都是一本清賬。他不贊成他兒子去做電車售票員——嫌那職業不很上等。再熱的天，任憑人家將鈴揿得震天響，他也得在汗衫背心上加上一件熨得溜平的紡綢小褂，方肯出現。他拒絕替不修邊幅的客人開電梯。他的思想也許縉紳氣太重，然而他究竟是個有思想的人。可是他離了自己那間小屋，就踏進了電梯的小屋——只怕這一輩子是跑不出這兩間小屋了。電梯上升，人字圖案的銅柵欄外面，一重重的黑暗往下移，棕色的黑暗，紅棕色的黑暗，黑色的黑暗……襯著交替的黑暗，你看見司機人的花白的頭。

沒事的時候他在後天井燒個小風爐炒菜烙餅吃。他教我們怎樣煮紅米飯：燒開了，熄了火，停個十分鐘再煮，又鬆，又透，又不塌皮爛骨，沒有筋道。

托他買豆腐漿，交給他一隻舊的牛奶瓶。陸續買了兩個禮拜，他很簡單地報告道：「瓶沒有了。」是砸了還是失竊了，也不得而知。再隔了些時，他拿了一隻小一號的牛奶瓶裝了豆腐漿來，我們問道：「咦？瓶又有了？」他答道：「有了。」新的瓶是賠給我們的呢還是借給我們的，也不得而知。這一類的舉動是頗有點社會主義風的。

我們的新聞報每天早上他要循例過目一下方才給我們送來。小報他讀得更為仔細些，因此要到十一二點鐘才輪得到我們看。英文，日文，德文，俄文的報他是不看的，因此大清早便捲成一捲插在人家彎曲的門鈕裏。

報紙沒有人偷，電鈴上的鋼板卻被撬去了。看門的巡警倒有兩個，雖不是雙生子，一樣都是翻領裏面豎起了木渣渣的黃臉，短袴與長統襪之間露出木渣渣的黃膝蓋；上班的時候，一般都是橫在一張籐椅上睡覺，擋住了信箱。每次你去看看信箱的時候總得殷勤地湊到他面頰前面，彷彿要詢問：「酒刺好了些罷？」

恐怕只有女人能夠充分了解公寓生活的特殊優點：傭人問題不那麼嚴重。生活程度這麼高，即使僱得起人，也得準備著受氣。在公寓裏「居家過日子」是比較簡單的事。找個清潔公司每隔兩星期來大掃除一下，也就用不著打雜的了。沒有傭人，也是人生一快。拋開一切平等的原則不講，吃飯的時候如果有個還沒吃過飯的人立在一邊眼睜睜望著，等著為你添飯，雖不至於使人食不下嚥，多少有些討厭。許多身邊雜事自有它們的愉快性質。看不到田園裏的茄子，到菜場上去看看也好——那麼複雜的，油潤的紫色；新綠的豌豆，熟艷的辣椒，金黃的麵筋，像太陽裏的肥皂泡。把菠菜洗過了，倒在油鍋裏，每每有一兩片碎葉子粘在篾簍底上，抖也抖不下來；迎著亮，翠生生的枝葉在竹片編成的方格子上招展著，使人聯想到籬上的扁豆花。其實又何必「聯想」呢？篾簍子的本身的美不就夠了麼？我這並不是效忠於國社黨，勸誘女人回到廚房裏去。不勸便罷，若是勸，一樣的得勸男人到廚房裏去走一遭。當然，家裏有廚子而主人不時的下廚房，是會引起廚子最強烈的反感的。這些地方我們得寸步留心，不能太不識眉眼高低。

有時候也感到沒有傭人的苦處。米缸裏出蟲，所以摻了些胡椒在米裏——據說米蟲不大喜歡那刺激性的氣味，淘米之前先得把胡椒揀出來。我捏了一隻肥白的肉蟲的頭當作胡椒，發現了這錯誤之後，不禁大叫起來，丟下飯鍋便走。在香港遇見了蛇，也不過如此罷了。那條蛇我只見到牠的上半截，牠鑽出洞來矗立著，約有二尺來長，我抱了一疊書匆匆忙忙下山來。正和牠打了個照面。牠靜靜地望著我，我也靜靜地望著牠，望了半晌，方才哇呀呀叫出聲來，翻身便跑。

提起蟲豸之類，六樓上蒼蠅幾乎絕跡，蚊子少許有兩個。如果牠們富於想像力的話，飛到窗口往下一看，便會暈倒了罷？不幸牠們是像英國人一般地淡漠與自足——英國人住在非洲的森林裏也照常穿上了燕尾服進晚餐。

公寓是最合理想的逃世的地方。厭倦了大都會的人們往往記罣著和平幽靜的鄉村，心心念念盼望著有一天能夠告老歸田，養蜂種菜，享點清福。殊不知在鄉下多買半斤臘肉便要引起許多閒言閒語，而在公寓房子的最上層你就是站在窗前換衣服也不妨事！

然而一年一度，日常生活的秘密總得公佈一下。夏天家家戶戶都大敞著門，搬一把籐椅坐在風口裏。這邊的人在打電話，對過一家的僕歐一面熨衣裳，一面便將電話上的對白譯成了德文說給他的小主人聽。樓底下有個俄國人在那裏響亮地教日文。二樓的那位女太太和貝多芬有著不共戴天的仇恨，一搥十八敲，咬牙切齒打了他一上午；鋼琴上倚著一輛腳踏車。不知道哪一家在煨牛肉湯，又有哪一家泡了焦三仙。

人類天生的是愛管閒事。為什麼我們不向彼此的私生活裏偷偷的看一眼呢，既然被看者沒有多大損失而看的人顯然得到了片刻的愉悅？凡事牽涉到快樂的授受上，就犯不著斤斤計較。較量些什麼呢？——長的是磨難，短的是人生。

屋頂花園裏常常有孩子們溜冰，興致高的時候，從早到晚在我們頭上咕滋咕滋銼過來又銼過去，像磁器的摩擦，又像睡熟的人在那裏磨牙，聽得我們一粒粒牙齒在牙仁裏發酸如同青石榴的子，剔一剔便會掉下來。隔壁一個異國紳士聲勢洶洶上樓去干涉。他的太太提醒他道：「人家不懂你的話，去也是白去。」他揎拳擄袖道：「不要緊，我會使他們懂得的！」隔了幾分鐘他偃旗息鼓嗒然下來了。上面的孩子年紀都不小了，而且是女性，而且是美麗的。

談到公德心，我們也不見得比人強。洋台上的灰塵我們直截了當地掃到樓下的洋台上去。「啊，人家闌干上晾著地毯呢——怪不過意的，等他們把地毯收了進去再掃罷！」一念之慈，頂上生出了燦爛圓光。這就是我們的不甚徹底的道德觀念。

・初載於一九四三年十二月上海《天地》第三期。

道路以目

有個外國姑娘，到中國來了兩年，故宮，長城，東方蒙特卡羅，東方威尼斯，都沒瞻仰過，對於中國新文藝新電影似乎也缺乏興趣，然而她特別賞識中國小孩，說：「真美呀！尤其是在冬天，棉襖，棉袴，棉袍，罩袍，一個個穿得矮而肥，蹣跚地走來走去。東方人的眼睛本就生得好。孩子的小黃臉上尤其顯出那一雙神奇的吊梢眼的神奇。真想帶一個回歐洲去！」

思想嚴肅的同胞們覺得她將我國未來的主人翁當作玩具看待，言語中顯然有辱華性質，很有向大使館提出抗議的必要。愛說俏皮話的，又可以打個哈哈，說她如果要帶個有中國血的小孩回去，卻也不難。

我們聽了她這話，雖有不同的反應，總不免回過頭來向中國孩子看這麼一眼——從來也沒有覺得他們有什麼了不得之處！家裏人討人嫌，自己看慣了不覺得；家裏人可愛，可器重，往往也要等外人告訴我們，方才知道。誠然，一味的恭維是要不得的，我們急待彌補的缺點太多了，很該專心一志吸收逆耳的忠言，藉以自警，可是——成天汗流浹背惶愧地罵自己「該死」的人，活著又有什麼意思呢？揀那可喜之處來看看也好。

讀萬卷書不如行萬里路。我們從家裏上辦公室，上學校，上小菜場，每天走上一里路，走個一二十年，也有幾千里地；若是每一趟走過那條街，都彷彿是第一次認路似的，看著什麼都覺得新鮮稀罕，就不至於「視而不見」了，那也就跟「行萬里路」差不多，何必一定要飄洋過海呢？

街上值得一看的正多著。黃昏的時候，路旁歇著人力車，一個女人斜簽坐在車上，手裏挽著網袋，袋裏有柿子。車夫蹲在地下，點那盞油燈。天黑了，女人腳邊的燈漸漸亮了起來。

烘山芋的爐子的式樣與那黯淡的土紅色極像烘山芋。

小飯鋪常常在門口煮南瓜，味道雖不見得好，那熱騰騰的瓜氣與「照眼明」的紅色卻予人一種「暖老溫貧」的感覺。

寒天清早，人行道上常有人蹲著生小火爐，扇出滾滾的白烟。我喜歡在那個烟裏走過。煤炭汽車行門前也有同樣的香而暖的嗆人的烟霧。多數人不喜歡燃燒的氣味——燒焦的炭與火柴，牛奶，布質——但是直截地稱它為「煤臭」、「布毛臭」，總未免武斷一點。

坐在自行車後面的，十有八九是風姿楚楚的年青女人，再不然就是兒童，可是前天我看見一個綠衣的郵差騎著車，載著一個小老太太，多半是他的母親吧？此情此景，感人至深。然而李逵馱著老母上路的時代畢竟是過去了。做母親的不慣受抬舉，多少有點窘。她兩腳懸空，兢兢業業坐著，滿臉的心虛，像紅木高椅坐著的告幫窮親戚，迎著風，張嘴微笑，笑得舌頭也發了涼。

有人在自行車輪上裝著一盞紅燈，騎行時但見紅圈滾動，流麗之極。

深夜的櫥窗上，鐵柵欄枝枝交影，底下又現出防空的紙條，黃的，白的，透明的，在玻璃上糊成方格子，斜格子，重重疊疊，幽深如古代的窗槅與簾櫳。

店舖久已關了門，熄了燈，木製模特兒身上的皮大衣給剝去了，她光著脊梁，旋身朝裏，其實大可以不必如此守禮謹嚴，因為即使面朝外也不至於勾起夜行人的綺思。製造得實在是因陋就簡，連皮大衣外面露出的臉與手腳都一無是處。在香港一家小西裝店裏看見過勞萊哈台的泥塑半身像，非但不像，而且惡俗不堪，尤其是那青白色的肥臉。上海西裝店的模特兒也不見佳，貴重的呢帽下永遠是那笑嘻嘻的似人非人的臉。那是對於人類的一種侮辱，比「沐猴而冠」更為嚴重的嘲諷。

如果我會彫塑，我很願意向這一方面發展。櫥窗佈置是極有興趣的工作，因為這裏有靜止的戲劇。（歐洲中古時代，每逢佳節，必由教會發起演戲敬神。最初的宗教性的戲劇甚為簡單，沒有對白，扮著聖經中人物的演員，穿上金彩輝煌的袍褂，擺出優美的姿勢來，一動也不動地站著。每隔幾分鐘換一個姿勢，組成另一種舞台圖案，名為tableau。中國迎神賽會，台閣上扮戲的，想必是有唱做的罷？然而純粹為tableau性質的或許也有。）

櫥窗的作用不外是刺激人們的購買慾。現代都市居民的通病據說是購買慾的過度膨脹。想買各種不必要的東西，便想非分的錢，不惜為非作歹。然則櫥窗是不合理的社會制度的不合理的附屬品了。可是撇開一切理論不講，這一類的街頭藝術，再貴族化些，到底參觀者用不著花錢。不花錢而得賞心悅目，無論如何是一件德政。

四五年前在隆冬的晚上和表姐看霞飛路上的櫥窗，霓虹燈下，木美人的傾斜的臉，傾斜的帽子，帽子上斜吊著的羽毛。既不穿洋裝，就不會買帽子，也不想買，然而還是用欣羨的眼光看著，縮著脖子，兩手插在袋裏，用鼻尖與下頷指指點點，暖的呼吸在冷玻璃上噴出淡白的花。近來大約是市面蕭條了些，霞飛路的店面似乎大為減色。即使有往日的風光，也不見得有那種興致罷？

倒是喜歡一家理髮店的櫥窗裏，張著綠布帷幙，帷腳下永遠有一隻小貍花貓走動著，倒頭大睡的時候也有。

隔壁的西洋茶食店每晚機器軋軋，燈火輝煌，製造糕餅糖菓。雞蛋與香草精的氣味，氤氳至天明不散。在這「閉門家裏坐，賬單天上來」的大都市裏，平白地讓我們享受了這馨香而不來收賬，似乎有些不近情理。我們的芳鄰的蛋糕，香勝於味，吃過便知。天下事大抵如此——做成的蛋糕遠不及製造中的蛋糕，蛋糕的精華全在烘焙時期的焦香。喜歡被教訓的人，又可以在這裏找到教訓。

上街買菜，恰巧遇著封鎖，被羈在離家幾丈遠的地方，咫尺天涯，可望而不可即。太陽地裏，一個女傭企圖衝過防線，一面掙扎著，一面叫道：「不早了呀！放我回去燒飯罷！」眾人全都哈哈笑了。坐在街沿上的販米的廣東婦人向她的兒子說道：「看醫生是可以的；燒飯是不可以的。」她的聲音平板而鄭重，似乎對於一切都甚滿意，是初級外國語教科書的口吻。然而不知道為什麼，聽在耳朵裏使人不安，彷彿話中有話。其實並沒有。

站在麻繩跟前，竹籬笆底下，距我一丈遠近，有個穿黑的男子，戴頂黑呢帽，矮矮個子，使我想起《歇浦潮》小說插圖中的包打聽。麻繩那邊來了三個穿短打的人，挺著胸，皮鞋拍拍響——封鎖中能夠自由通過的人，誰都不好意思不挺著胸，走得拍拍響——兩個已經越過線去了，剩下的一個忽然走近前來，挽住黑衣人的胳膊，熟狎而自然，把他攙到那邊去了，一句話也沒有。三人中的另外兩個也湊了上來，兜住黑衣人的另一隻胳膊，洒開大步，一霎時便走得無影無蹤。這是我第一次親眼看見捉強盜。捕房方面也覺得這一幕太欠緊張，為了要綳綳場面，事後特地派了十幾名武裝警察到場彈壓，老遠地就拔出了手槍，目光四射，準備肅清餘黨。我也準備著槍聲一起便向前撲翻，俯伏在地，免中流彈。然而他們只遠遠望了一望，望不見妖氛黑氣，用山東話表示失望之後，便去了。

空氣鬆弛下來，大家議論紛紛。送貨的人扶著腳踏車，掉過頭來向販米的婦人笑道：「哪兒跑得掉！一出了事，便畫影圖形四處捉拿，哪兒跑得掉！」又向包車夫笑道：「只差一點點——兩個已經走過去了，這一個偏偏看見了他！」又道：「在這裏立了半天了——誰也沒留心到他！」

包車夫坐在踏板上，笑嘻嘻抱著胳膊道：「這麼許多人在這裏，怎麼誰也不捉，單單捉他一個！」

幸災樂禍的，無聊的路邊的人——可憐，也可愛。

路上的女人的絨線衫，因為兩手長日放在袋裏，往下墮著的緣故，前襟拉長了，後面卻縮了上去，背影甚不雅觀。

「司馬昭之心，路人皆知。」「路人」這名詞在美國是專門代表「一般人」的口頭禪。新聞記者鼓吹什麼，攻擊什麼的時候，動輒抬出「路人」來：「連路人也知道……」「路人所知道的」往往是路人做夢也沒想到的。

在路上看人，人不免要回看，便不能從容地觀察他們。要使他們服服貼貼被看而不敢回看一眼，卻也容易。世上很少「從頭看到腳，風流往下落；從腳看到頭，風流往上流」的人物。普通人都有這點自知之明，因此禁不起你幾次三番迅疾地從頭至腳一打量，他們或她們便渾身不得勁，垂下眼去。還有一個辦法。只消凝視他們的腳，就足以使他們驚惶失措。他們的襪子穿反了麼？鞋子是否看得出來是假皮所製？腳有點外八字？裏八字？小時候聽合肥老媽子敘述鄉下打狼的經驗，說狼這東西是「銅頭鐵背麻稭腳」，因此頭部與背脊全都富於抵抗力，唯有四條腿不中用。人類的心理上的弱點似乎也集中在下肢上。

附近有個軍營，朝朝暮暮努力地學吹喇叭，迄今很少進步。照說那是一種苦惱的，磨人的聲音，可是我倒不嫌它討厭。偉大的音樂是遺世獨立的，一切完美的事物皆屬於超人的境界，惟有在完美的技藝裏，那終日紛呶的，疲乏的「人的成分」能夠獲得片刻的休息。在不純熟的手藝裏，有掙扎，有焦愁，有慌亂，有冒險，所以「人的成分」特別的濃厚。我喜歡它，便是因為「此中有人，呼之欲出。」

初學拉胡琴的音調，也是如此。聽好手拉胡琴，我也喜歡聽他調絃子的時候，試探的，斷續的咿啞。初學拉凡啞林，卻是例外。那尖利的，鋸齒形的聲浪，實在太像殺雞了。

有一天晚上在落荒的馬路上走，聽見炒白菓的歌：「香又香來糯又糯，」是個十幾歲的孩子，唱來還有點生疏，未能朗朗上口。我忘不了那條黑沉沉的長街，那孩子守著鍋，蹲踞在地上，滿懷的火光。

•初載於一九四四年一月上海《天地》第四期。

必也正名乎

我自己有一個惡俗不堪的名字，明知其俗而不打算換一個，可是我對於人名實在是非常感到興趣的。

為人取名字是一種輕便的，小規模的創造。舊時代的祖父，冬天兩腳擱在腳爐上，吸著水烟，為新添的孫兒取名字，叫他什麼他就是什麼。叫他光楣，他就得努力光大門楣；叫他祖蔭，叫他承祖，他就得常常記起祖父；叫他荷生，他的命裏就多了一點六月的池塘的顏色。除了小說裏的人，很少有人是名副其實的，（往往適得其反，名字代表一種需要，一種缺乏。窮人十有九個叫金貴，阿富，大有。）但是無論如何，名字是與一個人的外貌品性打成一片，造成整個的印象的。因此取名是一種創造。

我喜歡替人取名字，雖然我還沒有機會實行過。似乎只有做父母的和鄉下的塾師有這權利。除了他們，就數買丫頭的老爺太太與舞女大班了。可惜這些人每每敷衍塞責；因為有例可援，小孩該叫毛頭、二毛頭，三毛頭，丫頭該叫如意，舞女該叫曼娜。

天主教的神父與耶穌教的牧師也給受洗禮的嬰兒取名字，（想必這是他們的職司中最有興趣的一部份）但是他們永遠跳不出喬治，瑪麗，伊麗莎白的圈子。我曾經收集過二三百個英國女子通用的芳名，恐怕全在這裏了，縱有遺漏也不多。習俗相沿，不得不從那有限的民間傳說與宗教史中選擇名字，以至於到處碰見同名的人，那是多麼厭煩的事！有個老笑話：一個人翻遍了聖經，想找一個別緻些的名字。他得意洋洋告訴牧師，決定用一個從來沒人用過的名字——撒旦（魔鬼）。

回想到我們中國人，有整個的王雲五大字典供我們搜尋兩個適當的字來代表我們自己，有這麼豐富的選擇範圍，而仍舊有人心甘情願地叫秀珍，叫子靜，似乎是不可原恕的了。

適當的名字並不一定是新奇，淵雅，大方，好處全在造成一種恰配身分的明晰的意境。我看報喜歡看分類廣告與球賽，貸學金，小本貸金的名單，常常在那裏找到許多現成的好名字。譬如說「柴鳳英」、「茅以儉」，是否此中有人，呼之欲出？茅以儉的酸寒，自不必說，柴鳳英不但是一個標準的小家碧玉，彷彿還有一個通俗的故事在她的名字裏蠢動著。在不久的將來我希望我能夠寫篇小說，用柴鳳英作主角。

有人說，名字不過符號而已，沒有多大意義。在紙面上擁護這一說者頗多，可是他們自己也還是使用著精心結構的筆名。當然這不過是人情之常。誰不願意出眾一點？即使在理想化的未來世界裏，公民全都像囚犯一般編上號碼，除了號碼之外沒有其他的名字，每一個數目字還是脫不了它獨特的韻味。三和七是俊俏的，二就顯得老實。張恨水的《秦淮世家》裏，調皮的姑娘叫小春，二春是她的樸訥的姐姐。《夜深沉》裏又有忠厚的丁二和，謹愿的田二姑娘。

符號運動雖不能徹底推行，不失為一種合理化的反響，因為中國人的名字實在是過於複雜。一下地就有乳名。從前人的乳名頗為考究，並不像現在一般用「囡囡」「寶寶」來搪塞。乳名是大多數女人唯一的名字，因為既不上學，就用不著堂皇的「學名」，而出嫁之後根本就失去了自我的存在，成為「張門李氏」了。關於女人的一切，都帶點秘密性質，因此女人的乳名也不肯輕易告訴人。在香奩詩詞裏我們可以看到，新婚的夫婿當著人喚出妻的小名，是被認為很唐突的，必定要引起她的嬌嗔。

男孩的學名，恭楷寫在開蒙的書卷上，以後做了官，就叫「官印」，只有君親師可以呼喚。他另有一個較洒脫的「字」，供朋友們與平輩的親族使用。他另有一個備而不用的別名。至於別號，那更是漫無限制的了。買到一件得意的古董，就換一個別號，把那古董的名目嵌進去。搬個家，又換個別號。捧一個女戲子，又換一個別號。本來，如果名字是代表一種心境，名字為什麼不能隨時隨地跟著變幻的心情而轉移？

《兒女英雄傳》裏的安公子有一位「東屋大奶奶」，一位「西屋大奶奶」。他替東屋題了個匾叫「瓣香室」，西屋是「伴香室」。他自己署名「伴瓣主人」。安老爺看見了，大為不悅，認為有風花雪月玩物喪志的嫌疑。讀到這一段，我們大都忿忿不平，覺得舊家庭的專制，真是無孔不入，兒子取個無傷大雅的別號，父親也要干涉，何況這別號的命意充其量不過是欣賞自己的老婆，更何況這兩個老婆都是父親給他娶的？然而從另一觀點看來，我還是和安老爺表同情的。多取別號畢竟是近於無聊。

我們若從事於基本分析，為什麼一個人要有幾個名字呢？因為一個人是多方面的。同是一個人，父母心目中的他與辦公室西崽所見的他，就截然不同——地位不同，距離不同。有人喜歡在四壁與天花板上鑲滿了鏡子，時時刻刻從不同的角度端詳他自己，百看不厭。多取名字，也是同樣的自我的膨脹。

像這一類的自我的膨脹，既於他人無礙，何妨用以自娛？雖然是一種精神上的浪費，我們中國人素來是傾向於美的糜費的。

可是如果我們希望外界對於我們的名字發生興趣的話，那又是一回事了。也許我們以為一個讀者看到我們最新的化名的時候，會說：「哦，公羊澣，他發表他的處女作的時候用的是臧孫蝃蝀的名字，在××雜誌投稿的時候他叫冥蒂，又叫白泊，又叫目蓮，櫻淵也是他，有人說斷黛也是他。在××報上他叫東方髦只，編婦女刊物的時候他暫時女性化起來，改名蘭烟嬋，又名女媠。」任何大人物，要人家牢記這一切，尚且是希望過奢，何況是個文人？

一個人，做他自己份內的事，得到他份內的一點注意。不上十年八年，他做完他所要做的事了，或者是做不動了，也就被忘懷了。社會的記憶力不很強，那也是理所當然，誰也沒有權利可抱怨。……大家該記得而不記得的事正多著呢！

我在學校讀書的時候，與我同名的人有兩個之多，也並沒有人覺得我們的名字滑稽或是具有低級趣味。中國先生點名點到我，從來沒有讀過白字；外國先生讀到「伍婉雲」之類的名字每覺異常吃力，舌頭彷彿捲起來打了個蝴蝶結，唸起我的名字卻是朗朗上口。這是很慈悲的事。

現在我開始感到我應當對我的名字發生不滿了。為什麼不另挑兩個美麗而深沉的字眼，即使本身不能借得它的一點美與深沉，至少投起稿來不至於給讀者一個惡劣的最初印象？彷彿有誰說過：文壇登龍術的第一步是取一個煒麗觸目的名字。果真是「名不正而言不順，言不順則事不成」麼？

中國是文字國。皇帝遇著不順心的事便改元，希望明年的國運漸趨好轉。本來是元武十二年的，改叫大慶元年，以往的不幸日子就此告一結束。對於字眼兒的過份的信任，是我們的特徵。

中國的一切都是太好聽，太順口了。固然，不中聽，不中看，不一定就中用；可是世上有用的人往往是俗人。我願意保留我的俗不可耐的名字，向我自己作為一種警告，設法除去一般知書識字的人咬文嚼字的積習，從柴米油鹽、肥皂、水與太陽之中去找尋實際的人生。

話又說回來了。要做俗人，先從一個俗氣的名字著手，依舊還是「字眼兒崇拜」。也許我這些全是藉口而已。我之所以戀戀於我的名字，還是為了取名字的時候那一點回憶。十歲的時候，為了我母親主張送我進學校，我父親一再地大鬧著不依，到底我母親像拐賣人口一般，硬把我送去了。在填寫入學證的時候，她一時躊躇著不知道填什麼名字好。我的小名叫煐，張煐兩個字嗡嗡地不甚響亮。她支著頭想了一會，說：「暫且把英文名字胡亂譯兩個字罷。」她一直打算替我改而沒有改，到現在，我卻不願意改了。

・初載於一九四四年一月上海《雜誌》第十二卷第四期。

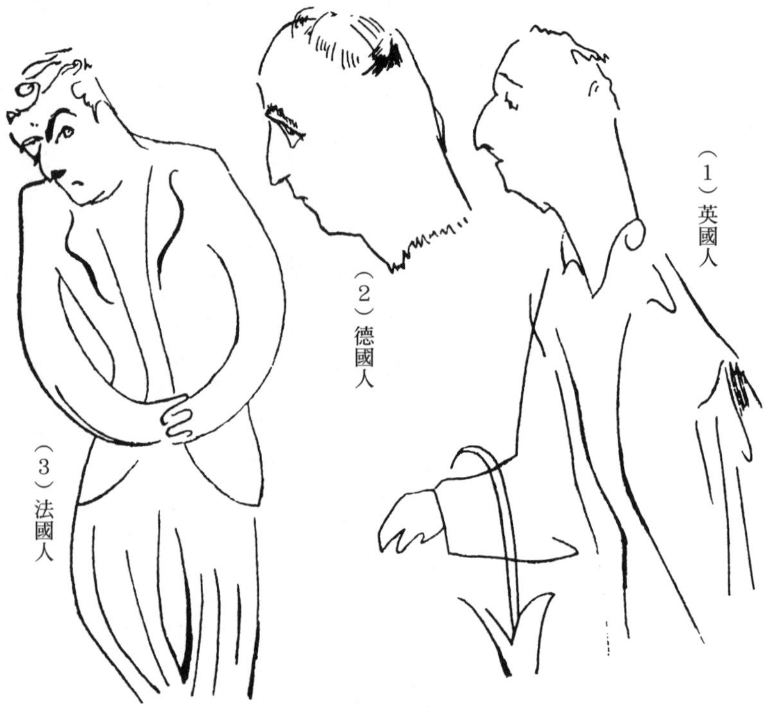

外國人（一）

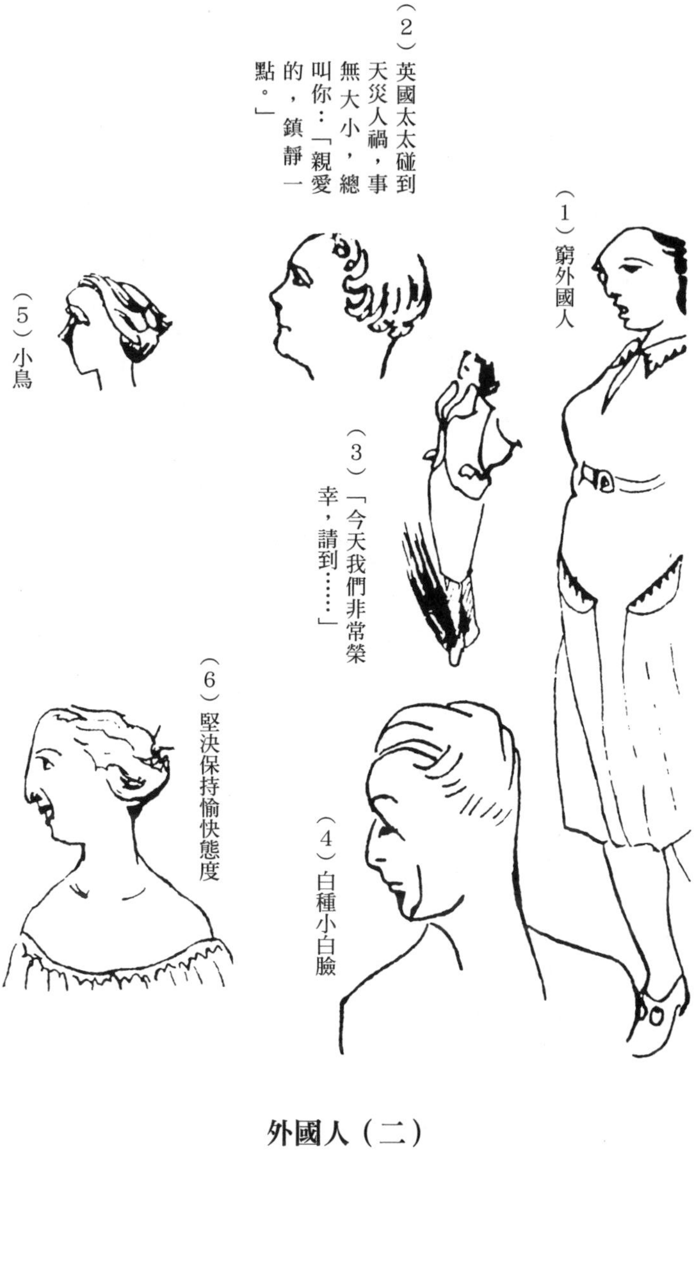
（1）窮外國人
（2）英國太太碰到天災人禍，事無大小，總叫你：「親愛的，鎮靜一點。」
（3）「今天我們非常榮幸，請到……」
（4）白種小白臉
（5）小鳥
（6）堅決保持愉快態度

外國人（二）

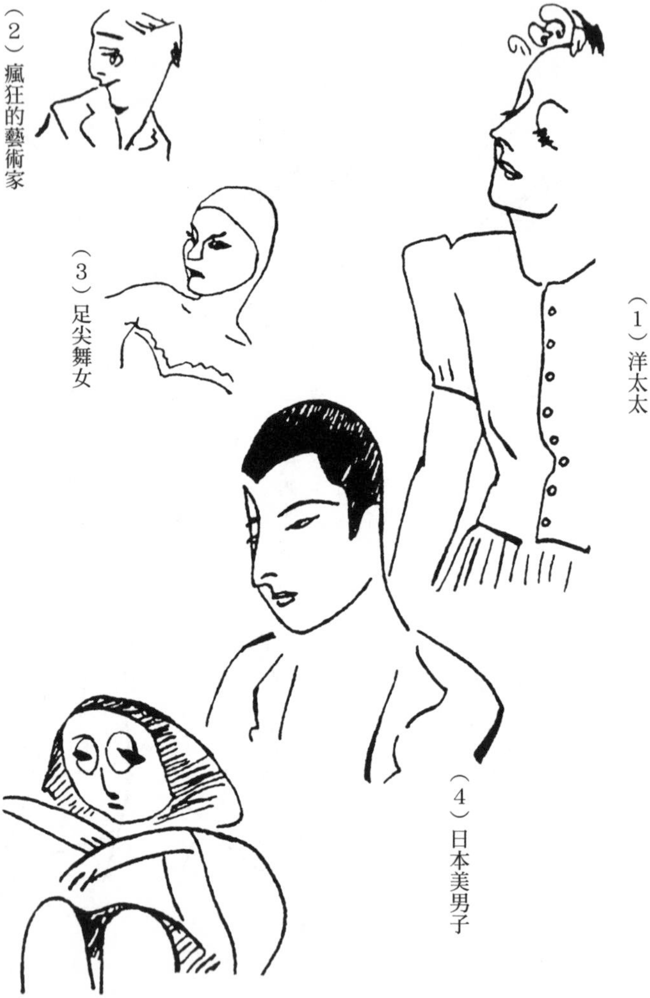
（1）洋太太
（2）瘋狂的藝術家
（3）足尖舞女
（4）日本美男子
（5）雪子姑娘

外國人（三）

聽講；先生在黑板上寫字

大學即景（一）

借銀燈

有一齣紹興戲名叫《借紅燈》。因為聽不懂唱詞，內容我始終沒弄清楚，可是我酷愛這風韻天然的題目，這裏就擅自引用了一下。「借銀燈」，無非是借了水銀燈來照一照我們四周的風俗人情罷了。水銀燈底下的事，固然也有許多不近人情的，發人深省的也未嘗沒有。

我將要談到的兩張影片，《桃李爭春》與《梅娘曲》，許是過了時了，第三輪的戲院也已放映過，然而內地和本埠的遊藝場還是演了又演，即使去看的是我們不甚熟悉的一批觀眾，他們所欣賞的影片也有討論的價值。

我這篇文字並不能算影評，因為我看的不是電影裏的中國人。

這兩張影片同樣地涉及婦德的問題。婦德的範圍很廣，但是普通人說起為妻之道，著眼處往往只在下列的一點：怎樣在一個多妻主義的丈夫之前，愉快地遵行一夫一妻主義。《梅娘曲》裏的丈夫尋花問柳，上「台基」去玩弄「人家人」。「台基」的一般的嫖客似乎都愛做某一種惡夢，夢見他們自己的妻子或女兒在那裏出現，姍姍地應召而至，和他們迎頭撞上了。這石破天驚的會晤當然是充滿了戲劇性。我們的小說家抓到了這點戲劇性，因此近三十年的社會小說中常常可以發現這一類的局面，可是在銀幕上還是第一次看到。梅娘被引誘到台基上，湊巧遇見了丈夫。他打了她一個嘴巴。她沒有開口說一句話的餘地，就被「休」掉了。

丈夫在外面有越軌的行動，他的妻是否有權利學他的榜樣？摩登女子固然公開反對片面的貞操，即是舊式的中國太太們對於這問題也不是完全陌生。為了點小事吃了醋，她們就恐嚇丈夫說要採取這種報復手段。可是言者諄諄，聽者藐藐，總是拿它當笑話看待。

男子們說笑話的時候也許會承認，太太群的建議中未嘗沒有一種原始性的公平。很難使中國人板著臉作此項討論，因為他們認為世上沒有比姦淫更為滑稽可笑的事。但是如果我們能夠強迫他們採取較嚴肅的評判態度的話，他們一定是不贊成的。從純粹邏輯化的倫理學觀點看來，兩個黑的併在一起並不是等於一個白的，二惡相加不能成為一善。中國人用不著邏輯的幫助也得到同樣的結論。他們覺得這辦法在實際上是行不通的。女太太若是認真那麼做去，她自己太不上算。在理論上或許有這權利，可是有些權利還是備而不用的好。

雖如此說，這一類的問題是茶餘酒後男賓女賓舌戰最佳的資料。在《梅娘曲》中，艷窟裏的一個「人家人」便侃侃地用晚餐席上演說的作風為她自己辯護著。然而我們的天真的女主角是做夢也沒想到什麼權利，權利的話。一個壞蛋把她騙到那不名譽的所在去，她以為他要創辦一個慈善性質的小學，請她任校長之職，而丈夫緊跟著就上場，發生了那致命的誤會。她根本沒有機會考慮她是否有犯罪的權利——還沒走近問題的深淵就滑倒了，爬不起來。

《桃李爭春》裏的丈夫被灌得酩酊大醉，方才屈服在誘惑之下，似乎情有可原。但是這特殊情形只有觀眾肚裏明白。他太太始終不知道，也不想打聽——彷彿一些好奇心也沒有。她只要他——落到她份內的任何一部份的他。除此之外她完全不感興趣。若是他不幸死了，她要他留下的一點骨血，即使那孩子是旁的女人為他生的。

《桃李爭春》是根據美國片《情謊記》改編的，可是它的題材卻貼戀著中國人的心。這裏的賢妻含辛茹苦照顧丈夫的情人肚裏的孩子，經過若干困難，阻止那懷孕的女人打胎。——這樣的女人在基本原則上具有東方精神，因為我們根深蒂固的傳統觀念是以宗祠為重。

在今日的中國，新舊思想交流，西方個人主義的影響頗佔優勢，所以在現代社會中，這樣的婦女典型，如果存在的話，很需要一點解釋。即在禮教森嚴的古代，這一類的犧牲一己的行為，裏面的錯綜心理也有可研究之處。《桃李爭春》可惜淺薄了些，全然忽略了妻子與情婦的內心過程，彷彿一切都是理所當然的。

導演李萍倩的作風永遠是那麼明媚可喜。尤其使男性觀眾感到滿意的是妻子與外婦親狎地，和平地，互相擁抱著入睡的那一幕。

有這麼一個動聽的故事，《桃李爭春》不難旁敲側擊地分析人生許多重大的問題，可是它把這機會輕輕放過了。《梅娘曲》也是一樣，很有向上的希望而渾然不覺，只顧駕輕車，就熟路，馳入我們百看不厭的被遺棄的女人的悲劇。梅娘匆匆忙忙，像名人赴宴一般，各處到了一到——她在大雨中顛躓，隔著玻璃窗吻她的孩子，在茅廬中奄奄一息，終於死在懺悔了的丈夫的懷中，在男人的回憶裏唱起了湖上的情歌。合法的傳奇劇中一切百試百驗的催淚劑全在這裏了，只是受了燈光的影響，演出上很受損失。

多半是因為這奇慘的燈光，劇中所表現的「歡場」的空氣是異常陰森嚴冷。馬驥飾台基的女主人，那一聲刻板的短短的假笑，似嫌單調。嚴俊演反角，熟極而流。王熙春未能完全擺脫京戲的拘束，倉隱秋演勢利的小學校長，諷刺入骨，偷了許多的場面去——看得見的部份幾乎全被她壟斷了。

陳雲裳在《桃李爭春》裏演那英勇的妻，太孩子氣了些。白光為對白所限，似乎是一個稀有的樸訥的蕩婦，只會執著酒杯：「你喝呀！你喝呀！」沒有第二句話，單靠一雙美麗的眼睛來彌補這缺憾，就連這位「眼科專家」也有點吃力的樣子。

．初載於一九四四年一月上海《太平》第三卷第一期。

銀宮就學記

不久以前看了兩張富有教育意味的電影，《新生》與《漁家女》（後者或許不能歸入教育片一欄，可是從某一觀點看來，它對於中國人的教育心理方面是有相當貢獻的）。受訓之餘，不免將我的一點心得寫下來，供大家參考。

《新生》描寫農村的純潔怎樣為都市的罪惡所玷污——一個沒有時間性的現象。七八年前的《三個摩登女性》與《人道》也採取了同樣的題材，也像《新生》一般地用了上城讀書的農家子為代表，中國電影最近的趨勢似乎是重新發掘一九三幾年流行的故事。這未嘗不是有益的。因為一九三幾年間是一個智力活躍的時代，雖然它有太多的偏見與小心眼兒；雖然它的單調的洋八股有點討人厭。那種緊張，毛躁的心情已經過去，可是它所採取的文藝與電影材料，值得留的還是留了下來。

《新生》的目的在「發揚教育精神，指導青年迷津，」（引用廣告）可是群眾對於這教育是否感到興趣，製片人似乎很抱懷疑，因此不得不妥協一下，將「迷津」誇張起來，將「指導」一節竭力的簡單化。這也不能怪他們——這種態度是有所本的。美國的教會有一支叫做「復興派」（Revivalists），做禮拜後每每舉行公開的懺悔，長篇大論敘述過往的罪惡。發起人把自己描寫成凶徒與淫棍，越壞越動聽，烘雲托月，襯出今日的善良，得救後的快樂。在美國的窮鄉僻壤，沒有大腿戲可看的地方，村民唯一的娛樂便是這些有聲有色酣暢淋漓的懺悔。

《新生》沒有做得到有聲有色這一點。它缺乏真實性，一部份是經濟方面的原因。並非電影公司不肯花錢，而是戲裏把貨幣價值計算得不大準確的緣故。父母給了兒子六百元買書，不肖的兒子用這六百元賃了一所美輪美奐的大廈，僱了女傭，不斷地請客，應酬女朋友。一個唯利是圖的交際花願意嫁給他，如果他能再籌到二千元的鉅款。即使以十年前的生活程度為標準，這筆賬也還使人糊塗。

男主角回心向善了，可是「善」在哪裏？《新生》設法回答這問題——一個勇敢而略有點慌亂的嘗試。至少它比它的姐妹作切實得多——從前的影片往往只給你一種虛無飄渺的自新的感覺，彷彿年初一早上賭的咒，發的願心似的。《新生》介紹了那最合理想的現代少女（王丹鳳演），她和男主角做朋友純為交換智識。他想再進一步的時候，她拒絕了他的愛，因為這年頭不是談情說愛的時候。畢業之後她到內地去教書，成為一個美麗悅目的教務主任，頭髮上紮一個大蝴蝶結。受了她的影響，男主角加入了一個開發邊疆的旅行團，墾荒去了。他做這件事，並沒有預先考慮過，光是由於一時的衝動，詩意的憧憬，近於逃避主義。如果他在此地犯了罪，為什麼他不能在此地贖罪呢？在我們近周的環境裏，一個身強力壯，具有相當知識的年青人竟會無事可做麼？一定要叫他走到「遼遠的，遼遠的地方，」是很不合實際的建議。

《新生》另提出了一個很值得討論的問題：大眾的初步教育，是否比少數人的高等教育更為重要，更為迫切？男主角的父親拒絕幫助一個鄰居的小孩進小學，因為他的錢要留著給他自己的孩子入大學。然而他的不成器的孩子辜負了他的一片苦心，他受了刺激，便毀家興學，造福全村的兒童。在這裏，劇作者隱約地對於我們的最高學府表示不滿，可是他所攻擊的僅限於大學四周的混雜腐敗有傳染性的環境。

在《漁家女》裏面找尋教育的真諦，我們走的是死胡同，因為《漁家女》的英雄是個美術專門生。西洋美術在中國始終是有錢人消閒的玩意兒。差不多所有的職業畫家畫的都是傳統的中國畫。《漁家女》的英雄一開頭便得罪了觀眾，（如果這觀眾是有點常識的話）因為他不知天高地厚，滿以為畫兩個令人肅然起敬的偉岸的裸體女人便可以掙錢養家了。

《漁家女》的創造人多半從來沒看見過一個游泳著的魚——除了在金魚缸裏——但是他用稀有的甜淨的風格敘說他的故事，還有些神來之筆，在有意無意間點染出中國人的脾氣，譬如說，漁家女向美術家道歉，她配不上他，他便激楚地回答：「我不喜歡受過教育的女人。」可是，他雖然對大自然的女兒充滿了盧騷式的景仰，他不由自主地要教她認字。他不能抵抗這誘惑。以往的中國學者有過這樣一個普遍的嗜好：教姨太太讀書。其實，教太太也未嘗不可，如果太太生得美麗，但是這一類的風流蘊藉的勾當往往要到暮年的時候，退休以後，才有這閒心，收個「紅袖添香」的女弟子以娛晚景，太太顯然是不合格了。

從前的士子很少有機會教授女學生，因此袁隨園為人極度艷羨，因此鄭康成窮極無聊只得把自己家裏的丫頭權充門牆桃李。現在情形不同了，可是幾千年的情操上的習慣畢竟一時很難更改，到處我們可以找到遺跡。女人也必須受教育，中國人對於這一點表示同意了，然而他們寧願自己教育自己的太太，直接地或是間接地。在通俗的小說裏，一個男子如果送一個窮女孩子上學堂，那就等於下了聘了，即使他堅決地聲明他不過是成全她的志向，因為她是個可造之材。報上的徵婚廣告裏每每有「願助學費」的句子。

「漁家女」的戀人樂意教她書，所以「漁家女」之受教育完全是為了她的先生的享受。而美術專門生所受的教育又於他毫無好處。他同爸爸吵翻了，出來謀獨立，失敗了，幸而有一個鍾情於他的闊小姐加以援手，隨後這闊小姐就詭計多端破壞他同「漁家女」的感情。在最後的一剎那，收買靈魂的女魔終於天良發現，一對戀人遂得團圓，美術家用闊小姐贈他的錢僱了花馬車迎接他的新娘。悲劇變為喜劇，關鍵全在一個闊小姐的不甚可靠的良心——《漁家女》因而成為更深一層的悲劇了。

・初載於一九四四年二月七日上海《太平洋周報》第九十六期。

燼餘錄

我與香港之間已經隔了相當的距離了——幾千里路，兩年，新的事，新的人。戰時香港所見所聞，唯其因為它對於我有切身的、劇烈的影響，當時我是無從說起的。現在呢，定下心來了，至少提到的時候不至於語無倫次。然而香港之戰予我的印象幾乎完全限於一些不相干的事。

我沒有寫歷史的志願，也沒有資格評論史家應持何種態度，可是私下裏總希望他們多說點不相干的話。現實這樣東西是沒有系統的，像七八個話匣子同時開唱，各唱各的，打成一片混沌。在那不可解的喧囂中偶然也有清澄的，使人心酸眼亮的一剎那，聽得出音樂的調子，但立刻又被重重黑暗上擁來，淹沒了那點了解。畫家、文人、作曲家將零星的、湊巧發現的和諧聯繫起來，造成藝術上的完整性。歷史如果過於注重藝術上的完整性，便成為小說了。像威爾斯的《歷史大綱》，所以不能躋於正史之列，便是因為它太合理化了一點，自始至終記述的是小我與大我的鬥爭。

清堅決絕的宇宙觀，不論是政治上的還是哲學上的，總未免使人嫌煩。人生的所謂「生趣」全在那些不相干的事。

在香港，我們初得到開戰的消息的時候，宿舍裏的一個女同學發起急來，道：「怎麼辦

大學即景（二）

呢？沒有適當的衣服穿！」她是有錢的華僑，對於社交上的不同的場合需要不同的行頭，從水上跳舞會到隆重的晚餐，都有充分的準備，但是她沒想到打仗。後來她借到了一件寬大的黑色棉袍，對於頭上營營飛繞的空軍大約是沒有多少吸引力的。逃難的時候，宿舍的學生「各自奔前程」。戰後再度相會她已經剪短了頭髮，梳了男式的菲律賓頭，那在香港是風行一時的，為了可以冒充男性。

戰爭期中各人不同的心理反應，確與衣服有關。譬如說，蘇雷珈。蘇雷珈是馬來半島一個偏僻小鎮的西施，瘦小，棕黑皮膚，睡沉沉的眼睛與微微外露的白牙。像一般的受過修道院教育的女孩子，她是天真得可恥。她選了醫科，醫科要解剖人體，被解剖的屍體穿衣服不穿？蘇雷珈曾經顧慮到這一層，向人打聽過。這笑話在學校裏早出了名。

一個炸彈掉在我們宿舍的隔壁，舍監不得不督促大家避下山去。在急難中蘇雷珈並沒忘記把她最顯煥的衣服整理起來，雖經許多有見識的人苦口婆心地勸阻，她還是在砲火下將那隻累贅的大皮箱設法搬運下山。蘇雷珈加入防禦工作，在紅十字會分所充當臨時看護，穿著赤銅地綠壽字的織錦緞棉袍蹲在地上劈柴生火，雖覺可惜，也還是值得的。那一身伶俐的裝束給了她空前的自信心，不然，她不會同那些男護士混得那麼好。同他們一起吃苦，担風險，開玩笑，她漸漸慣了，話也多了，人也幹練了。戰爭對於她是很難得的教育。

至於我們大多數的學生，我們對於戰爭所抱的態度，可以打個譬喻，是像一個人坐在硬板凳上打瞌盹，雖然不舒服，而且沒結沒玩地抱怨著，到底還是睡著了。

能夠不理會的，我們一概不理會。出生入死，沉浮於最富色彩的經驗中，我們還是我們，一塵不染，維持著素日的生活典型。有時候彷彿有點反常，然而仔細分析起來，還是一貫作風。像艾芙林，她是從中國內地來的，身經百戰，據她自己說是吃苦耐勞，担驚受怕慣了的。可是轟炸我們鄰近的軍事要塞的時候，艾芙林第一個受不住，歇斯底里起來，大哭大鬧，說了許多可怖的戰爭的故事，把旁的女學生一個個嚇得面無人色。

艾芙林的悲觀主義是一種健康的悲觀。宿舍裏的存糧看看要完了，但是艾芙林比平時吃得特別多，而且勸我們大家努力地吃，因為不久便沒的吃了。我們未嘗不想極力撙節，試行配給制度，但是她百般阻撓，她整天吃飽了就坐在一邊啜泣，因而得了便秘症。

我們聚集在宿舍的最下層，黑漆漆的箱子間裏，只聽見機關槍「忒啦啦拍拍」像荷葉上的雨。因為怕流彈，小大姐不敢走到窗戶跟前迎著亮洗菜，所以我們的菜湯裏滿是蠕蠕的蟲。同學裏只有炎櫻胆大，冒死上城去看電影——看的是五彩卡通——回宿舍後又獨自在樓上洗澡，流彈打碎了浴室的玻璃窗，她還在盆裏從容地潑水唱歌，舍監聽見歌聲，大大地發怒了。她的不在乎彷彿是對眾人的恐怖的一種諷嘲。

港大停止辦公了，異鄉的學生被迫離開宿舍，無家可歸，不參加守城工作，就無法解決膳宿問題。我跟著一大批同學到防空總部去報名，報了名領了證章出來就遇著空襲。我們從電車上跳下來向人行道奔去，縮在門洞子裏，心裏也略有點懷疑我們是否盡了防空團員的責任。——究竟防空員的責任是什麼，我還沒來得及弄明白，仗已經打完了。——門洞子裏擠滿了人，有腦油氣味的，棉墩墩的冬天的人。從人頭上看出去，是明淨的淺藍的天。一輛空電車停在街心，電車外面，淡淡的太陽，電車裏面，也是太陽——單只這電車便有一種原始的荒涼。

我覺得非常難受——竟會死在一群陌生人之間麼？可是，與自己家裏人死在一起，一家骨肉被炸得稀爛，又有什麼好處呢？有人大聲發出命令：「摸地！摸地！」哪兒有空隙讓人蹲下地來呢？但是我們一個磕在一個的背上，到底是蹲下來了。飛機往下撲，砰的一聲，就在頭上。我把防空員的鐵帽子罩住了臉，黑了好一會，才知道我們並沒有死，炸彈落在對街。一個大腿上受了傷的青年店夥被抬進來了，袴子捲上去，少微流了點血。他很愉快，因為他是群眾的注意集中點。門洞子外的人起先搥門搥不開，現在更理直氣壯了，七嘴八舌嚷：「開門呀，有人受了傷在這裏！開門！開門！」不怪裏面不敢開，因為我們人太雜了，什麼事都做得出。外面氣得直罵「沒人心，」到底裏面開了門，大家一哄而入，幾個女太太和女傭木著臉不敢做聲，穿堂裏的箱籠，過後是否短了幾隻，不得而知。飛機繼續擲彈，可是漸漸遠了。警報解除之後，大家又不顧命地軋上電車，惟恐趕不上，犧牲了一張電車票。

我們得到了歷史教授佛朗士被槍殺的消息——是他們自己人打死的。像其他的英國人一般，他被徵入伍。那天他在黃昏後回到軍營裏去，大約是在思索著一些什麼，沒聽見哨兵的吆喝，哨兵就放了槍。

佛朗士是一個豁達的人，徹底地中國化，中國字寫得不錯，（就是不大知道筆劃的先後）愛喝酒，曾經和中國教授們一同遊廣州，到一個名聲不大好的尼庵去看小尼姑。他在人烟稀少處造有三幢房屋，一幢專門養豬。家裏不裝電燈自來水，因為不贊成物質文明。汽車倒有一輛，破舊不堪，是給僕歐買菜趕集用的。

他有孩子似的肉紅臉，磁藍眼睛，伸出來的圓下巴，頭髮已經稀了，頸上繫一塊暗敗的藍字寧綢作為領帶。上課的時候他抽烟抽得像烟囪。儘管說話，嘴唇上永遠險伶伶地吊著一支香烟，蹺板似的一上一下，可是再也不會落下來。烟蒂子他順手向窗外一甩，從女學生蓬鬆的鬈髮上飛過，很有著火的危險。

他研究歷史很有獨到的見地。官樣文字被他耍著花腔一唸，便顯得非常滑稽，我們從他那裏得到一點歷史的親切感和扼要的世界觀，可以從他那裏學到的還有很多很多，可是他死了——最無名目的死。第一，算不了為國捐軀。即使是「光榮殉國」，又怎樣？他對於英國的殖民地政策沒有多大同情，但也看得很隨便，也許因為世界上的傻事不止那一件。每逢志願兵操演，他總是拖長了聲音通知我們：「下禮拜一不能同你們見面了，孩子們，我要去練武功。」想不到「練武功」竟送了他的命——一個好先生，一個好人。人類的浪費……

圍城中種種設施之糟與亂，已經有好些人說在我頭裏了。政府的冷藏室裏，冷氣管失修，堆積如山的牛肉，寧可眼看著它腐爛，不肯拿出來。做防禦工作的人只分到米與黃豆，沒有油，沒有燃料。各處的防空機關只忙著爭柴爭米，設法餵養手下的人員，哪兒有閒工夫去照料炸彈？接連兩天我什麼都沒吃，飄飄然去上工。當然，像我這樣不盡職的人，受點委屈也是該當的。在砲火下我看完了《官場現形記》。小時候看過而沒能領略它的好處，一直想再看一遍。一面看，一面担心能夠不能夠容我看完。字印得極小，光線又不充足，但是，一個炸彈下來，還要眼睛做什麼呢？——「皮之不存，毛將焉附？」

圍城的十八天裏，誰都有那種清晨四點鐘的難挨的感覺——寒噤的黎明，什麼都是模糊，瑟縮，靠不住。回不了家，等回去了，也許家已經不存在了。房子可以毀掉，錢轉眼可以成廢紙，人可以死，自己更是朝不保暮。像唐詩上的「悽悽去親愛，泛泛入烟霧，」可是那到底不像這裏的無牽無掛的虛空與絕望。人們受不了這個，急於攀住一點踏實的東西，因而結婚了。

有一對男女到我們辦公室裏來向防空處長借汽車去領結婚證書。男的是醫生，在平日也許並不是一個「善眉善眼」的人，但是他不時的望著他的新娘子，眼裏只有近於悲哀的戀戀的神情。新娘是看護，矮小美麗，紅顴骨，喜氣洋洋，弄不到結婚禮服，只穿著一件淡綠綢夾袍，鑲著墨綠花邊。他們來了幾次，一等等上幾個鐘頭，默默對坐，對看，熬不住滿臉的微笑，招得我們全笑了。實在應當謝謝他們給帶來無端的快樂。

到底仗打完了。乍一停，很有一點弄不慣，和平反而使人心亂，像喝醉酒似的。看見青天上的飛機，知道我們儘管仰著臉欣賞它而不至於有炸彈落在頭上，單為這一點便覺得它很可愛。冬天的樹，淒迷稀薄像淡黃的雲；自來水管子裏流出來的清水，電燈光，街頭的熱鬧，這些又是我們的了。第一，時間又是我們的了——白天，黑夜，一年四季——我們暫時可以活下去了，怎不叫人歡喜得發瘋呢？就是因為這種特殊的戰後精神狀態，一九二〇年在歐洲號稱「發燒的一九二〇年」。

我記得香港陷落後我們怎樣滿街的找尋冰淇淋和嘴唇膏。我們撞進每一家吃食店去問可有冰淇淋。只有一家答應說明天下午或許有，於是我們第二天步行十來里路去踐約，吃到一盤昂貴的冰淇淋，裏面吱格吱格全是冰屑子。街上擺滿了攤子，賣胭脂，西藥，罐頭牛羊肉，搶來的西裝，絨線衫，蕾絲窗簾，彫花玻璃器皿，整疋的呢絨。我們天天上城買東西，名為買，其實不過是看看而已。從那時候起我學會了怎樣以買東西當作一件消遣。——無怪大多數的女人樂此不疲。

香港重新發現了「吃」的喜悅。真奇怪，一件最自然，最基本的功能，突然得到過分的注意，在情感的光強烈的照射下，竟變成下流的，反常的。在戰後的香港，街上每隔五步十步便蹲著個衣冠濟楚的洋行職員模樣的人，在小風爐上炸一個鐵硬的小黃餅。香港城不比上海有作為，新的投機事業發展得極慢。許久許久，街上的吃食仍舊為小黃餅所壟斷。漸漸有試驗性質的甜麵包，三角餅，形跡可疑的椰子蛋糕。所有的學校教員，店夥，律師幫辦，全都改行做了餅師。

我們立在攤頭上吃滾油煎的蘿蔔餅，尺來遠腳底下就躺著窮人的青紫的屍首。上海的冬天也是那樣的罷？可是至少不是那麼尖銳肯定。香港沒有上海有涵養。

因為沒有汽油，汽車行全改了吃食店，沒有一家綢緞舖或藥房不兼賣糕餅。香港從來沒有這樣饞嘴過。宿舍裏的男女學生整天談講的無非是吃。

在這狂歡的氣氛裏，唯有喬納生孤單單站著，充滿了鄙夷和憤恨。喬納生也是個華僑同學，曾經加入志願軍上陣打過仗。他大衣裏只穿著一件翻領襯衫，臉色蒼白，一綹頭髮垂在眉間，有三分像詩人拜倫，就可惜是重傷風。喬納生知道九龍作戰的情形。他最氣的便是他們派兩個大學生出壕溝去把一個英國兵抬進來——「我們兩條命不抵他們一條。招兵的時候他們答應特別優待，讓我們歸我們自己的教授管轄，答應了全不算話！」他投筆從戎之際大約以為戰爭是基督教青年會所組織的九龍遠足旅行。

休戰後我們在「大學堂臨時醫院」做看護。除了由各大醫院搬來的幾個普通病人，其餘大都是中流彈的苦力與被捕時受傷的乘火打劫者。有一個肺病患者比較有點錢，僱了另一個病人服侍他，派那人出去採辦東西，穿著寬袍大袖的病院制服滿街跑，院長認為太不成體統了，大發脾氣，把二人都攆了出去。另有個病人將一捲繃帶，幾把手術刀叉，三條病院制服的袴子藏在褥單底下，被發覺了。

難得有那麼戲劇化的一剎那。病人的日子是悠長得不耐煩的。上頭派下來叫他們揀米，除去裏面的沙石與稗子，因為實在沒事做，他們似乎很喜歡這單調的工作。時間一長，跟自己的傷口也發生了感情。在醫院裏，各個不同的創傷就代表了他們整個的個性。每天敷藥換棉花的時候，我看見他們用溫柔的眼光注視新生的鮮肉，對之彷彿有一種創造性的愛。

他們住在男生宿舍的餐室裏。從前那間房子充滿了喧嘩——留聲機上唱著卡門麥蘭達的巴西情歌，學生們動不動就摔碗罵廚子。現在這裏躺著三十幾個沉默、煩躁，有臭氣的人，動不了腿，也動不了腦筋，因為沒有思想的習慣。枕頭不夠用，將他們的床推到柱子跟前，他們頭抵在柱子上，頸項與身體成九十度角。就這樣眼睜睜躺著，每天兩頓紅米飯，一頓乾，一頓稀。太陽照亮了玻璃門，玻璃上糊的防空紙條經過風吹雨打，已經撕去了一大半了，斑駁的白迹子像巫魔的小紙人，尤其在晚上，深藍的玻璃上現出奇形怪狀的小白魍魎的剪影。

我們倒也不怕上夜班，雖然時間特別長，有十小時。夜裏沒有什麼事做。病人大小便，我們只消走出去叫一聲打雜的：「二十三號要屎乒。（「乒」是廣東話，英文Pan的音譯）」或是「三十號要溺壺。」我們坐在屏風後面看書，還有消夜吃，是特地給送來的牛奶麵包。唯一的遺憾便是：病人的死亡，十有八九是在深夜。

有一個人，尻骨生了奇臭的蝕爛症。痛苦到了極點，面部表情反倒近於狂喜……眼睛半睜半閉，嘴拉開了彷彿癢絲絲抓撈不著地微笑著。整夜他叫喚：「姑娘啊！姑娘啊！」悠長地，顫抖地，有腔有調。我不理。我是一個不負責任的，沒良心的看護。我恨這個人，因為他在那裏受磨難，終於一房間的病人都醒過來了。他們看不過去，齊聲大叫「姑娘。」我不得不走出來，陰沉地站在他床前，問道：「要什麼？」他想了一想，呻吟道：「要水。」他只要人家給他點東西，不拘什麼都行。我告訴他廚房裏沒有開水，又走開了。他嘆口氣，靜了一會，又叫起來，叫不動了，還哼哼：「姑娘啊……姑娘啊……哎，姑娘啊……」

三點鐘，我的同伴正在打瞌盹，我去燒牛奶，老著臉抱著肥白的牛奶瓶穿過病房往廚下去。多數的病人全都醒了，眼睜睜望著牛奶瓶，那在他們眼中是比捲心百合花更為美麗的。

香港從來未曾有過這樣寒冷的冬天。我用肥皂去洗那沒蓋子的黃銅鍋，手疼得像刀割。鍋上膩著油垢。工役們用它煨湯。病人用它洗臉。我把牛奶倒進去，銅鍋坐在藍色的煤氣火焰中，像一尊銅佛坐在青蓮花上，澄靜，光麗。但是那拖長腔的「姑娘啊！姑娘啊！」追蹤到廚房裏來了。小小的廚房只點一支白蠟燭，我看守著將沸的牛奶，心裏發慌，發怒，像被獵的獸。

這人死的那天我們大家都歡欣鼓舞。是天快亮的時候，我們將他的後事交給有經驗的職業看護，自己縮到廚房裏去。我的同伴用椰子油烘了一爐小麵包，味道頗像中國酒釀餅。雞在叫，又是一個凍白的早晨。我們這些自私的人若無其事的活下去了。

除了工作之外我們還念日文。派來的教師是一個年青的俄國人，黃頭髮剃得光光地。上課的時候他每每用日語問女學生的年紀。她一時答不上來，他便猜：「十八歲？十九歲？不會超過廿歲罷？你住在幾樓？待會兒我可以來拜訪麼？」她正在盤算著如何托辭拒絕，他便笑了起來道：「不許說英文。你只會用日文說：『請進來。請坐。請用點心。』你不會說『滾出去！』」說完了笑話，他自己先把臉漲得通紅。起初學生黑壓壓擠滿一堂課，漸漸減少了。少得不成樣，他終於賭氣不來了，另換了先生。

這俄國先生看見我畫的圖，獨獨賞識其中的一張，是炎櫻單穿著一件襯裙的肖像。他願意出港幣五元購買，看見我們面有難色，連忙解釋：「五元，不連畫框。」

由於戰爭期間特殊空氣的感應，我畫了許多圖，由炎櫻著色。自己看了自己的作品歡喜讚嘆，似乎太不像話，但是我確實知道那些畫是好的，完全不像我畫的，以後我再也休想畫出那樣的圖來。就可惜看了略略使人發糊塗。即使以一生的精力為那些雜亂重疊的人頭寫註解式的傳記，也是值得的。譬如說，那暴躁的二房東太太，鬥雞眼突出像兩隻自來水龍頭；那少奶奶，整個的頭與頸便是理髮店的電氣吹風管；像獅子又像狗的，蹲踞著的有傳染病的妓女，衣裳底下露出紅絲襪的盡頭與吊襪帶。

有一幅，我特別喜歡炎櫻用的顏色，全是不同的藍與綠，使人聯想到「滄海月明珠有淚，藍田日暖玉生烟」那兩句詩。

一面在畫，一面我就知道不久我會失去那點能力。從那裏我得到了教訓——老教訓：想做什麼，立刻去做，都許來不及了。「人」是最拿不準的東西。

有個安南青年，在同學群中是個有點小小名氣的畫家。他抱怨說戰後他筆下的線條不那麼有力了，因為自己動手做菜，累壞了臂膀。因之我們每天看見他炸茄子，（他只會做一樣炸茄子）總覺得悽慘萬分。

戰爭開始的時候，港大的學生大都樂得歡蹦亂跳，因為十二月八日正是大考的第一天，平白地免考是千載難逢的盛事。那一冬天，我們總算吃夠了苦，比較知道輕重了。可是「輕重」這兩個字，也難講……去掉了一切的浮文，剩下的彷彿只有飲食男女這兩項。人類的文明努力要想跳出單純的獸性生活的圈子，幾千年來的努力竟是枉費精神麼？事實是如此。香港的外埠學生困在那裏沒事做，成天就只買菜，燒菜，調情——不是普通的學生式的調情，溫和而帶一點感傷氣息的。在戰後的宿舍裏，男學生躺在女朋友的床上玩紙牌一直到夜深。第二天一早，她還沒起床，他又來了，坐在床沿上。隔壁便聽見她嬌滴滴叫喊：「不行！不嗎！不，我不！」一直到她穿衣下床為止。這一類的現象給人不同的反應作用——會使人悚然回到孔子跟前去，也說不定。到底相當的束縛是少不得的。原始人天真雖天真，究竟不是一個充分的「人」。

醫院院長想到「戰爭小孩」（戰爭期間的私生子）的可能性，極其担憂。有一天，他瞥見一個女學生偷偷摸摸抱著一個長形的包裹溜出宿舍，他以為他的惡夢終於實現了。後來才知道她將做工得到的米運出去變錢，因為路上流氓多，恐怕中途被劫，所以將一袋米改扮了嬰兒。

論理，這兒聚集了八十多個死裏逃生的年青人，因為死裏逃生，更是充滿了生氣：有的吃，有的住，沒有外界的娛樂使他們分心；沒有教授，（其實一般的教授們，沒有也罷）可是有許多書，諸子百家，詩經，聖經，莎士比亞——正是大學教育的最理想的環境。然而我們的同學只拿它當作一個沉悶的過渡時期——過去是戰爭的苦惱，未來是坐在母親膝上哭訴戰爭的苦惱，把憋了許久的眼淚出清一下。眼前呢，只能夠無聊地在污穢的玻璃窗上塗滿了「家，甜蜜的家」的字樣。為了無聊而結婚，雖然無聊，比這種態度還要積極一點。

缺乏工作與消遣的人們不得不提早結婚，但看香港報上挨挨擠擠的結婚廣告便知道了。學生中結婚的人也有。一般的學生對於人們的真性情素鮮認識，一旦有機會刮去一點浮皮，看見底下的畏縮，怕癢，可憐又可笑的男人或女人，多半就會愛上他們最初的發現。當然，戀愛與結婚是於他們有益無損，可是自動地限制自己的活動範圍，到底是青年的悲劇。

時代的車轟轟地往前開。我們坐在車上，經過的也許不過是幾條熟悉的街衢，可是在漫天的火光中也自驚心動魄。就可惜我們只顧忙著在一瞥即逝的店鋪的櫥窗裏找尋我們自己的影子——我們只看見自己的臉，蒼白，渺小；我們的自私與空虛，我們恬不知恥的愚蠢——誰都像我們一樣，然而我們每人都是孤獨的。

·初載於一九四四年二月上海《天地》第五期。

談女人

西方人稱陰險刻薄的女人為「貓」。新近看到一本專門罵女人的英文小冊子叫《貓》，內容並非是完全未經人道的，但是與女人有關的雋語散見各處，搜集起來頗不容易，不像這裏集其大成。摘譯一部份，讀者看過之後總有幾句話說，有的嗔，有的笑，有的覺得痛快，也有自命為公允的男子作「平心之論」，或是說「過激了一點」，或是說「對是對的，只適用於少數的女人，不過無論如何，有則改之，無則加勉」等等。總之，我從來沒見過在這題目上無話可說的人。我自己當然也不外此例。我們先看了原文再討論罷。

《貓》的作者無名氏在序文裏預先鄭重聲明：「這裏的話，並非說的是你，親愛的讀者——假使你是個男子，也並非說的是你的妻子，姐妹，女兒，祖母或岳母。」

他再三辯白他寫這本書的目的並不是吃了女人的虧藉以出氣，但是他後來又承認是有點出氣的作用，因為：「一個剛和太太吵過嘴的男子，上床之前讀這本書，可以得到安慰。」

他道：「女人物質方面的構造實在太合理化了，精神方面未免稍差，那也是意想中的事，不能苛求。

一個男子真正動了感情的時候，他的愛較女人的愛偉大得多。可是從另一方面觀看，女人恨起一個人來，倒比男人持久得多。

女人與狗唯一的分別就是：狗不像女人一般地被寵壞了，牠們不戴珠寶，而且——謝天謝地！——牠們不會說話！

算到頭來，每一個男子的錢總是花在某一個女人的身上。

男人可以跟最下等的酒吧間女侍調情而不失身分——上流女人向郵差遙遙擲一個飛吻都不行！我們由此推斷：男人不比女人，彎腰彎得再低些也不打緊，因為他不難重新直起腰來。

一般的說來，女性的生活不像男性的生活那麼需要多種的興奮劑，所以如果一個男子公餘之暇，做點越軌的事來調劑他的疲乏，煩惱，未完成的壯志，他應該被原恕。

對於大多數的女人，『愛』的意思就是『被愛』。

男子喜歡愛女人，但是有時候他也喜歡她愛他。

如果你答應幫一個女人的忙，隨便什麼事她都肯替你做；但是如果你已經幫了她一個忙了，她就不忙著幫你的忙了。所以你應當時時刻刻答應幫不同的女人的忙，那麼你多少能夠得到一點酬報，一點好處——因為女人的報恩只有一種：預先的報恩。

由男子看來，也許這女人的衣服是美妙悅目的——但是由另一個女人看來，它不過是『一先令三辨士一碼』的貨色，所以就談不上美。

時間即是金錢，所以女人多花時間在鏡子前面，就得多花錢在時裝店裏。

如果你不調戲女人，她說你不是一個男人；如果你調戲她，她說你不是一個上等人。

男子誇耀他的勝利——女子誇耀她的退避。可是敵方之所以進攻，往往全是她自己招惹出來的。

女人不喜歡善良的男子，可是她們拿自己當作神速的感化院，一嫁了人之後，就以為丈夫立刻會變成聖人。

唯獨男子有開口求婚的權利——只要這制度一天存在，婚姻就一天不能夠成為公平交易；女人動不動便抬出來說當初她『允許了他的要求』，因而在爭吵中佔優勢。為了這緣故，女人堅持應由男子求婚。

多數的女人非得『做下不對的事』方才快樂。婚姻彷彿不夠『不對』的。

女人往往忘記這一點：她們全部的教育無非是教她們意志堅強，抵抗外界的誘惑——但是她們耗費畢生的精力去挑撥外界的誘惑。

現代婚姻是一種保險，由女人發明的。

若是女人信口編了故事之後就可以抽版稅，所有的女人全都發財了。

你向女人猛然提出一個問句，她的第一個回答大約是正史，第二個就是小說了。

女人往往和丈夫苦苦辯論，務必駁倒他，然而向第三者她又引用他的話，當作至理名言。可憐的丈夫……

女人與女人交朋友，不像男人與男人那麼快。她們有較多的瞞人的事。

女人們真是幸運——外科醫生無法解剖她們的良心。

女人品評男子，僅僅以他對她的待遇為依歸，女人會說：『我不相信那人是兇手——他從來也沒有謀殺過我！』

男人做錯事，但是女人遠兜遠轉地計畫怎樣做錯事。

女人不大想到未來——同時也努力忘記她們的過去——所以天曉得她們到底有什麼可想的！

女人開始經濟節約的時候，多少『必要』的花費她可以省掉，委實可驚！

如果一個女人告訴了你一個秘密，千萬別轉告另一個女人——一定有別的女人告訴過她了。

無論什麼事，你打算替一個女人做的，她認為理所當然。無論什麼事你替她做的，她並不表示感謝。無論什麼小事你忘了做，她咒罵你。……家庭不是慈善機關。

多數的女人說話之前從來不想一想。男人想一想——就不說了！

若是她看書從來不看第二遍因為她『知道裏面的情節』了，這樣的女人絕不會成為一個好妻子。如果她只圖新鮮，全然不顧及風格及韻致，那麼過了些時，她摸清楚了丈夫的個性，他的弱點與怪癖處，她就嫌他沉悶無味，不復愛他了。

你的女人建造空中樓閣——如果它們不存在，那全得怪你！

叫一個女人說『我錯了』，比男人說全套的急口令還要難些。

你疑心你的妻子，她就欺騙你。你不疑心你的妻子，她就疑心你。」

凡是說「女人怎樣怎樣」的話，因為是俏皮話。單圖俏皮，意義的正確上不免要打個折扣，因為各人有各人的脾氣，如何能夠一概而論？但是比較上女人是可以一概而論的，因為天下人風俗習慣職業環境各不相同，而女人大半總是在戶內持家看孩子，傳統的生活典型既然只有一種，個人的習性雖不同也有限。因此，籠統地說「女人怎樣怎樣」，比說「男人怎樣怎

（1）横

（2）淺薄

（3）笨

（4）做作

物傷其類

（1）夫主
（2）奴家

樣」要有把握些。

記得我們學校裏有過一個非正式的辯論會，一經涉及男女問題，大家全都忘了原先的題目是什麼，單單集中在這一點上，七嘴八舌，嬉笑怒罵，空氣異常熱烈。有一位女士以老新黨的口吻侃侃談到男子如何不公平，如何欺凌女子——這柔脆的，感情豐富的動物，利用她的情感來拘禁她，逼迫她作玩物，在生存競爭上女子之所以佔下風全是因為機會不均等……在男女的論戰中，女人永遠是來這麼一套。當時我忍不住要駁她，倒不是因為我專門喜歡做偏鋒文章，實在是聽厭了這一切。一九三〇年間女學生們人手一冊的《玲瓏》雜誌就是一面傳授影星美容秘訣一面教導「美」了「容」的女子怎樣嚴密防範男子的進攻，因為男子都是「心存不良」的，談戀愛固然危險，便結婚也危險，因為結婚是戀愛的墳墓……

女人這些話我們耳熟能詳，男人的話我們也聽得太多了，無非罵女子十惡不赦，罄竹難書，惟為民族生存計，不能趕盡殺絕。

兩方面各執一詞，表面上看來未嘗不是公有公理，婆有婆理。女人的確是小性兒，矯情，作偽，眼光如豆，狐媚子，（正經女人雖然痛恨蕩婦，其實若有機會扮個妖婦的角色的話，沒有一個不躍躍欲試的。）聰明的女人對於這些批評並不加辯護，可是返本歸原，歸罪於男子。在上古時代，女人因為體力不濟，屈服在男子的拳頭下，幾千年來始終受支配，因為適應環境，養成了所謂妾婦之道。女子的劣根性是男子一手造成的，男子還抱怨些什麼呢？

女人的缺點全是環境所致，然則近代和男子一般受了高等教育的女人何以常常使人失望，像她的祖母一樣地多心，鬧彆扭呢？當然，幾千年的積習，不是一朝一夕可以改掉的，只消假以時日……

可是把一切都怪在男子身上，也不是徹底的答覆，似乎有不負責任的嫌疑。「不負責」也是男子久慣加在女人身上的一個形容詞。《貓》的作者說：

「有一位名高望重的教授曾經告訴我一打的理由，為什麼我不應當把女人看得太嚴重。這一直使我煩惱著，因為她們總把自己看得很嚴重，最恨人家把她們當作甜蜜的，不負責任的小東西。假如像這位教授說的，不應當把她們看得太嚴重，而她們自己又不甘心做『甜蜜的，不負責任的小東西』，那到底該怎樣呢？

她們要人家把她們看得很嚴重，但是她們做下點嚴重的錯事的時候，她們又希望你說『她不過是個不負責任的小東西。』」

女人當初之所以被征服，成為父系宗法社會的奴隸，是因為體力比不上男子。但是男子的體力也比不上豺狼虎豹，何以在物競天擇的過程中不曾為禽獸所屈服呢？可見得單怪別人是不行的。

名小說家愛爾德斯・郝胥黎在《針鋒相對》一書中說：「是何等樣人，就會遇見何等樣事。」《針鋒相對》裏面寫一個年青女子瑪格麗，她是一個討打的，天生的可憐人。她丈夫本是一個相當馴良的丈夫，然而到底不得不辜負了她，和一個交際花發生了關係。瑪格麗終於成為呼天搶地的傷心人了。

誠然，社會的進展是大得不可思議的，非個人所能控制，身當其衝者根本不知其所以然。但是追溯到某一階段，總免不了有些主動的成分在內。像目前世界大局，人類逐步進化到競爭劇烈的機械化商業文明，造成了非打不可的局面，雖然奔走呼號鬧著「不要打，打不得，」也還是惶惑地一個個被牽進去了。的確是沒有法子，但也不能說是不怪人類自己。

有人說，男子統治世界，成績很糟，不如讓位給女人，準可以一新耳目。這話乍聽很像是病急亂投醫。如果是君主政治，武則天是個英主，唐太宗也是個英主，碰上個把好皇帝，不拘男女，一樣天下太平。君主政治的毛病就在好皇帝太難得。若是民主政治呢，大多數的女人的自治能力水準較男子更低。而且國際間鬧是非，本來就有點像老媽子吵架，再換了貨真價實的女人，更是不堪涉想。

叫女子來治國平天下，雖然是「做戲無法，請個菩薩」，這荒唐的建議卻也有它的科學上的根據。曾經有人預言，這一次世界大戰如果摧毀我們的文明到不能恢復原狀的地步，下一期的新生的文化將要著落在黑種人身上，因為黃白種人在過去已經各有建樹，惟有黑種人天真未鑿，精力未耗，未來的大時代裏恐怕要輪到他們來做主角。說這樣話的，並非故作驚人之論。高度的文明，高度的訓練與壓抑，的確足以斲傷元氣。女人常常被斥為野蠻，原始性。人類馴服了飛禽走獸，獨獨不能徹底馴服女人。幾千年來女人始終處於教化之外，焉知她們不在那裏培養元氣，徐圖大舉？

女權社會有一樣好處——女人比男人較富於擇偶的常識，這一點雖然不是什麼高深的學問，卻與人類前途的休戚大大有關。男子挑選妻房，純粹以貌取人。面貌體格在優生學上也是不可不講究的。女人擇夫，何嘗不留心到相貌，只是不似男子那麼偏頗，同時也注意到智慧健康談吐風度自給的力量等項，相貌倒列在次要。有人說現今社會的癥結全在男子之不會挑揀老婆，以至於兒女沒有家教，子孫每況愈下。那是過甚其詞，可是這一點我們得承認，非得要所有的婚姻全由女子主動，我們才有希望產生一種超人的民族。

「超人」這名詞，自經尼采提出，常常有人引用，在尼采之前，古代寓言中也可以發現同類的理想。說也奇怪，我們想像中的超人永遠是個男人。為什麼呢？大約是因為超人的文明是較我們的文明更進一步的造就，而我們的文明是男子的文明。還有一層：超人是純粹理想的結晶，而「超等女人」則不難於實際中求得。在任何文化階段中，女人還是女人。男子偏於某一方面的發展，而女人是最普遍的，基本的，代表四季循環，土地，生老病死，飲食繁殖。女人把人類飛越太空的靈智拴在踏實的根樁上。

即在此時此地我們也可以找到完美的女人。完美的男人就稀有，因為我們根本不知道怎樣的男子可以算做完美。功利主義者有他們的理想，老莊的信徒有他們的理想，國社黨員也有他們的理想。似乎他們各有各的不足處——那是我們對於「完美的男子」期望過深的緣故。

女人的活動範圍有限，所以完美的女人比完美的男人更完美。同時，一個壞女人往往比一個壞男人壞得更徹底。事實是如此。有些生意人完全不顧商業道德而私生活無懈可擊。反之，對女人沒良心的人儘有在他方面認真盡職的。而一個惡毒的女人就惡得無孔不入。

超人是男性的，神卻帶有女性的成分，超人與神不同。超人是進取的，是一種生存的目標。神是廣大的同情，慈悲，了解，安息。像大部份所謂智識份子一樣。我也是很願意相信宗教而不能夠相信，如果有這麼一天我獲得了信仰，大約信的就是奧郝爾《大神勃朗》一劇中的地母娘娘。

《大神勃朗》是我所知道的感人最深的一齣戲。讀了又讀，讀到第三四遍還使人心酸淚落。奧郝爾以印象派筆法勾出的「地母」是一個妓女。「一個強壯，安靜，肉感，黃頭髮的女人，二十歲左右，皮膚鮮潔健康，乳房豐滿，胯骨寬大。她的動作遲慢，踏實，懶洋洋地像一頭獸。她的大眼睛像做夢一般反映出深沉的天性的騷動。她嚼著口香糖，像一條神聖的牛，忘卻了時間，有它自身的永生的目的。」

她說話的口吻粗鄙而熱誠：「我替你們難過，你們每一個人，每一個狗娘養的——我簡直想光著身子跑到街上去，愛你們這一大堆人，愛死你們，彷彿我給你們帶了一種新的麻醉劑來，使你們永遠忘記了所有的一切。（歪扭地微笑著）但是他們看不見我，就像他們看不見彼此一樣。而且沒有我的幫助他們也繼續地往前走，繼續地死去。」

人死了，葬在地裏。地母安慰垂死者：「你睡著了之後，我來替你蓋被。」

為人在世，總得戴個假面具，她替垂死者除下面具來，說：「你不能戴著它上床。要睡覺，非得獨自去。」

這裏且摘譯一段對白：

「勃朗　（緊緊靠在她身上，感激地）土地是溫暖的。

地母　（安慰地，雙目直視如同一個偶像）噓！噓！（叫他不要作聲）睡覺罷。

勃朗　是，母親。……等我醒的時候……？

地母　太陽又要出來了。

勃朗　出來審判活人與死人！（恐懼）我不要公平的審判。我要愛。

地母　只有愛。

勃朗　謝謝你，母親。」

人死了，地母向自己說：

「生孩子有什麼用？有什麼用，生出死亡來？」

她又說：

「春天總是回來了，帶著生命！總是回來了！總是，總是，永遠又來了！——又是春天！——又是生命！——夏天，秋天，死亡，又是和平！（痛切的憂傷）可總是，總是，總是又是戀愛與懷胎與生產的痛苦——又是春天帶著不能忍受的生命之杯（換了痛切的歡欣），帶著那光榮燃燒的生命的皇冠！（她站著，像大地的偶像，眼睛凝視著莽莽乾坤。）」

這才是女神。「翩若驚鴻，宛若游龍」的洛神不過是個古裝美女，世俗所供的觀音不過是古裝美女赤了腳，半裸的高大肥碩的希臘石像不過是女運動家，金髮的聖母不過是個俏奶媽，當眾餵了一千餘年的奶。

再往下說，要牽入宗教論爭的危險的漩渦了，和男女論爭一樣的激烈，但比較無味。還是趁早打住。

女人縱有千般不是，女人的精神裏面卻有一點「地母」的根芽。可愛的女人實在是真可愛。在某種範圍內，可愛的人品與風韻是可以用人工培養出來的，世界各國不同樣的淑女教育全是以此為目標，雖然每每歪曲了原意，造成像《貓》這本書裏的太太小姐，也還是可原恕。

女人取悅於人的方法有很多種。單單看中她的身體的人，失去許多可珍貴的生活情趣。

以美好的身體取悅於人，是世界上最古老的職業，也是極普遍的婦女職業，為了謀生而結婚的女人全可以歸在這一項下。這也無庸諱言——有美的身體，以身體悅人；有美的思想，以思想悅人，其實也沒有多大分別。

・初載於一九四四年三月上海《天地》第六期。

存稿

我寫文章很慢而吃力，所以有時候編輯先生向我要稿子，我拿不出來，他就說：「你有存稿，拿一篇出來好了。」久而久之，我自己也疑心我的確有許多存稿囤在那裏，終於下決心去搜羅一下。果然，有是有的。我現在每篇摘錄一些，另作簡短的介紹。有誰願意刊載的話，儘可以指名索取——就恐怕是請教乏人。

年代最久遠的一篇名喚〈理想中的理想村〉，大約是十二三歲時寫的。以前還有，可惜散失了。我還記得最初的一篇小說是一個無題的家庭倫理悲劇，關於一個小康之家，姓雲，娶了個媳婦名叫月娥，小姑叫鳳娥。哥哥出門經商去了，於是鳳娥便乘機定下計策來謀害嫂嫂。寫到這裏便擱下了，沒有續下去。另起爐灶寫一篇歷史小說，開頭是：「話說隋末唐初的時候。」我喜歡那時候，那彷彿是一個興興轟轟橙紅色的時代。我記得這一篇是在一個舊賬簿的空頁上起的稿，簿子寬而短，分成上下兩截，淡黃的竹紙上印著紅條子。用墨筆寫滿了一張，有個親戚名喚「辮大姪姪」的走來看見了——我那時候是七歲罷，卻有許多二十來歲的堂房姪子——他說：「喝！寫起《隋唐演義》來了。」我覺得非常得意，可是始終只寫了這麼一張，沒有這魄力硬挺下去。

（似乎我從九歲起就開始向編輯先生進攻了，但那時候投稿新聞報本埠附刊幾次都消息沉

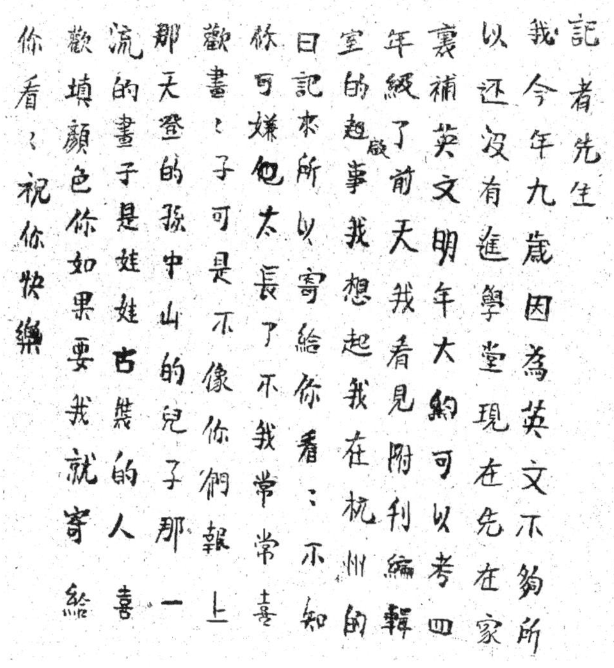
記者先生
我今年九歲因為英文不夠所以还沒有進學堂現在先在家裏補英文明年大約可以考四年級了前天我看見附刊編輯室的趣事我想起我在杭州的日記來所以寄給你看看不知你可嫌他太長了不我常常喜歡畫畫子可是不像你們報上那天登的孫中山的兒子那一流的畫子是娃娃古裝的人喜歡填顏色你如果要我就寄給你看看祝你快樂

第一封投稿信

沉，也就不再嘗試了，直到兩年前。）

再歇了幾年，在小學讀書的時候，第一次寫成一篇有收梢的小說。女主角素貞，和她的情人遊公園，忽然有一隻玉手在她肩頭拍了一下，原來是她的表姐芳婷。她把男朋友介紹給芳婷，便釀成了三角戀愛的悲劇。素貞憤而投水自殺。小說用鉛筆寫在一本筆記簿上，同學們睡在蚊帳裏翻閱，摩來摩去，字跡都擦糊塗了。書中負心的男子叫殷梅生，一個姓殷的同學便道：「他怎麼也姓殷？」提起筆來就改成了王梅生。我又給改回來。幾次三番改來改去，紙也擦穿了。

這是私下裏做的。在學校裏作文，另有一種新的台閣體，我還記得一行警句：「那醉人的春風，把我化成了石像在你的門前。」〈理想中的理想村〉便是屬於這時期的。我簡直不能相信這是我寫的，這裏有我最不能忍耐的新文藝濫調：「在小山的頂上有一所精緻的跳舞廳。晚飯後，乳白色的淡烟漸漸地褪了，露出明朗的南國的藍天。你可以聽見悠揚的音樂，像一幅桃色的網，從山頂上撒下來，籠罩著全山……。這裏有的是活躍的青春，有的是熱的火紅的心，沒有頹廢的小老人，只有健壯的老少年。銀白的月踽踽地在空空洞洞的天上徘徊，她彷彿在垂淚，她恨自己的孤獨。……還有那個游泳池，永遠像一個慈善的老婆婆，滿臉皺紋地笑著，當她看見許多活潑的孩子像小美人魚似的噗通噗通跳下水去的時候，她快樂得爆出極大的銀色水花。她發出洪亮的笑聲。她雖然是老了，她的心永遠是年青的。孩子們愛她，他們希望他們不辜負她的期望。他們努力地要成為一個游泳健將。……沿路上都是蓬勃的，微笑著的野薔薇，風來了，它們扭一扭腰，送一個明媚的眼波，彷彿是在時裝展覽會裏表演時裝似的。清泉潺潺地從石縫裏流，流，流，一直流到山下，聚成一片藍光瀲灩的池塘。在薰風吹醉了人間的時候，你可以在小船上，不用划，讓它輕輕地，彷彿是怕驚醒了酣睡的池波，飄著飄著，在濃綠的垂楊下飄著。……這是多麼富於詩意的情景喲！」

雖然我不喜歡張資平，風氣所趨，也不免用了兩個情感洋溢的「喲」字。我有個要好的同學，她姓張，我也姓張；她喜歡張資平，我喜歡張恨水，兩人時常爭辯著。

後來我就寫了個長篇的純粹鴛蝴派的章回小說，《摩登紅樓夢》。回目是我父親代擬的，頗為像樣，共計六回：「滄桑變幻寶黛住層樓，雞犬昇仙賈璉膺景命；」「弭訟端覆雨翻雲，賽時裝嗔鶯叱燕；」「收放心浪子別閨闈，假虔誠情郎參教典；」「萍梗天涯有情成眷屬，淒涼泉路同命作鴛鴦；」「音問浮沉良朋空灑淚，波光駘蕩情侶共嬉春；」「陷阱設康衢嬌娃蹈險，驪歌驚別夢遊子傷懷。」

開端寫寶玉收到傅秋芳寄來的一張照片：「寶玉笑道：『襲人你倒放出眼光來批評一下子，是她漂亮呢還是——還是林妹妹漂亮？』襲人向他重重的瞅了一下道：『哼！我去告訴林姑娘去！拿她同外頭不相干的人打比喻……別忘記了，昨天太太囑咐過，今兒晚上老爺乘專車從南京回上海，叫你去應一應卯兒呢，可千萬別忘記了，又惹老爺生氣。』」

寫賈璉得官：「黑壓壓上上下下擠滿了一屋子人，連趙姨娘周姨娘也從小公館裏趕了來了，趙姨娘還拉著袖子和鳳姐兒笑著嚷：『二奶奶大喜呀！』……鳳姐兒滿臉是笑，一把拉著寶玉道：『寶兄弟，去向你璉二哥道個喜吧！老爺栽培他，給了他一個鐵道局局長幹了！』寶玉……擠了進去，又見賈母歪在楊妃榻上，鴛鴦蹲在小凳上就著烟燈燒鴉片，琥珀斜簽倚在榻上給賈母搥腿……賈璉這時候真是心花一朵朵都開足了，這一樂直樂得把平時的洋氣派洋禮節都忘得乾乾淨淨，退後一步，垂下手來，恭恭敬敬給賈政請了個安，大聲道：『謝謝二叔的栽培。』」

鳳姐兒在房中置酒相慶，「自己坐了主席，又望著平兒笑道：『你今天也來快活快活，別拘禮了，坐到一塊兒來樂一樂罷！』……三人傳杯遞盞……賈璉道：『這兩年不知鬧了多少飢荒，如今可好了……』鳳姐瞅了他一眼道：『錢留在手裏要咬手的，快去多討兩個小老婆罷！』賈璉哈哈大笑道：『奶奶放心，有了你和平兒這兩個美人胎子，我還討什麼小老婆呢？』鳳姐冷笑道：『二爺過獎了！你自有你的心心念念睡裏夢裏都不忘記的心上人放在沁園邨小公館裏，還裝什麼假惺惺呢？大家心裏都是透亮的了！』賈璉忙道：『尤家的自從你去鬧了一場之後，我聽了你的勸告，一趟也沒有去過，這是豐兒可以作證人的。』鳳姐道：『除了她，你外面還不知養著幾個堂子裏的呢！我明兒打聽明白了來和你仔仔細細算一筆總賬！』平兒見他倆話又岔到斜裏去了，連忙打了個岔混了過去。」

賈珍帶信來說尤二姐請下律師要控告賈璉誘姦遺棄，因為他「新得了個前程，官聲要緊，」打算大大詐他一筆款子。賈璉無法籌款，「想來想去唯有向賈珍那裏去通融通融，橫豎這事起先是他也有一份兒在內的，諒他不至堅拒。」賈珍挪了尤氏的私房錢給他，怕他賴債，托詞是向朋友處轉借來的。

底下接寫主席夫人賈元春主持的新生活時裝表演，秦鍾智能的私奔，賈府裏打發出去的芳官藕官加入歌舞團，復為賈珍父子及寶玉所追求；巧姐兒被綁；寶玉鬧著要和黛玉一同出洋，家庭裏通不過，便負氣出走，賈母王夫人終於屈服。「襲人叫寶玉到寶釵處辭行，寶玉推說：『姨媽近來老不給人好臉子看，』後來他自己心裏也覺不過意，問襲人道：『寶姐姐有什麼怪我的話嗎？』襲人道：『我怎麼知道你們的事呢？』寶玉……長長的嘆了一口氣。」臨行的時候，寶黛又拌了嘴，鬧決裂了，一時不及挽回，寶玉只得單身出國去了。

這是通俗小說，一方面我也寫著較雅馴的東西。中學快畢業的時候，在校刊上發表了兩篇新文藝腔很重的小說，〈牛〉與〈霸王別姬〉。〈牛〉可以代表一般「愛好文藝」的都市青年描寫農村的作品，也許是其志可嘉，但是我看了總覺不耐煩：

「祿興啣著旱烟管，扠著腰站在門口。雨才停，屋頂上的濕茅草亮晶晶地在滴水。地下高高低低的黃泥潭子，汪著綠水。水心疏疏幾根狗尾草，隨著水渦，輕輕搖著淺栗色的穗子。迎面吹來的風，仍然是冰涼地從鼻尖擦過，不過似乎比冬天多了一點青草香。

祿興在板門上磕了磕烟灰，緊了一緊束腰的帶子，向牛欄走去。在那邊，初晴的稀薄的太陽穿過柵欄，在泥地上勻鋪著長方形的影和光。兩隻瘦怯怯的小黃雞抖著黏濕的翅膀，走來走去啄食吃。牛欄裏面，積滿灰塵的空水槽寂寞地躺著，上面鋪了一層紙，晒著乾菜。角落裏，乾草屑還存在。柵欄有一面磨擦得發白，那是從前牛吃飽了草頸項發癢磨的。祿興輕輕地把手放在磨壞的柵欄上，撫摸著粗糙的木頭，鼻梁上一縷辛酸味慢慢向上爬，堵住了咽喉，淚水泛滿了眼睛。」

祿興賣掉了牛，春來沒有牛耕田，打算送兩隻雞給鄰舍，租借一隻牛。祿興娘子起初是反對的：「『天哪！先是我那牛……我那牛……活活給人牽去了，又是銀簪子……又該輪到這兩隻小雞了！你一個男子漢，只會算計我的東西……』」

牛到底借來了，但是那條牛脾氣不好，不服他管束。祿興略加鞭策，牛向他衝過來，牛角刺入他的胸膛，他就這樣的送了命。

「又是一個黃昏的時候，祿興娘子披麻戴孝送著一個兩人抬的黑棺材出門。她再三把臉貼在冰涼的棺材板上，用她披散的亂髮揉擦著半乾的封漆。她那柔馴的顫抖的棕色大眼睛裏面充滿了眼淚；她低低地用打顫的聲音說：

『先是……先是我那牛……我那會吃會做的壯牛……活活給牽走了……銀簪子……陪嫁的九成銀，亮晶晶的銀簪子……接著是我的雞……還有你……還有你也讓人抬去了……』她哭得打噎——她覺得她一生中遇到的可戀的東西都長了翅膀，在涼潤的晚風中淅淅飛去。

黃黃的月亮斜掛在烟囪口，被炊烟薰得迷迷濛濛，牽牛花在亂墳堆裏張開粉紫的小喇叭，犬尾草簌簌地搖著栗色的穗子。展開在祿興娘子前面的生命就是一個漫漫的長夜——缺少了吱咯咯的雞聲和祿興的高大的在燈前晃來晃去的影子的晚上，該是多麼寂寞的晚上呵！」

去年看了李世芳的《霸王別姬》，百感叢生，想把它寫成一篇小說，可是因為從前已經寫過一篇，當時認為動人的句子現在只覺得肉麻與憎惡，因為擺脫不開那點回憶，到底沒有寫成。那篇〈霸王別姬〉很少中國氣味，近於現在流行的古裝話劇。項羽是「江東叛軍領袖」。虞姬是霸王身背後的一個蒼白的忠心的女人。霸王果然一統天下，她即使做了貴妃，前途也未可樂觀。現在，他是她的太陽，她是月亮，反射他的光。他若有了三宮六院，便有無數的流星飛入他們的天宇。因此她私下裏是盼望這仗一直打下去的。困在垓下的一天晚上，於巡營的時候，她聽到敵方遠遠傳來「哭長城」的楚國小調。她匆匆回到營帳裏去報告霸王，但又不忍心喚醒他。「他是永遠年青的人們中的一個：雖然他那紛披在額前的亂髮已經有幾根灰白色，並且光陰的利刃已經在他堅凝的前額上劃了幾條深深的皺痕，他熟睡的臉依舊含著一個嬰孩的坦白和固執。」

霸王聽見了四面楚歌，知道劉邦已經盡得楚地了。「虞姬的心在絞痛，當她看見項王的倔強的嘴唇轉成了白色。他的眼珠發出冷冷的玻璃一樣的光輝。那雙眼睛向前瞪著的神氣是那樣的可怕，使她忍不住用她寬大的袖子去掩住它。她能夠覺得他的睫毛在她的掌心急促地翼翼搧動，她又覺得一串冰涼的淚珠從她的手心裏一直滾到她的臂彎裏。這是她第一次知道那英雄的叛徒也是會流淚的動物。

他甩掉她的手，拖著沉重的腳步，歪歪斜斜走回帳篷裏。她跟了進來，看見他傴僂著腰坐在榻上，雙手捧著頭。蠟燭只點剩了拇指長的一截。殘曉的清光已經透進了帷幔。

『給我點酒。』他抬起眼來說。

當他捏著滿泛了琥珀的流光的酒盞在手裏的時候，他把手撐在膝蓋上，微笑看著她。

『虞姬，我們完了。看情形，我們是注定了要做被包圍的困獸了，可是我們不要做被獵的，我們要做獵人。明天——啊，不，今天——今天是我們最後一次的行獵了。我要衝出一條血路，從漢軍的軍盔上面踏過去！哼，那劉邦，他以為我已經被他關在籠子裏了嗎？我至少還有一次暢快的圍獵的機會，也許我的獵槍會刺穿他的心，像我刺穿一隻貴重的紫貂一般。虞姬，披上你的波斯軟甲，你得跟隨我，直到最後一分鐘。我們都要死在馬背上。』

虞姬不肯跟他去，怕分了他的心。他說：「『噢，那你就留在後方，讓漢軍的士兵發現你，把你獻給劉邦吧！』

虞姬微笑。她很迅速地把小刀抽出了鞘，只一刺，就深深地刺進了她的胸膛。

項羽衝過去托住她的腰，她的手還緊抓著那鑲金的刀柄。項羽俯下他的含淚的火一般光明的大眼睛緊緊瞅著她。她張開她的眼，然後，彷彿受不住這樣強烈的陽光似的，她又合上了它們。項羽把耳朵湊到她的顫動的唇邊，他聽見她在說一句他所不懂的話：

『我比較歡喜這樣的收梢。』

等她的身體漸漸冷了之後，項王把她胸脯上的刀拔了出來，在他的軍衣上揩抹掉血漬。然後，咬著牙，用一種沙嗄的野豬的吼聲似的聲音，他喊叫：

『軍曹，軍曹，吹起畫角來！吩咐備馬，我們要衝下山去！』」

末一幕太像好萊塢電影的作風了。

後來我到香港去讀書，歇了三年光景沒有用中文寫東西。為了練習英文，連信也用英文寫，我想這是很有益的約束。現在我又寫了，無限制地寫著。實在是應當停一停了，停個三年五載，再提起筆來的時候，也許得有寸進，也未可知。

•初載於一九四四年三月上海《新東方》第九卷第三期。

論寫作

在中學讀書的時候，先生向我們說：「作文章，開頭一定要好，起頭起得好，方才能夠抓住讀者的注意力。結尾一定也要好，收得好，方才有回味。」我們大家點頭領會。她繼續說道：「中間一定也要好——」還未說出所以然來，我們早已哄堂大笑。

然而今天，當我將一篇小說寫完了，抄完了，看了又看，終於搖搖頭撕毀了的時候，我想到那位教師的話，不由得悲從中來。

寫作果然是一件苦事麼？寫作不過是發表意見，說話也同樣是發表意見，不見得寫文章就比說話難。古時候，紙張筆墨未經發明，名貴的紀錄與訓誨，用漆寫在竹簡上，手續極其累贅麻煩，人們難得有書面發表意見的機會，所以作風方面力求其簡短含蓄，不許有一句廢話。後來呢，有了紙，有了筆，可以一搖而就，廢話就漸漸多了。到了現在，印刷事業發達，寫文章更成了稀鬆平常的事，不必鄭重出之。最近紙張缺乏，上海的情形又略有變化，執筆者不得不三思而後寫了。

紙的問題不過是暫時的，基本問題還是：養成寫作習慣的人，往往沒有話找話說，而沒有寫作習慣的人，有話沒處說。我並不是說有許多天才沒沒無聞地餓死在閣樓上。比較天才更為要緊的是普通人。一般的說來，活過半輩子的人，大都有一點真切的生活經驗，一點獨到的見解。他們從來沒想到把它寫下來，事過境遷，就此湮沒了。也許是至理名言，也許僅僅是無足輕重的一句風趣的插諢，然而積少成多，究竟是我們文化遺產的一項損失。舉個例子，我認識一位太太，是很平常的一位典型太太，她對於老年人的脫髮有極其精微的觀察。她說：中國老太太從前往往禿頭，現在不禿了。老太爺則反是，從前不禿，現在常有禿的。外國老太太不禿而老太爺禿。為什麼呢？研究之下，得到如此的結論：舊時代的中國女人梳著太緊的髮髻，將頭髮痛苦地往後拉著，所以易禿。男子以前沒有戴帽的習慣，現在的中國男子與西方人一般的長年離不開帽子，戴帽於頭髮的健康有礙，所以禿頭的漸漸多了。然則外國女人也戴帽子，何以不禿呢？因為外國女人的帽子忽大忽小，忽而壓在眉心，忽而釘在腦後，時時改變位置，所以不至於影響到頭皮的青春活力。

諸如此類，有許多值得一記的話，若是職業文人所說，我就不敢公然剽竊了，可是像他們不靠這個吃飯的，說過就算了，我就像撿垃圾一般的撿了回來。

職業文人病在「自我表現」表現得過度，以至於無病呻吟，普通人則表現得不夠，悶得慌。年紀輕的時候，倒是敢說話，可是沒有人理睬他。到了中年，在社會上有了地位，說出話來有相當分量，誰都樂意聽他的，可是正在努力的學做人，一味的唯唯否否，出言吐語，切忌生冷，總揀那爛熟的，人云亦云。等到年紀大了，退休之後，比較不負責任，可以言論自由了，不幸老年人總是嘮叨的居多，聽得人不耐煩，任是入情入理的話，也當作耳邊風。這是人生一大悲劇。

真是缺乏聽眾的人，可以去教書，在講堂上海闊天空，由你發揮，誰打呵欠，扣誰的分數——再痛快也沒有了。不得已而求其次，惟有請人吃飯，那人家就不能不委屈一點，聽你大展鴻論，推斷世界大戰何時結束，或是追敘你當年可歌可泣的初戀。

《笑林廣記》裏有一個人，專好替人寫扇子。這一天，看見朋友手搖一把白摺扇，立刻奪過來要替他寫。那朋友雙膝跪下。他攙扶不迭道：「寫一把扇子並不費事，何必行此大禮？」朋友道：「我不是求你寫，我是求你別寫。」

聽說從前有些文人為人所忌，給他們錢叫他們別寫，像我這樣缺乏社會意識的，恐怕是享不到這種福了。

李笠翁在《閒情偶寄》裏說：「場中作文，有倒騙主司入彀之法。開卷之初，當有奇句奪目，使之一見而驚，不敢棄去，此一法也。終篇之際，當以媚語攝魂，使之執卷流連，若難遽別，此一法也。」又要驚人，炫人，又要哄人，媚人，穩住了人，似乎是近於妾婦之道。由這一點出發，我們可以討論討論作者與讀者的關係。

西方有這麼一句成語：「詩人向他自己說話，被世人偷聽了去。」詩人之寫詩，純粹出於自然，腦子裏決不能有旁人的存在。可是一方面我們的學校教育卻極力的警告我們，作文的時候最忌自說自話，時時刻刻都得顧及讀者的反應。這樣究竟較為安全，除非我們確實知道自己是例外的曠世奇才。

要迎合讀者的心理，辦法不外這兩條：（一）說人家所要說的，（二）說人家所要聽的。

說人家所要說的，是代群眾訴冤出氣，弄得好，不難一唱百和。可是一般輿論對於左翼文學有一點常表不滿，那就是「診脈不開方」。逼急了，開個方子，不外乎階段鬥爭的大屠殺。

現在的知識份子之談意識形態，正如某一時期的士大夫談禪一般，不一定懂，可是人人會說，說得多而且精采。女人很少有犯這毛病的，這可以說是「男人病」的一種，我在這裏不打算多說了。

退一步想，專門描寫生活困難罷。固然，大家都抱怨著這日子不容易過，可是你一味的說怎麼苦怎麼苦，還有更苦的人說：「這算得了什麼？」比較富裕的人也自感到不快，因為你堵住了他的嘴，使他無從訴苦了。

那麼，說人家所要聽的罷。大家願意聽些什麼呢？越軟性越好——換言之，越穢褻越好麼？這是一個很普通的錯誤觀念。我們拿《紅樓夢》與《金瓶梅》來打比罷。拋開二者的文學價值不講——大眾的取捨並不是完全基於文學價值的——何以《紅樓夢》比較通俗得多，只聽見有熟讀《紅樓夢》的，而不大有熟讀《金瓶梅》的？但看今日銷路廣的小說，家傳戶誦的也不是「香艷熱情」的而是那溫婉，感傷，小市民道德的愛情故事。所以穢褻不穢褻這一層倒是不成問題的。

低級趣味不得與色情趣味混作一談，可是在廣大的人群中，低級趣味的存在是不可否認的事實。文章是寫給大家看的，單靠一兩個知音，你看我的，我看你的，究竟不行。要爭取眾多的讀者，就得注意到群眾興趣範圍的限制。

作者們感到曲高和寡的苦悶，有意的去迎合低級趣味。存心迎合低級趣味的人，多半是自處甚高，不把讀者看在眼裏，這就種下了失敗的根。既不相信他們那一套，又要利用他們那一套為號召，結果是有他們的淺薄而沒有他們的真摯。讀者們不是傻子，很快地就覺得了。

要低級趣味，非得從裏面打出來。我們不必把人我之間劃上這麼清楚的界限。我們自己也喜歡看張恨水的小說，也喜歡聽明皇的秘史。將自己歸入讀者群中去，自然知道他們所要的是什麼。要什麼，就給他們什麼，此外再多給他們一點別的——作者有什麼可給的，就拿出來，用不著扭捏地說：「恐怕這不是一般人所能接受的罷？」那不過是推諉。作者可以儘量給他所能給的，讀者儘量拿他所能拿的。

像《紅樓夢》，大多數人於一生之中總看過好幾遍。就我自己說，八歲的時候第一次讀到，只看見一點熱鬧，以後每隔三四年讀一次，逐漸得到人物故事的輪廓，風格，筆觸，每次的印象各各不同。現在再看，只看見人與人之間感應的煩惱。——個人的欣賞能力有限，而《紅樓夢》永遠是「要一奉十」的。

「要一奉十」不過是一種理想，一種標準。我們還是實際化一點，談談寫小說的甘苦罷。寫小說，如果想引人哭，非得先把自己引哭了。若能夠痛痛快快哭一場，倒又好了，無奈我所寫的悲哀往往是屬於「如匪澣衣」的一種。（拙作《傾城之戀》的背景即是取材於〈柏舟〉那首詩上的：「……亦有兄弟，不可以據……憂心悄悄，慍於群小。覯閔既多，受侮不少。……日居月諸，胡迭而微？心之憂矣，如匪澣衣。靜言思之，不能奮飛。」「如匪澣衣」那一個譬喻，我尤其喜歡。堆在盆邊的髒衣服的氣味，恐怕不是男性讀者們所能領略的罷？那種雜亂不潔的，壅塞的憂傷，江南的人有一句話可以形容：「心裏很『霧數』。」「霧數」二字，國語裏似乎沒有相等的名詞。）

是個故事，就得有點戲劇性。戲劇就是衝突，就是磨難，就是麻煩。就連P. G.

Wodehouse那樣的滑稽小說，也得把主人翁一步一步誘入煩惱叢中，越陷越深，然後再把他弄出來。快樂這東西是缺乏興味的——尤其是他人的快樂，所以沒有一齣戲能夠用快樂為題材。像《浮生六記》，「閨房記樂」與「閒情記趣」是根本不便搬上舞台的，無怪話劇裏的拍凳自怨自艾的沈三白有點失了真。

寫小說，是為自己製造愁煩。我寫小說，每一篇總是寫到某一個地方便覺得不能寫下去了。尤其使我痛苦的是最近做的〈年青的時候〉，剛剛吃力地越過了阻礙，正可以順流而下，放手寫去，故事已經完了。這又是不由得我自己做主的。……人生恐怕就是這樣的罷？生命即是麻煩，怕麻煩，不如死了好。麻煩剛剛完了，人也完了。

寫這篇東西的動機本是發牢騷，中間還是兢兢業業的說了些玩話。一班文人何以甘心情願守在「文字獄」裏面呢？我想歸根究底還是因為文字的韻味。譬如說，我們家裏有一隻舊式的朱漆皮箱，在箱蓋裏面我發現這樣的幾行字，印成方塊形：

「高州鍾同濟　鋪在粵東省城城隍廟左便舊倉巷開張自造家用皮箱衣包帽盒發客貴客光顧請認招牌為記主固不誤光緒　十五年」

我立在凳子上，手撐著箱子蓋看了兩遍，因為喜歡的緣故，把它抄了下來。還有麻油店的橫額大匾「自造小磨麻油衛生麻醬白花生醬提尖錫糖批發」。雖然是近代的通俗文字，和我們也像是隔了一層，略有點神秘。

然而我最喜歡的還是申曲裏的幾句套語：

「五更三點望曉星，文武百官上朝廷。東華龍門文官走，西華龍門武將行，文官執筆安天下，武將上馬定乾坤……」

照例這是當朝宰相或是兵部尚書所唱，接著他自思自想，提起「老夫」私生活裏的種種問題。若是夫人所唱，便接著「老身」的自敘。不論是「老夫」是「老身」，是「孤王」是「哀家」，他們具有同一種的宇宙觀——多麼天真純潔的，光整的社會秩序：「文官執筆安天下，武將上馬定乾坤！」思之令人淚落。

·初載於一九四四年四月上海《雜誌》第十三卷第一期。

愛

這是真的。

有個村莊的小康之家的女孩子，生得美，有許多人來做媒，但都沒有說成。那年她不過十五六歲罷，是春天的晚上，她立在後門口，手扶著桃樹。她記得她穿的是一件月白的衫子。對門住的年青人同她見過面，可是從來沒有打過招呼的，他走了過來，離得不遠，站定了，輕輕的說了一聲：「噢，你也在這裏嗎？」她沒有說什麼，他也沒有再說什麼，站了一會，各自走開了。

就這樣就完了。

後來這女子被親眷拐子，賣到他鄉外縣去作妾，又幾次三番地被轉賣，經過無數的驚險的風波，老了的時候她還記得從前那一回事，常常說起，在那春天的晚上，在後門口的桃樹下，那年青人。

於千萬人之中遇見你所遇見的人，於千萬年之中，時間的無涯的荒野裏，沒有早一步，也沒有晚一步，剛巧趕上了，那也沒有別的話可說，惟有輕輕的問一聲：「噢，你也在這裏嗎？」

．初載於一九四四年四月上海《雜誌》第十三卷第一期。

有女同車

這是句句真言，沒有經過一點剪裁與潤色，所以不能算小說。

電車這一頭坐著兩個洋裝女子，大約是雜種人罷，不然就是葡萄牙人，像是洋行裏的女打字員。說話的這一個偏於胖，腰間束著三寸寬的黑漆皮帶，皮帶下面有圓圓的肚子，細眉毛，腫眼泡，因為臉龐的上半部比較突出，上下截然分為兩部。她道：「……所以我就一個禮拜沒同他說話。他說『哈囉』，我也說『哈囉』。」她冷冷地抬了抬眉毛，連帶地把整個上半截臉往上托了一托。「你知道，我的脾氣是倔強的。是我有理的時候，我總是倔強的。」

電車那一頭也有個女人說到「他」，可是她的他不是戀人而是兒子，因為這是個老闆娘模樣的中年太太，梳個烏油油的髻，戴著時行的獨粒頭噴漆紅耳環。聽她說話的許是她的內姪。她說一句，他點一點頭，表示領會，她也點一點頭，表示語氣的加重。她道：「我要翻翻行頭，伊弗撥我翻。難我講我銅鈿弗撥伊用哉！格日子拉電車浪，我教伊買票，伊哪哼話？……『儂撥我十塊洋鈿，我就搭儂買！』壞咈？……」這裏的「伊」，彷彿是個不成材的丈夫，但是再聽下去，原來是兒子。兒子終於做下了更荒唐的事，得罪了母親：「伊爸爸一定要伊跪下來，『跪呀，跪呀！』伊定規弗肯：『我做啥要跪啊？』一個末講：『定規要儂跪。跪呀！跪呀！』難後來伊強弗過咧：『好格，好格，我跪！』我說：『我弗要伊跪。我弗要伊跪呀！』後來旁邊人講：價大格人，跪下來，阿要難為情，難末喊伊送杯茶，講一聲：『姆媽覅動氣。』一杯茶送得來，我倒『叭』笑出來哉！」

電車上的女人使我悲愴。女人……女人一輩子講的是男人，念的是男人，怨的是男人，永遠永遠。

・初載於一九四四年四月上海《雜誌》第十三卷第一期。

走！走到樓上去

我編了一齣戲，裏面有個人拖兒帶女去投親，和親戚鬧翻了，他憤然跳起來道：「我受不了這個。走！我們走！」他的妻哀懇道：「走到哪兒去呢？」他把妻兒聚在一起，道：「走，走到樓上去！」——開飯的時候，一聲呼喚，他們就會下來的。

中國人從《娜拉》一劇中學會了「出走」。無疑地，這瀟洒蒼涼的手勢給予一般中國青年極深的印象。報上這一類的尋人廣告是多得驚人：「自汝於十二日晚九時不別而行，祖母臥床不起，母舊疾復發，闔家終日以淚洗面。見報速回。」一樣是出走，怎樣是走到風地裏，接近日月山川，怎樣是走到樓上去呢？根據一般的見解，也許做花瓶是上樓，做太太是上樓，做夢是上樓，改編美國的《蝴蝶夢》是上樓，抄書是上樓，收集古錢是上樓，（收集現代貨幣大約就算下樓了）可也不能一概而論，事實的好處就在「例外」之豐富，幾乎沒有一個例子沒有個別分析的必要。其實，即使不過是從後樓走到前樓，換一換空氣，打開窗子來，另是一番風景，也不錯。但是無論如何，這一點很值得思索一下。我喜歡我那齣戲裏這一段。

這齣戲別的沒有什麼好處，但是很愉快，有悲哀，煩惱，吵嚷，但都是愉快的煩惱與吵嚷。還有一點：這至少是中國人的戲——而且是熱熱鬧鬧的普通人的戲。如果現在是在哪一家戲院裏演著的話，我一定要想法子勸您去看的。可就是不知什麼時候才演得成。現在就擬起廣告來，未免太早了罷？到那一天——如果那一天的話——讀者已經忘得乾乾淨淨，失去了廣告的效力。

過陰曆年之前就編起來了，拿去給柯靈先生看。結構太散漫了，末一幕完全不能用，真是感謝柯靈先生的指教，一次一次的改，現在我想是好得多了。但是編完了之後，又覺得茫然。據說現在鬧著嚴重的劇本荒。也許的確是缺乏劇本——缺乏曹禺來不及寫的劇本，無名者的作品恐怕還是多餘的。我不相信這裏有壟斷的情形，但是多少有點壁壘森嚴。若叫我挾著原稿找到各大劇團的經理室裏挨戶兜售，未嘗不是正當的辦法，但聽說這在中國是行不通的，非得有人從中介紹不可。我真不知道怎樣進行才好。

先把劇本印出來，也是一個辦法，或者可以引起他們的注意。可是，說句寒傖的話，如果有誰改編改得手滑，把我的戲也編了進去呢？這話似乎是小氣得可笑，而且自以為「希奇弗煞」，然而以小人之心，度君子之腹，卻也情有可原。一個人，纞纞於自己的字句與思想，不免流於慳吝，但也是常情罷！我還記得，第一次看見香港的海的時候，聯想到明信片上一抹色的死藍的海。後來在一本英文書上看見同樣的譬喻，作者說：可以把婆羅洲的海剪下來當作明信片寄回家去，因為那藍色藍得如此的濃而呆。——發現自己所說的話早已讓人說過了，說得比自己好呢，使人爽然若失，說得還不及自己呢，那更傷心了。

這是一層。況且，戲是給人演的，不是給人讀的。寫了戲，總希望做戲的一個個渡口生人氣給它，讓它活過來，在舞台上。人家總想著，寫小說的人，編出戲來必定是能讀不能演的。我應當怎樣去克服這成見呢？

寫文章是比較簡單的事，思想通過鉛字，直接與讀者接觸。編戲就不然了，內中牽涉到無數我所不明白的紛歧複雜的力量。得到了我所信任尊重的導演和演員，還有「天時，地利，人和」種種問題，不能想，越想心裏越亂了。

沿街的房子，樓底下不免嘈雜一點。總不能為了這個躲上樓去罷？

・初載於一九四四年四月上海《雜誌》第十三卷第一期。

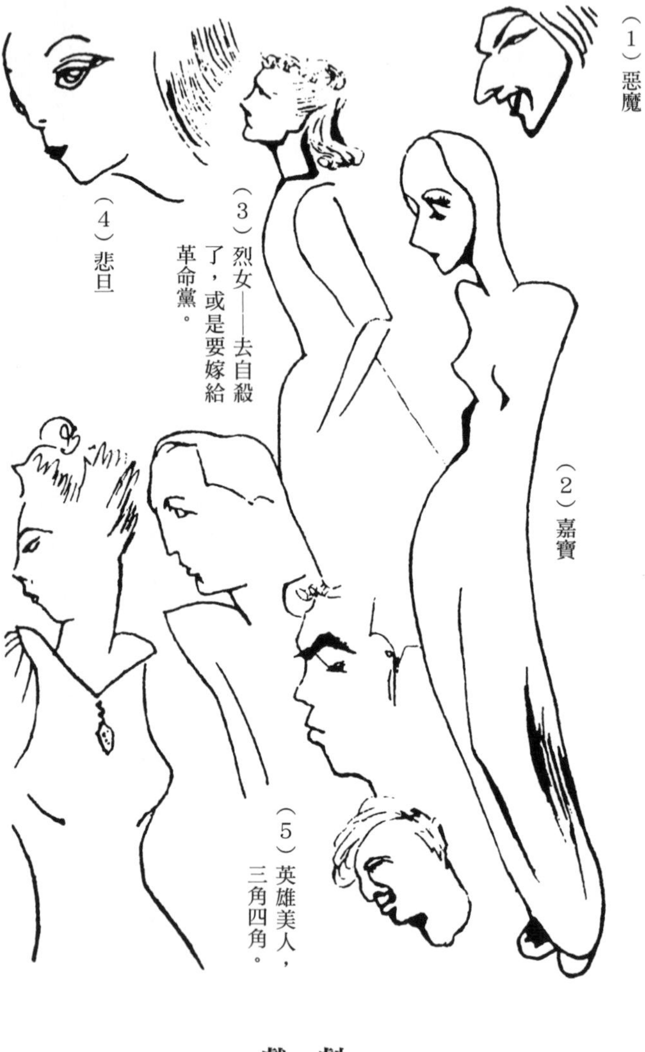

（1）惡魔
（2）嘉寶
（3）烈女——去自殺了，或是要嫁給革命黨。
（4）悲旦
（5）英雄美人，三角四角。

戲劇

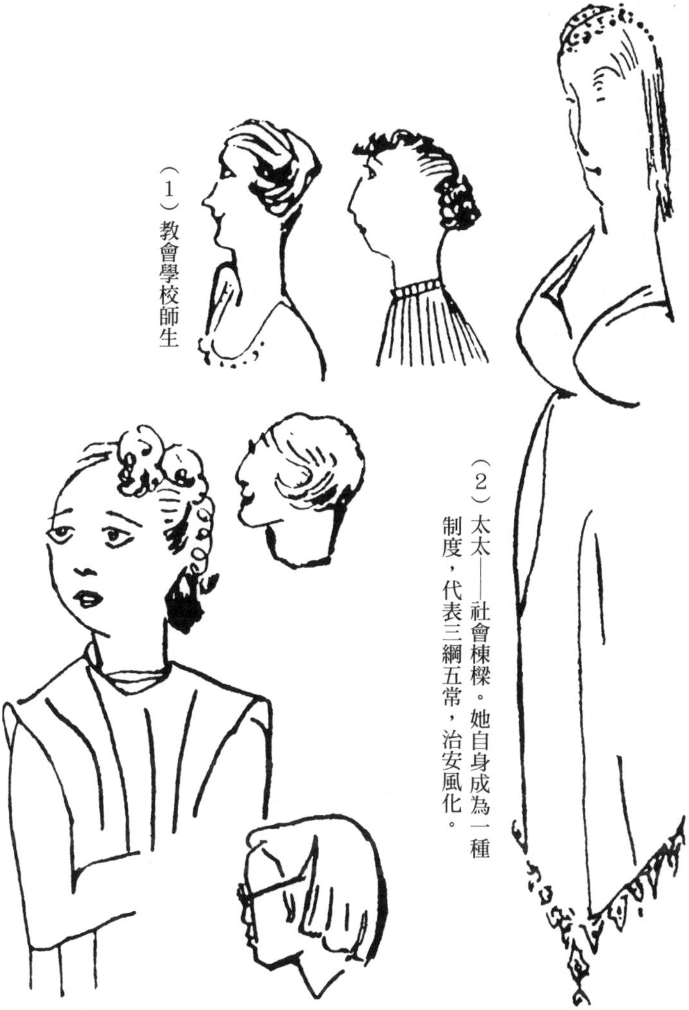

（1）教會學校師生
（2）太太——社會棟樑。她自身成為一種制度，代表三綱五常，治安風化。

善女人

自己的文章

我雖然在寫小說和散文，可是不大注意到理論。近來忽然覺得有些話要說，就寫在下面。

我以為文學理論是出在文學作品之後的，過去如此，現在如此，將來恐怕還是如此。倘要提高作者的自覺，則從作品中汲取理論，而以之為作品的再生產的衡量，自然是有益處的。但在這樣衡量之際，須得記住在文學的發展過程中作品與理論乃如馬之兩驂，或前或後，互相推進。理論並非高高坐在上面，手執鞭子的御者。

現在似乎是文學作品貧乏，理論也貧乏。我發現弄文學的人向來是注重人生飛揚的一面，而忽視人生安穩的一面。其實，後者正是前者的底子。又如，他們多是注重人生的鬥爭，而忽略和諧的一面。其實，人是為了要求和諧的一面才鬥爭的。

強調人生飛揚的一面，多少有點超人的氣質。超人是生在一個時代裏的。而人生安穩的一面則有著永恆的意味，雖然這種安穩常是不安全的，而且每隔多少時候就要破壞一次，但仍然是永恆的。它存在於一切時代。它是人的神性，也可以說是婦人性。

文學史上素樸地歌詠人生的安穩的作品很少，倒是強調人生的飛揚的作品多，但好的作品，還是在於它是以人生的安穩做底子來描寫人生的飛揚的。沒有這底子，飛揚只能是浮沫，許多強有力的作品只予人以興奮，不能予人以啟示，就是失敗在不知道把握這底子。

鬥爭是動人的，因為它是強大的，而同時是酸楚的。鬥爭者失去了人生的和諧，尋求著新的和諧。倘使為鬥爭而鬥爭，便缺少回味，寫了出來也不能成為好的作品。

我發覺許多作品裏力的成分大於美的成分。力是快樂的，美卻是悲哀的，兩者不能獨立存在。「死生契闊，與子成說；執子之手，與子偕老」是一首悲哀的詩，然而它的人生態度又是何等肯定。我不喜歡壯烈。我是喜歡悲壯，更喜歡蒼涼。壯烈只有力，沒有美，似乎缺少人性。悲壯則如大紅大綠的配色，是一種強烈的對照。但它的刺激性還是大於啟發性。蒼涼之所以有更深長的回味，就因為它像蔥綠配桃紅，是一種參差的對照。

我喜歡參差的對照的寫法，因為它是較近事實的。〈傾城之戀〉裏，從腐舊的家庭裏走出來的流蘇，香港之戰的洗禮並不曾將她感化成為革命女性；香港之戰影響范柳原，使他轉向平實的生活，終於結婚了，但結婚並不使他變為聖人，完全放棄往日的生活習慣與作風。因之柳原與流蘇的結局，雖然多少是健康的，仍舊是庸俗；就事論事，他們也只能如此。

極端病態與極端覺悟的人究竟不多。時代是這麼沉重，不容那麼容易就大徹大悟。這些年來，人類到底也這麼生活了下來，可見瘋狂是瘋狂，還是有分寸的。所以我的小說裏，除了〈金鎖記〉裏的曹七巧，全是些不徹底的人物。他們不是英雄，他們可是這時代的廣大的負荷者。因為他們雖然不徹底，但究竟是認真的。他們沒有悲壯，只有蒼涼。悲壯是一種完成，而蒼涼則是一種啟示。

我知道人們急於要求完成，不然就要求刺激來滿足自己都好。他們對於僅僅是啟示，似乎不耐煩。但我還是只能這樣寫。我以為這樣寫是更真實的。我知道我的作品裏缺少力，但既然是個寫小說的，就只能儘量表現小說裏人物的力，不能代替他們創造出力來。而且我相信，他們雖然不過是軟弱的凡人，不及英雄的有力，但正是這些凡人比英雄更能代表這時代的總量。

這時代，舊的東西在崩壞，新的在滋長中。但在時代的高潮來到之前，斬釘截鐵的事物不過是例外。人們只是感覺日常的一切都有點兒不對，不對到恐怖的程度。人是生活於一個時代裏的，可是這時代卻在影子似的沉沒下去，人覺得自己是被拋棄了。為要證實自己的存在，抓住一點真實的，最基本的東西，不能不求助於古老的記憶，人類在一切時代之中生活過的記憶，這比瞭望將來要更明晰、親切。於是他對於周圍的現實發生了一種奇異的感覺，疑心這是個荒唐的，古代的世界，陰暗而明亮的。回憶與現實之間時時發現尷尬的不和諧，因而產生了鄭重而輕微的騷動，認真而未有名目的鬥爭。

Michael Angelo的一個未完工的石像，題名「黎明」的，只是一個粗糙的人形，面目都不清楚，正是大氣磅礴的，象徵一個將要到的新時代。倘若現在也有那樣的作品，自然是使人神往的，可是沒有，也不能有，因為人們還不能掙脫時代的夢魘。

我寫作的題材便是這麼一個時代，我以為用參差的對照的手法是比較適宜的。我用這手法描寫人類在一切時代之中生活下來的記憶。而以此給予周圍的現實一個啟示。我存著這個心，可不知道做得好做不好。一般所說「時代的紀念碑」那樣的作品，我是寫不出來的，也不打算嘗試，因為現在似乎還沒有這樣集中的客觀題材。我甚至只是寫些男女間的小事情，我的作品裏沒有戰爭，也沒有革命。我以為人在戀愛的時候，是比在戰爭或革命的時候更素樸，也更放恣的。戰爭與革命，由於事件本身的性質，往往要求才智比要求感情的支持更迫切。而描寫戰爭與革命的作品也往往失敗在技術的成分大於藝術的成分。和戀愛的放恣相比，戰爭是被驅使的，而革命則有時候多少有點強迫自己。真的革命與革命的戰爭，在情調上我想應當和戀愛是近親，和戀愛一樣是放恣的滲透於人生的全面，而對於自己是和諧。

我喜歡素樸，可是我只能從描寫現代人的機智與裝飾中去襯出人生的素樸的底子。因此我的文章容易被人看作過於華靡。但我以為用《舊約》那樣單純的寫法是做不通的，托爾斯泰晚年就是被這個犧牲了。我也並不贊成唯美派。但我以為唯美派的缺點不在於它的美，而在於它的美沒有底子。溪澗之水的浪花是輕佻的，但倘是海水，則看來雖似一般的微波粼粼，也仍然飽蓄著洪濤大浪的氣象的。美的東西不一定偉大，但偉大的東西總是美的。只是我不把虛偽與真實寫成強烈的對照，卻是用參差的對照的手法寫出現代人的虛偽之中有真實，浮華之中有素樸，因此容易被人看作我是有所溺，流連忘返了。雖然如此，我還是保持我的作風，只是自己慚愧寫得不到家。而我也不過是一個文學的習作者。

我的作品，舊派的人看了覺得還輕鬆，可是嫌它不夠舒服。新派的人看了覺得還有些意思，可是嫌它不夠嚴肅。但我只能做到這樣，而且自信也並非折衷派。我只求自己能夠寫得真實些。

還有，因為我用的是參差的對照的寫法，不喜歡採取善與惡，靈與肉的斬釘截鐵的衝突那種古典的寫法，所以我的作品有時候主題欠分明。但我以為，文學的主題論或者是可以改進一下。寫小說應當是個故事，讓故事自身去說明，比擬定了主題去編故事要好些。許多留到現在的偉大作品，原來的主題往往不再被讀者注意，因為事過境遷之後，原來的主題早已不使我們感覺興趣，倒是隨時從故事本身發見了新的啟示，使那作品成為永生的。就說《戰爭與和平》罷，托爾斯泰原來是想歸結到當時流行的一種宗教團體的人生態度的，結果卻是故事自身的展開戰勝了預定的主題。這作品修改七次之多，每次修改都使預定的主題受到了懲罰。終於剩下來的主題只佔插話的地位，而且是全書中安放得最不舒服的部份，但也沒有新的主題去代替它。因此寫成之後，托爾斯泰自己還覺得若有所失。和《復活》比較，《戰爭與和平》的主題果然是很模糊的，但後者仍然是更偉大的作品。至今我們讀它，依然一寸寸都是活的。現代文學作品和過去不同的地方，似乎也就在這一點上，不再那麼強調主題，卻是讓故事自身給它所能給的，而讓讀者取得他所能取得的。

《連環套》就是這樣子寫下來的，現在也還在繼續寫下去。在那作品裏，欠注意到主題是真，但我希望這故事本身有人喜歡。我的本意很簡單：既然有這樣的事情，我就來描寫它。現代人多是疲倦的，現代婚姻制度又是不合理的。所以有沉默的夫妻關係，有怕致負責，但求輕鬆一下的高等調情，有回復到動物的性慾的嫖妓——但仍然是動物式的人，不是動物，所以比動物更為可怖。還有便是姘居，姘居不像夫妻關係的鄭重，但比高等調情更負責任，比嫖妓又是更人性的。走極端的人究竟不多，所以姘居在今日成了很普遍的現象。營姘居生活的男人的社會地位，大概是中等或中等以下，倒是勤勤儉儉在過日子的。他們不敢大放肆，也不那麼拘謹得無聊。他們需要活潑的，著實的男女關係，這正是和他們其他方面生活的活潑而著實相適應的。他們需要有女人替他們照顧家庭，所以，他們對於女人倒也並不那麼病態。《連環套》裏的雅赫雅不過是個中等的綢緞店主，得自己上櫃台去的。如果霓喜能夠同他相安無事，不難一直相安下去，白頭偕老也無不可。他們同居生活的失敗是由於霓喜本身性格上的缺陷。她的第二個男人竇堯芳是個規模較好的藥材店主，也還是沒有大資本家的氣派的。和霓喜姘居過的小官吏，也不過僅僅沾著點官氣而已。他們對霓喜並沒有任何特殊心理，相互之間還是人與人的關係，有著某種真情，原是不足為異的。

姘居的女人呢，她們的原來地位總比男人還要低些，但多是些有著潑辣的生命力的。她們對男人具有一種魅惑力，但那是健康的女人的魅惑力。因為倘使過於病態，便不合那些男人的需要。她們也操作，也吃醋爭風打架，可以很野蠻，但不歇斯底里。她們只有一宗不足處：就是她們的地位始終是不確定的。疑忌與自危使她們漸漸變成自私者。

這種姘居生活中國比外國更多，但還沒有人認真拿它寫過，鴛鴦蝴蝶派文人看看他們不夠才子佳人的多情，新式文人又嫌他們既不像愛，又不像嫖，不夠健康，又不夠病態，缺乏主題的明朗性。

霓喜的故事，使我感動的是霓喜對於物質生活的單純的愛，而這物質生活需要隨時下死勁去抓住。她要男性的愛，同時也要安全，可是不能兼顧，每致人財兩空。結果她覺得什麼都靠不住，還是投資在兒女身上，囤積了一點人力——最無人道的囤積。

霓喜並非沒有感情的，對於這個世界她要愛而愛不進去。但她並非完全沒有得到愛，不過只是摭食人家的殘羹冷炙，如杜甫詩裏說：「殘羹與冷炙，到處潛酸辛。」但她究竟是個健康的女人，不至於淪為乞兒相。她倒像是在貪婪地嚼著大量的榨過油的豆餅，雖然依恃著她的體質，而豆餅裏也多少有著滋養，但終於不免吃傷了脾胃。而且，人吃畜生的飼料，到底是悲愴的。

至於《連環套》裏有許多地方襲用舊小說的詞句——五十年前的廣東人與外國人，語氣像《金瓶梅》中的人物；賽珍珠小說中的中國人，說話帶有英國舊文學氣息，同屬遷就的借用，原是不足為訓的。我當初的用意是這樣：寫上海人心目中的浪漫氣氛的香港，已經隔有相當的距離；五十年前的香港，更多了一重時間上的距離，因此特地採用一種過了時的辭彙來代表這雙重距離。有時候未免刻意做作，所以有些過份了。我想將來是可以改掉一點的。

•初載於一九四四年五月《新東方》第九卷第四期、第五期合刊。

夜營的喇叭

晚上十點鐘，我在燈下看書，離家不遠的軍營裏的喇叭吹起了熟悉的調子。幾個簡單的音階，緩緩的上去又下來，在這鼎沸的大城市裏難得有這樣的簡單的心。

我說：「又吹喇叭了。姑姑可聽見？」我姑姑說：「沒留心。」我怕聽每天晚上的喇叭，因為只有我一個人聽見。

我說：「啊，又吹起來了。」可是這一次不知為什麼，聲音極低，絕細的一絲，幾次斷了又連上。這一次我也不問我姑姑聽得見聽不見了。我疑心根本沒有什麼喇叭，只是我自己聽覺上的回憶罷了。於淒涼之外還感到恐懼。

可是這時候，外面有人響亮地吹起口哨，信手拾起了喇叭的調子。我突然站起身來，充滿喜悅與同情，奔到窗口去，但也並不想知道那是誰，是公寓樓上或是樓下的住客，還是街上過路的。

・初載於一九四四年五月五日上海《新中國報・學藝》。

童言無忌

從前人家過年，牆上貼著「抬頭見喜」與「童言無忌」的紅紙條子。這裏我用「童言無忌」來做題目，並沒有什麼犯忌諱的話，急欲一吐為快，不過打算說說自己的事罷了。小學生下學回來，興奮地敘述他的見聞，先生如何偏心，王德保如何遲到，和他合坐一張板櫈的同學如何被扣一分因為不整潔，說個無了無休，大人雖懶於搭碴，也由著他說。我小時候大約感到了這種現象之悲哀，從此對於自說自話有了一種禁忌。直到現在，和人談話，如果是人家說我聽，我總是愉快的。如果是我說人家聽，那我過後思量，總覺十分不安，怕人家嫌煩了。當真憋了一肚子的話沒處說，惟有一個辦法，走出去幹點驚天動地的大事業，然後寫本自傳，不怕沒人理會。這原是幼稚的夢想，現在漸漸知道了，要做個舉世矚目的大人物，寫個人手一冊的自傳，希望是很渺茫，還是隨時隨地把自己的事寫點出來，免得壓抑過甚，到年老的時候，一發不可復制，一定比誰都嘮叨。

然而通篇「我我我」的身邊文學是要挨罵的。最近我在一本英文書上看到兩句話，借來罵那種對於自己過份感到興趣的作家，倒是非常切當：「他們花費一輩子的時間瞪眼看自己的肚臍，並且想法子尋找，可有其他的人也感到興趣的，叫人家也來瞪眼看。」我這算不算肚臍眼展覽，我有點疑心，但也還是寫了。

錢

不知道「抓週」這風俗是否普及各地。我週歲的時候循例在一隻漆盤裏揀選一件東西，以卜將來志向所趨。我拿的是錢——好像是個小金鎊罷。我姑姑記得是如此，還有一個女傭堅持說我拿的是筆，不知哪一說比較可靠。但是無論如何，從小似乎我就很喜歡錢。我母親非常詫異地發現這一層，一來就搖頭道：「他們這一代的人……」我母親是個清高的人，有錢的時候固然絕口不提錢，即至後來為錢逼迫得很厲害的時候也還把錢看得很輕。這種一塵不染的態度很引起我的反感，激我走到對面去。因此，一學會了「拜金主義」這名詞，我就堅持我是拜金主義者。

我喜歡錢，因為我沒吃過錢的苦——小苦雖然經驗到一些，和人家真吃過苦的比起來實在不算什麼——不知道錢的壞處，只知道錢的好處。

在家裏過活的時候，衣食無憂，學費，醫藥費，娛樂費，全用不著操心，可是自己手裏從來沒有錢。因為怕小孩買零嘴吃，我們的壓歲錢總是放在枕頭底下過了年便繳還給父親的，我們也從來沒有想到反抗。直到十六七歲我沒有單獨到店裏買過東西，沒有習慣，也就沒有慾望。

看了電影出來，像巡捕房招領的孩子一般，立在街沿上，等候家裏的汽車夫把我認回去，（我沒法子找他，因為老是記不得家裏汽車的號碼）這是我回憶中唯一的豪華的感覺。

生平第一次賺錢，是在中學時代，畫了一張漫畫投到英文大美晚報上，報館裏給了我五塊錢，我立刻去買了一支小號的丹琪唇膏。我母親怪我不把那張鈔票留著做個紀念，可是我不像她那麼富於情感。對於我，錢就是錢，可以買到各種我所要的東西。

有些東西我覺得是應當為我所有的，因為我較別人更會享受它，因為它給我無比的喜悅。眠思夢想地計畫著一件衣裳，臨到買的時候還得再三考慮著，那考慮的過程，於痛苦中也有著喜悅。錢太多了，就用不著考慮了；完全沒有錢，也用不著考慮了。我這種拘拘束束的苦樂是屬於小資產階級的。每一次看到「小市民」的字樣我就侷促地想到自己，彷彿胸前佩著這樣的紅綢字條。

這一年來我是個自食其力的小市民。關於職業女性，蘇青說過這樣的話：「我自己看看，房間裏每一樣東西，連一粒釘，也是我自己買的。可是，這又有什麼快樂可言呢？」這是至理名言，多回味幾遍，方才覺得其中的蒼涼。

又聽見一位女士挺著胸脯子說：「我從十七歲起養活我自己，到今年三十一歲，沒用過一個男人的錢。」彷彿是很值得自傲的，然而也近於負氣罷？

到現在為止，我還是充分享受著自給的快樂的，也許因為這於我還是新鮮的事，我不能夠忘記小時候怎樣向父親要錢去付鋼琴教師的薪水。我立在烟鋪跟前，許久，許久，得不到回答。後來我離開了父親，跟著母親住了。問母親要錢，起初是親切有味的事，因為我一直是用一種羅曼蒂克的愛來愛著我母親的。她是個美麗敏感的女人，而且我很少機會和她接觸，我四歲的時候她就出洋去了，幾次回來了又走了。在孩子的眼裏她是遼遠而神秘的。有兩趟她領我出去，穿過馬路的時候，偶爾拉住我的手，便覺得一種生疏的刺激性。可是後來，在她的窘境中三天兩天伸手問她拿錢，為她的脾氣磨難著，為自己的忘恩負義磨難著，那些瑣屑的難堪，一點點的毀了我的愛。

能夠愛一個人愛到問他拿零用錢的程度，那是嚴格的試驗。

苦雖苦一點，我喜歡我的職業。「學成文武藝，賣與帝王家；」從前的文人是靠著統治階級吃飯的，現在情形略有不同，我很高興我的衣食父母不是「帝王家」而是買雜誌的大眾。不是拍大眾的馬屁的話——大眾實在是最可愛的僱主，不那麼反覆無常，「天威莫測」；不搭架子，真心待人，為了你的一點好處會記得你到五年十年之久。而且大眾是抽象的。如果必須要一個主人的話，當然情願要一個抽象的。

賺的錢雖不夠用，我也還囤了點貨，去年聽見一個朋友預言說：近年來老是沒有銷路的喬琪絨，不久一定要入時了，因為今日的上海，女人的時裝翻不出什麼新花樣來，勢必向五年前的回憶裏去找尋靈感。於是我省下幾百元來買了一件喬琪絨衣料。囤到現在，在市面上看見有喬琪絨出現了，把它送到寄售店裏去，卻又希望賣不掉，可以自己留下它。

就是這樣充滿了矛盾，上街買菜去，大約是帶有一種落難公子的浪漫的態度罷？然而最近，一個賣菜的老頭秤了菜裝進我的網袋的時候，把網袋的絆子啣在嘴裏啣了一會兒。我拎著那濕濡的絆子，並沒有什麼異樣的感覺。自己發現與前不同的地方，心裏很高興——好像是一點踏實的進步，也說不出是為什麼。

穿

張恨水的理想可以代表一般人的理想。他喜歡一個女人清清爽爽穿件藍布罩衫，於罩衫下微微露出紅綢旗袍，天真老實之中帶點誘惑性，我沒有資格進他的小說，也沒有這志願。

因為我母親愛做衣服，我父親曾經咕嚕過：「一個人又不是衣裳架子！」我最初的回憶之一是我母親立在鏡子跟前，在綠短襖上別上翡翠胸針，我在旁邊仰臉看著，羨慕萬分，自己簡直等不及長大。我說過：「八歲我要梳愛司頭，十歲我要穿高跟鞋，十六歲我可以吃粽子湯團，吃一切難於消化的東西。」越是性急，越覺得日子太長。童年的一天一天，溫暖而遲慢，正像老棉鞋裏面，粉紅絨裏子上晒著的陽光。

有時候又嫌日子過得太快了，突然長高了一大截子，新做的外國衣服，蔥綠織錦的，一次也沒有上身，已經不能穿了。以後一想到那件衣服便傷心，認為是終生的遺憾。

有一個時期在繼母治下生活著，揀她穿剩的衣服穿，永遠不能忘記一件黯紅的薄棉袍，碎牛肉的顏色，穿不完地穿著，就像渾身都生了凍瘡；冬天已經過去了，還留著凍瘡的疤——是那樣的憎惡與羞恥。一大半是因為自慚形穢，中學生活是不愉快的，也很少交朋友。

中學畢業後跟著母親過。我母親提出了很公允的辦法，如果要早早嫁人的話，那就不必讀書了，用學費來裝扮自己；要繼續讀書，就沒有餘錢兼顧到衣裝上。我到香港去讀大學，後來得了兩個獎學金，為我母親省下了一點錢，覺得我可以放肆一下了，就隨心所欲做了些衣服，至今也還沉溺其中。

衣服脫了一半套在頭上，照樣做個風兜很好。

風　兜

色澤的調和，中國人新從西洋學到了「對照」與「和諧」兩條規矩——用粗淺的看法，對照便是紅與綠，和諧便是綠與綠。殊不知兩種不同的綠，其衝突傾軋是非常顯著的；兩種綠越是只推扳一點點，看了越使人不安。紅綠對照，有一種可喜的刺激性。可是太直率的對照，大紅大綠，就像聖誕樹似的，缺少回味。中國人從前也注重明朗的對照。有兩句兒歌：「紅配綠，看不足；紅配紫，一泡屎。」《金瓶梅》裏，家人媳婦宋蕙蓮穿著大紅襖，借了條紫裙子穿著；西門慶看著不順眼，開箱子找了一匹藍紬與她做裙子。

現代的中國人往往說從前的人不懂得配顏色。古人的對照不是絕對的，而是參差的對照，譬如說：寶藍配蘋果綠，松花色配大紅，蔥綠配桃紅。我們已經忘記了從前所知道的。

過去的那種婉妙複雜的調和，惟有在日本衣料裏可以找到。所以我喜歡到虹口去買東西，就可惜他們的衣料都像古畫似的捲成圓柱形，不能隨便參觀，非得讓店夥一捲一捲慢慢的打開來。把整個的店鋪攪得稀亂而結果什麼都不買，是很難為情的事。

和服的裁製極其繁複，衣料上寬綽些的圖案往往被埋沒了，倒是做了線條簡單的中國旗袍，予人的印象較為明晰。

日本花布，一件就是一幅圖畫。買回家來，沒交給裁縫之前我常常幾次三番拿出來賞鑒；棕櫚樹的葉子半掩著緬甸的小廟，雨紛紛的，在紅棕色的熱帶；初夏的池塘，水上結了一層綠膜，飄著浮萍和斷梗的紫的白的丁香，彷彿應當填入「哀江南」的小令裏；還有一件，題材是「雨中花」，白底子上，陰戚的紫色的大花，水滴滴的。

看到了而沒買成的我也記得。有一種橄欖綠的暗色綢，上面掠過大的黑影，滿蓄著風雷。

還有一種絲質的日本料子，淡湖色，閃著木紋，水紋；每隔一段路，水上飄著兩朵茶碗大的梅花，鐵畫銀鈎，像中世紀禮拜堂裏的五彩玻璃窗畫，紅玻璃上嵌著沉重的鐵質沿邊。

市面上最普遍的是各種叫不出名字來的顏色，青不青，灰不灰，黃不黃，只能做背景的，那都是中立色，又叫保護色，又叫文明色，又叫混合色。混合色裏面也有秘艷可愛的，照在身上像另一個宇宙裏的太陽。但是我總覺得還不夠，還不夠，像Van Gogh畫圖，畫到法國南部烈日下的向日葵，總嫌著色不夠強烈，把顏色大量地堆上去，高高凸了起來，油畫變了浮彫。

對於不會說話的人，衣服是一種言語，隨身帶著的一種袖珍戲劇。這樣地生活在自製的戲劇氣氛裏，豈不是成了「套中人」了麼！（契訶夫的「套中人」，永遠穿著雨衣，打著傘，嚴嚴地遮住他自己，連他的錶也有錶袋，什麼都有個套子。）

生活的戲劇化是不健康的。像我們這樣生長在都市文化中的人，總是先看見海的圖畫，後看見海；先讀到愛情小說，後知道愛；我們對於生活的體驗往往是第二輪的，借助於人為的戲劇，因此在生活與生活的戲劇化之間很難劃界。

有天晚上，在月亮底下，我和一個同學在宿舍的走廊上散步，我十二歲，她比我大幾歲。她說：「我是同你很好的，可是不知道你怎麼樣。」因為有月亮，因為我生來是一個寫小說的人。我鄭重地低低說道：「我是……除了我的母親，就只有你了。」她當時很感動，連我也被自己感動了。

還有一件事也使我不安，那更早了，我五歲，我母親那時候不在中國。我父親的姨太太是一個年紀比他大的妓女，名喚老八，蒼白的瓜子臉，垂著長長的前劉海，她替我做了頂時髦的雪青絲絨的短襖長裙，向我說：「看我待你多好！你母親給你們做衣服，總是拿舊的東拼西改，哪兒捨得用整幅的絲絨？你喜歡我還是你母親？」我說：「喜歡你。」因為這次並沒有說謊，想起來更覺耿耿於心了。

吃

小時候常常夢見吃雲片糕，吃著吃著，薄薄的糕變成了紙，除了澀，還感到一種難堪的悵惘。

一直喜歡吃牛奶的泡沫，喝牛奶的時候設法先把碗邊的小白珠子吞下去。

《紅樓夢》上，賈母問薛寶釵愛聽何戲，愛吃何物。寶釵深知老年人喜看熱鬧戲文，愛吃甜爛之物，便都揀賈母喜歡的說了。我和老年人一樣的愛吃甜的爛的。一切脆薄爽口的，如醃菜，醬蘿蔔，蛤蟆酥，都不喜歡，瓜子也不會嗑，細緻些的菜如魚蝦完全不會吃，是一個最安分的「肉食者」。

上海所謂牛肉莊是可愛的地方，雪白乾淨，磁磚牆上丁字式貼著「湯肉××元，腓利××元」的深桃紅紙條。屋頂上，球形的大白燈上罩著防空的黑布套，襯著大紅裏子，明朗得很。白外套的夥計們個個都是紅潤肥胖，笑嘻嘻的，一隻腳踏著板櫈，立著看小報。他們的茄子特別大，他們的洋蔥特別香，他們的豬特別的該殺。門口停著塌車，運了兩口豬進來，齊齊整整，尚未開剝，嘴尖有些血漬，肚腹掀開一線，露出大紅裏子。不知道為什麼，看了絕無絲毫不愉快的感覺，一切都是再應當也沒有，再合法，再合適也沒有。我很願意在牛肉莊上找個事，坐在計算機前面專管收錢。那裏是空氣清新的精神療養院。凡事想得太多了是不行的。

上大人

坐在電車上，抬頭看面前立著的人，儘多相貌堂堂，一表非俗的，可是鼻孔裏很少是乾淨的，所以有這句話：「沒有誰能夠在他的底下人跟前充英雄。」

弟弟

我弟弟生得很美而我一點也不。從小我們家裏誰都惋惜著，因為那樣的小嘴、大眼睛與長睫毛，生在男孩子的臉上，簡直是白糟蹋了。長輩就愛問他：「你把眼睫毛借給我好不好？明天就還你。」然而他總是一口回絕了。有一次，大家說起某人的太太真漂亮，他問道：「有我好看麼？」大家常常取笑他的虛榮心。

他妒忌我畫的圖，趁沒人的時候拿來撕了或是塗上兩道黑槓子。我能夠想像他心理上感受的壓迫。我比他大一歲，比他會說話，比他身體好，我能吃的他不能吃，我能做的他不能做。

一同玩的時候，總是我出主意。我們是「金家莊」上能征慣戰的兩員驍將，我叫月紅，他叫杏紅，我使一口寶劍，他使兩隻銅鎚，還有許許多多虛擬的夥伴。開幕的時候永遠是黃昏，金大媽在公眾的廚房裏咚咚切菜，大家飽餐戰飯，趁著月色翻過山頭去攻打蠻人。路人偶爾殺兩頭老虎，劫得老虎蛋，那是巴斗大的錦毛毬，剖開來像白煮雞蛋，可是蛋黃是圓的。我弟弟常常不聽我的調派，因而爭吵起來。他是「既不能令，又不受令」的，然而他實在是秀美可愛，有時候我也讓他編個故事：一個旅行的人為老虎追趕著，趕著，趕著，潑風似的跑，後頭嗚嗚趕著……沒等他說完，我已經笑倒了，在他腮上吻一下，把他當個小玩意。

有了後母之後，我住讀的時候多，難得回家，也不知道我弟弟過的是何等樣的生活。有一次放假，看見他，吃了一驚。他變得高而瘦，穿一件不甚乾淨的藍布罩衫，租了許多連環圖畫來看。我自己那時候正在讀穆時英的《南北極》與巴金的《滅亡》，認為他的口味大有糾正的必要，然而他只晃一晃就不見了。大家紛紛告訴我他的劣蹟，逃學，忤逆，沒志氣。我比誰都氣憤，附和著眾人，如此激烈地詆毀他，他們反而倒過來勸我了。

後來，在飯桌上，為了一點小事，我父親打了他一個嘴巴子。我大大地一震，把飯碗擋住了臉，眼淚往下直淌。我後母笑了起來道：「咦，你哭什麼？又不是說你！你瞧，他沒哭，你倒哭了！」我丟下了碗衝到隔壁的浴室裏去，閂上了門，無聲地抽噎著，我立在鏡子前面，看我自己的掣動的臉，看著眼淚滔滔流下來，像電影裏的特寫。我咬著牙說：「我要報仇。有一天我要報仇。」

浴室的玻璃窗臨著洋台，啪的一聲，一隻皮球蹦到玻璃上，又彈回去了。我弟弟在洋台上踢球。他已經忘了那回事了。這一類的事，他是慣了的。我沒有再哭，只感到一陣寒冷的悲哀。

・初載於一九四四年五月上海《天地》第七期、第八期合刊。

青春——嘻笑，噪鬧，認真，苦惱的；在著的時候不覺得；覺得的時候，只覺得它澌澌流走。

（1）闊人對窮人

（2）雜種人對中國人

（3）外國人對中國人

勢利

大家閨秀

羅斯福夫人型的美國太太

熱心公益

造人

我一向是對於年紀大一點的人感到親切，對於和自己差不多歲數的人稍微有點看不起，對於小孩則是尊重與恐懼，完全敬而遠之。倒不是因為「後生可畏」。多半他們長大成人之後也都是很平凡的，還不如我們這一代也說不定。

小孩是從生命的泉源裏分出來的一點新的力量，所以可敬，可怖。

小孩不像我們想像的那麼糊塗。父母大都不懂得子女，而子女往往看穿了父母的為人。我記得很清楚，小時候怎樣渴望把我所知道的全部吐露出來，把長輩們大大的嚇唬一下。

青年的特點是善忘，才過了兒童時代便把兒童心理忘得乾乾淨淨，直到老年，又漸漸和兒童接近起來，中間隔了一個時期，俗障最深，與孩子們完全失去接觸——剛巧這便是生孩子的時候。

無怪生孩子的可以生了又生。他們把小孩看作有趣的小傻子，可笑又可愛的累贅。他們不覺得孩子的眼睛的可怕——那麼認真的眼睛，像末日審判的時候，天使的眼睛。

憑空製造出這樣一雙眼睛，這樣的有評判力的腦子，這樣的身體，知道最細緻的痛苦也知道快樂，憑空製造了一個人，然後半饑半飽半明半昧地養大他……造人是危險的工作。做父母的不是上帝而被迫處於神的地位。即使你慎重從事，生孩子以前把一切都給他籌備好了，還保不定他會成為何等樣的人物。若是他還沒下地之前，一切的環境就是於他不利的，那他是絕少成功的機會——注定了。

當然哪，環境越艱難，越顯出父母之愛的偉大。父母子女之間，處處需要犧牲，因而養成了克己的美德。

自我犧牲的母愛是美德，可是這種美德是我們的獸祖先遺傳下來的，我們的家畜也同樣具有的——我們似乎不能引以自傲。本能的仁愛只是獸性的善。人之所以異於禽獸者並不在此。人之所以為人，全在乎高一等的知覺，高一等的理解力。此種論調或者會被認為過於理智化，過於冷淡，總之，缺乏「人性」——其實倒是比較「人性」的，因為是對於獸性的善的標準表示不滿。

獸類有天生的慈愛，也有天生的殘酷，於是在血肉淋漓的生存競爭中一代一代活了下來。「自然」這東西是神秘偉大不可思議的，但是我們不能「止於自然」。自然的作風是驚人的浪費——一條魚產下幾百萬魚子，被其他的水族吞噬之下，單剩下不多的幾個僥倖孵成小魚。為什麼我們也要這樣地浪費我們的骨血呢？文明人是相當值錢的動物，餵養，教養，在在需要鉅大的耗費。我們的精力有限，在世的時間也有限，可做，該做的事又有那麼多——憑什麼我們要大量製造一批遲早要被淘汰的廢物？

我們的天性是要人種滋長繁殖，多多的生，生了又生。我們自己是要死的，可是我們的種子遍佈於大地。然而，是什麼樣的不幸的種子，仇恨的種子！

•初載於一九四四年五月上海《天地》第七期、第八期合刊。

打人

在外灘看見一個警察打人，沒有緣故，只是一時興起，挨打的是個十五六歲的穿得相當乾淨的孩子，棉襖棉袴，腰間繫帶。警察用的鞭，沒看仔細，好像就是警棍頭上的繩圈。「嗚！」抽下去，一下又一下，把孩子逼在牆跟。孩子很可以跑而不跑，仰頭望著他，皺著臉，瞇著眼，就像鄉下人在田野的太陽裏睜不開眼睛的樣子，彷彿還帶著點笑。事情來得太突兀了，缺乏舞台經驗的人往往來不及調整面部表情。

我向來很少有正義感。我不願看見什麼，就有本事看不見。然而這一回，我忍不住屢屢回過頭去望，氣塞胸膛，打一下，就覺得我的心收縮一下。打完之後，警察朝這邊踱了過來，我惡狠狠釘住他看，恨不得眼睛裏飛出小刀子，很希望我能夠表達出充分的鄙夷與憤怒，對於一個痲瘋病患者的憎怖。然而他只覺得有人在注意他，得意洋洋緊了一緊腰間的皮帶。他是個長臉大嘴的北方人，生得不難看。

他走到公眾廁所的門前，順手揪過一個穿長袍而帶寒酸相的，並不立即動手打，只定睛看他，一手按著棍子。那人於張皇氣惱之中還想講笑話，問道：「阿是為仔我要登坑老？」

大約因為我的思想沒受過訓練之故，這時候我並不想起階級革命，一氣之下，只想去做官，或是做主席夫人，可以走上前給那警察兩個耳刮子。

在民初李涵秋的小說裏，這時候就應當跳出一個仗義的西洋傳教師，或是保安局長的姨太太，（女主角的手帕交，男主角的舊情人。）偶爾天真一下還不要緊，那樣有系統地天真下去，到底不大好。

·初載於一九四四年六月上海《天地》第九期。

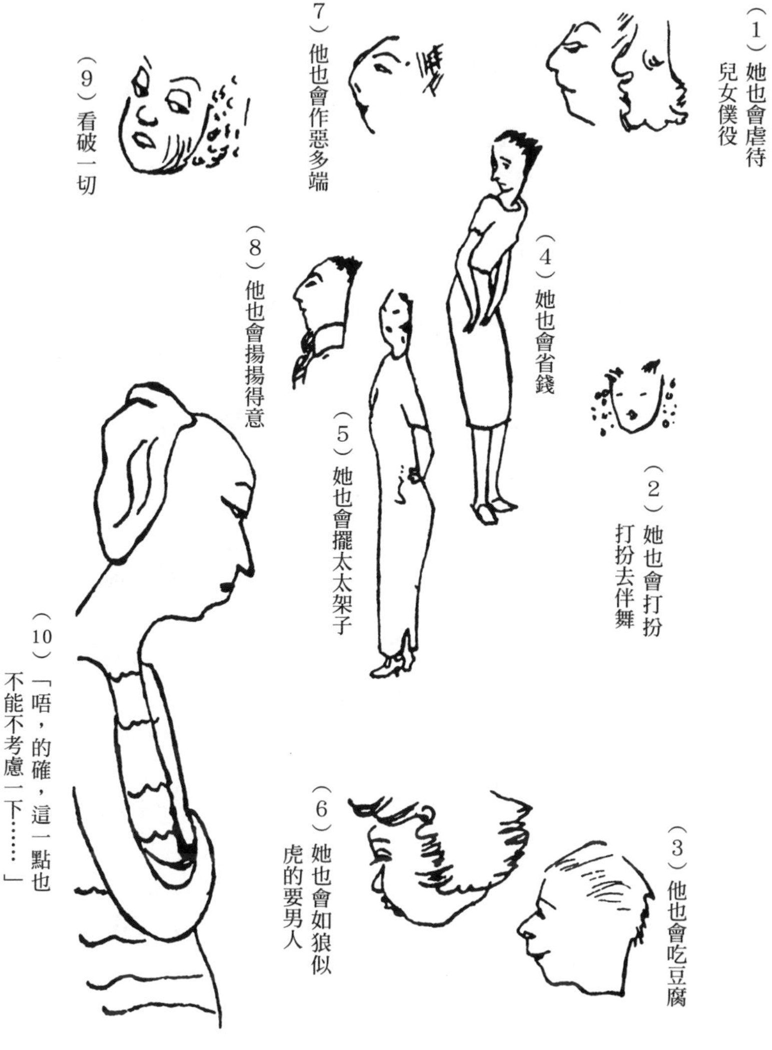
（1）她也會虐待兒女僕役
（2）她也會打扮打扮去伴舞
（3）他也會吃豆腐
（4）她也會省錢
（5）她也會擺太太架子
（6）她也會如狼似虎的要男人
（7）他也會作惡多端
（8）他也會揚揚得意
（9）看破一切
（10）「唔，的確，這一點也不能不考慮一下……」

小人物

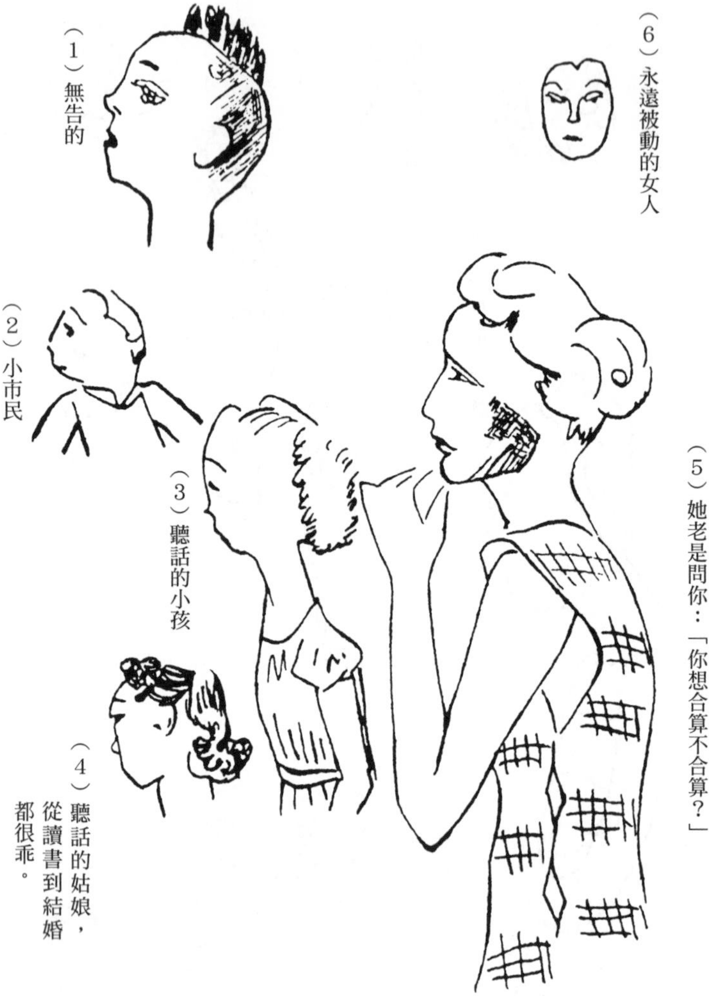
（1）無告的
（2）小市民
（3）聽話的小孩
（4）聽話的姑娘，從讀書到結婚都很乖。
（5）她老是問你：「你想合算不合算？」
（6）永遠被動的女人

可憐蟲

私語

「夜深聞私語，月落如金盆。」那時候所說的，不是心腹話也是心腹話了罷？我不預備裝模作樣把我這裏所要說的話當作鄭重的秘密，但是這篇文章因為是被編輯先生催逼著，倉卒中寫就的，所以有些急不擇言了，所寫的都是不必去想它，永遠在那裏的，可以說是下意識的一部份背景。就當它是在一個「月落如金盆」的夜晚，有人喊喊切切絮絮叨叨告訴你聽的罷！

今天早上房東派了人來測量公寓裏熱水汀管子的長度，大約是想拆下來去賣。我姑姑不由得感慨系之，說現在的人起的都是下流的念頭，只顧一時，這就是亂世。

亂世的人，得過且過，沒有真的家。然而我對於我姑姑的家卻有一種天長地久的感覺。我姑姑與我母親同住多年，雖搬過幾次家，而且這些時我母親不在上海，單剩下我姑姑，她的家對於我一直是一個精緻完全的體系，無論如何不能讓它稍有毀損。前天我打碎了桌面上的一塊玻璃，照樣賠一塊要六百元，而我這兩天剛巧破產，但還是急急的把木匠找了來。

近來不知為什麼特別有打破東西的傾向。（杯盤碗匙向來不算數，偶爾我姑姑砸了個茶杯，我總是很高興地說：「輪到姑姑砸了！」）上次急於到洋台上收衣裳，推玻璃門推不開，把膝蓋在門上一抵，豁朗一聲，一塊玻璃粉粉碎了，膝蓋上只擦破一點皮，可是流下血來，直濺到腳面上，擦上紅藥水，紅藥水循著血痕一路流下去，彷彿吃了大刀王五的一刀似的。給我姑姑看，她彎下腰去，匆匆一瞥，知道不致命，就關切地問起玻璃，我又去配了一塊。

因為現在的家於它的本身是細密完全的，而我只是在裏面撞來撞去打碎東西，而真的家應當是合身的，隨著我生長的，我想起我從前的家了。

第一個家在天津。我是生在上海的，兩歲的時候搬到北方去。北京也去過，只記得被傭人抱來抱去，用手去揪她頸項上鬆軟的皮——她年紀逐漸大起來，頸上的皮逐漸下垂；探手到她頷下漸漸有不同的感覺了。小時候我脾氣很壞，不耐煩起來便抓得她滿臉的血痕。她姓何，叫「何干」。不知是哪裏的方言，我們稱老媽子為什麼干什麼干。何干很像現在時髦的筆名：「何若」，「何之」，「何心」。

有一本蕭伯納的戲：《心碎的屋》，是我父親當初買的。空白上留有他的英文題識：

「天津，華北。

一九二六。三十二號路六十一號。

提摩太·C·張。」

我向來覺得在書上鄭重地留下姓氏，註明年月，地址，是近於囉唆無聊，但是新近發現這本書上的幾行字，卻很喜歡，因為有一種春日遲遲的空氣，像我們在天津的家。

院子裏有個鞦韆架，一個高大的丫頭，額上有個疤，因而被我喚做「疤丫丫」的，某次盪鞦韆盪到最高處，忽地翻了過去，後院子裏養著雞。夏天中午我穿著白地小紅桃子紗短衫，紅袴子，坐在板欖上，喝完滿滿一碗淡綠色，澀而微甜的六一散，看一本謎語書，唱出來，「小小狗，走一步，咬一口。」謎底是剪刀。還有一本是兒歌選，其中有一首描寫最理想的半村半郭的隱居生活，只記得一句「桃枝桃葉作偏房，」似乎不大像兒童的口吻了。

天井的一角架著個青石砧，有個通文墨，胸懷大志的男底下人時常用毛筆蘸了水在那上面練習寫大字。這人瘦小清秀，講三國志演義給我聽，我喜歡他，替他取了一個莫名其妙的名字叫「毛物」。毛物的兩個弟弟就叫「二毛物」「三毛物」。毛物的妻叫「毛物新娘子」，簡稱「毛娘」。毛娘生著紅撲撲的鵝蛋臉，水眼睛，一肚子「孟麗君女扮男裝中狀元」，是非常可愛的然而心計很深的女人，疤丫丫後來嫁了三毛物，很受毛娘的欺負。當然我那時候不懂這些，只知道他們是可愛的一家。他們是南京人，因此我對南京的小戶人家一直有一種與事實不符的明麗豐足的感覺。久後他們脫離我們家，開了個雜貨舖子，女傭領了我和弟弟去照顧他們的生意，努力地買了幾隻劣質的彩花熱水瓶，在店堂樓上吃了茶，和玻璃罐裏的糖果，還是有一種豐足的感覺。然而他們的店終於蝕了本，境況極窘。毛物的母親又怪兩個媳婦都不給她添孫子，毛娘背地裏抱怨說誰教兩對夫婦睡在一間房裏，雖然床上有帳子。

領我弟弟的女傭喚做「張干」，裹著小腳，伶俐要強，處處佔先。領我的「何干」，因為帶的是個女孩子，自覺心虛，凡事都讓著她。我不能忍耐她的重男輕女的論調，常常和她爭起來，她就說：「你這個脾氣只好住獨家村！希望你將來嫁得遠遠的——弟弟也不要你回來！」她能夠從抓筷子的手指的地位上預卜我將來的命運，說：「筷子抓得近，嫁得遠。」我連忙把手指移到筷子的上端去，說：「抓得遠呢？」她道：「抓得遠當然嫁得遠。」氣得我說不出話來。張干使我很早地想到男女平等的問題，我要銳意圖強，務必要勝過我弟弟。

我弟弟實在不爭氣，因為多病，必須扣著吃，因此非常的饞，看見人嘴裏動著便叫人張開嘴讓他看看嘴裏可有什麼。病在床上，鬧著要吃松子糖——松子仁舂成粉，摻入冰糖屑——人們把糖裏加了黃連汁，餵給他，使他斷念，他大哭，把隻拳頭完全塞到嘴裏去，仍然要。於是他們又在拳頭上擦了黃連汁。他吮著拳頭，哭得更慘了。

松子糖裝在金耳的小花磁罐裏。旁邊有黃紅的蟠桃式磁缸，裏面是痱子粉。下午的陽光照到那磨白了的舊梳妝台上。有一次張干買了個柿子放在抽屜裏，因為太生了，先收在那裏。隔兩天我就去開抽屜看看，漸漸疑心張干是否忘了它的存在，然而不能問她，由於一種奇異的自尊心。日子久了，柿子爛成一泡水。我十分惋惜，所以至今還記得。

最初的家裏沒有我母親這個人，也不感到任何缺陷，因為她很早就不在那裏了。有她的時候，我記得每天早上女傭把我抱到她床上去，是銅床，我爬在方格子青錦被上，跟著她不知所云地背唐詩。她才醒過來總是不甚快樂的，和我玩了許久方才高興起來。我開始認字塊，就是伏在床邊上，每天下午認兩個字之後，可以吃兩塊菉豆糕。

後來我父親在外面娶了姨奶奶，他要帶我到小公館去玩，抱著我走到後門口，我一定不肯去，拼命扳住了門，雙腳亂踢，他氣得把我橫過來打了幾下，終於抱去了。到了那邊，我又很隨和地吃了許多糖。小公館裏有紅木家具，雲母石心子的彫花圓桌上放著高腳銀碟子，而且姨奶奶敷衍得我很好。

我母親和我姑姑一同出洋去，上船的那天她伏在竹床上痛哭，綠衣綠裙上面釘有抽搐發光的小片子。傭人幾次來催說已經到了時候了，她像是沒聽見，他們不敢開口了，把我推上前去，叫我說：「嬸嬸，時候不早了。」（我算是過繼給另一房的，所以稱叔叔嬸嬸。）她不理我，只是哭。她睡在那裏像船艙的玻璃上反映的海，綠色的小薄片，然而有海洋的無窮盡的顛波悲慟。我站在竹床前面看著她，有點手足無措，他們又沒有教給我別的話，幸而傭人把我牽走了。

母親去了之後，姨奶奶搬了進來。家裏很熱鬧，時常有宴會，叫條子。我躲在簾子背後偷看，尤其注意同坐在一張沙發椅上的十六七歲的兩姐妹，打著前劉海，穿著一樣的玉色襖袴，雪白的偎倚著，像生在一起似的。

姨奶奶不喜歡我弟弟，因此一力抬舉我，每天晚上帶我到我起士林去看跳舞。我坐在桌子邊，面前的蛋糕上的白奶油高齊眉毛，然而我把那一塊全吃了，在那微紅的黃昏裏漸漸盹著，照例到三四點鐘，揹在傭人背上回家。

家裏給弟弟和我請了先生，是私塾制度，一天讀到晚，在傍晚的窗前搖擺著身子。讀到「太王事獯于，」把它改為「太王嗜燻魚」方才記住了。那一個時期，我時常為了背不出書而煩惱，大約是因為年初一早上哭過了，所以一年哭到頭。——年初一我預先囑咐阿媽天明就叫我起來看他們迎新年，誰知他們怕我熬夜辛苦了，讓我多睡一會，醒來時鞭炮已經放過了。我覺得一切的繁華熱鬧都已經成了過去，我沒有份了，躺在床上哭了又哭，不肯起來，最後被拉了起來，坐在小籐椅上，人家替我穿上新鞋的時候，還是哭——即使穿上新鞋也趕不上了。

姨奶奶住在樓下一間陰暗雜亂的大房裏，我難得進去，立在父親烟炕前背書。姨奶奶也識字，教她自己的一個姪兒讀「池中魚，游來游去」，恣意打他，他的一張臉常常腫得眼睛都睜不開。她把我父親也打了，用痰盂砸破他的頭。於是族裏有人出面說話，逼著她走路。我坐在樓上的窗台上，看見大門裏緩緩出來兩輛塌車，都是她帶走的銀器傢生。僕人們都說：「這下子好了！」

我八歲那年到上海來，坐船經過黑水洋綠水洋，彷彿的確是黑的漆黑，綠的碧綠，雖然從來沒在書裏看到海的禮讚，也有一種快心的感覺。睡在船艙裏讀著早已讀過多次的《西遊記》，《西遊記》裏只有高山與紅熱的塵沙。

到上海，坐在馬車上，我是非常侉氣而快樂的，粉紅地子的洋紗衫袴上飛著藍蝴蝶。我們住著很小的石庫門房子，紅油板壁。對於我，那也是有一種緊緊的硃紅的快樂。

然而我父親那時候打了過度的嗎啡針，離死很近了。他獨自坐在洋台上，頭上搭一塊濕手巾，兩目直視，簷前掛下了牛筋繩索那樣的粗而白的雨。嘩嘩下著雨，聽不清楚他嘴裏喃喃說些什麼，我很害怕了。

女傭告訴我應當高興，母親要回來了。母親回來的那一天我吵著要穿上我認為最俏皮的小紅襖，可是她看見我第一句話就說：「怎麼給她穿這樣小的衣服？」不久我就做了新衣，一切都不同了。我父親痛悔前非，被送到醫院裏去。我們搬到一所花園洋房裏，有狗，有花，有童話書，家裏陡然添了許多蘊藉華美的親戚朋友。我母親和一個胖伯母並坐在鋼琴櫈上模仿一齣電影裏的戀愛表演，我坐在地上看著，大笑起來，在狼皮褥子上滾來滾去。

我寫信給天津的一個玩伴，描寫我們的新屋，寫了三張信紙，還畫了圖樣。沒得到回信——那樣的粗俗的誇耀，任是誰也要討厭罷？家裏的一切我都認為是美的頂巔。藍椅套配著舊的玫瑰紅地毯，其實是不甚諧和的，然而我喜歡它，連帶的也喜歡英國了，因為英格蘭三個字使我想起藍天下的小紅房子，而法蘭西是微雨的青色，像浴室的磁磚，沾著生髮油的香，母親告訴我英國是常常下雨的，法國是晴朗的，可是我沒法矯正我最初的印象。

我母親還告訴我畫圖的背景最得避忌紅色，背景看上去應當有相當的距離，紅的背景總覺得近在眼前，但是我和弟弟的臥室牆壁就是那沒有距離的橙紅色，是我選擇的，而且我畫小人也喜歡給畫上紅的牆，溫暖而親近。

畫圖之外我還彈鋼琴，學英文，大約生平只有這一個時期是具有洋式淑女的風度的。此外還充滿了優裕的感傷，看到書裏夾的一朵花，聽我母親說起它的歷史，竟掉下淚來。我母親見了就向我弟弟說：「你看姐姐不是為了吃不到糖而哭的！」我被誇獎著，一高興，眼淚也乾了，很不好意思。

《小說月報》上正登著老舍的《二馬》，雜誌每月寄到了，我母親坐在抽水馬桶上看，一面笑，一面讀出來，我靠在門框上笑。所以到現在我還是喜歡《二馬》，雖然老舍後來的《離婚》、《火車》全比《二馬》好得多。

我父親把病治好之後，又反悔起來，不拿出生活費，要我母親貼錢，想把她的錢逼光了，那時她要走也走不掉了。他們劇烈地爭吵著，嚇慌了的僕人們把小孩拉了出去，叫我們乖一點，少管閒事。我和弟弟在洋台上靜靜騎著三輪的小腳踏車，兩人都不作聲，晚春的洋台上，掛著綠竹簾子，滿地密條的陽光。

父母終於協議離婚。姑姑和父親一向也是意見不合的，因此和我母親一同搬走了，父親移家到一所衖堂房子裏。（我父親對於「衣食住」向來都不考究，單只注意到「行」，惟有在汽車上捨得花點錢。）他們的離婚，雖然沒有徵求我的意見，我是表示贊成的，心裏自然也惆悵，因為那紅的藍的家無法維持下去了。幸而條約上寫明了我可以常去看母親。在她的公寓裏第一次見到生在地上的磁磚沿盆和煤氣爐子，我非常高興，覺得安慰了。

不久我母親動身到法國去，我在學校裏住讀，她來看我，我沒有任何惜別的表示，她也像是很高興，事情可以這樣光滑無痕迹地度過，一點麻煩也沒有，可是我知道她在那裏想：「下一代的人，心真狠呀！」一直等她出了校門，我在校園裏隔著高大的松杉遠遠望著那關閉了的紅鐵門，還是漠然，但漸漸地覺到這種情形下眼淚的需要，於是眼淚來了，在寒風中大聲抽噎著，哭給自己看。

母親走了，但是姑姑的家裏留有母親的空氣，纖靈的七巧板桌子，輕柔的顏色，有些我所不大明白的可愛的人來來去去。我所知道的最好的一切，不論是精神上還是物質上的，都在這裏了。因此對於我，精神上與物質上的善，向來是打成一片的，不是像一般青年所想的那樣靈肉對立，時時要起衝突，需要痛苦的犧牲。

另一方面有我父親的家，那裏什麼我都看不起，鴉片，教我弟弟做〈漢高祖論〉的老先生，章回小說，懶洋洋灰撲撲地活下去。像拜火教的波斯人，我把世界強行分作兩半，光明與黑暗，善與惡，神與魔。屬於我父親這一邊的必定是不好的，雖然有時候我也喜歡。我喜歡鴉片的雲霧，霧一樣的陽光，屋裏亂攤著小報，（直到現在，大疊的小報仍然給我一種回家的感覺）看著小報，和我父親談談親戚間的笑話——我知道他是寂寞的，在寂寞的時候他喜歡我。父親的房間裏永遠是下午，在那裏坐久了便覺得沉下去，沉下去。

在前進的一方面我有海闊天空的計畫，中學畢業後到英國去讀大學，有一個時期我想學畫卡通影片，儘量把中國畫的作風介紹到美國去。我要比林語堂還出風頭，我要穿最別緻的衣服，周遊世界，在上海自己有房子，過一種乾脆俐落的生活。

然而來了一件結結實實的，真的事。我父親要結婚了。我姑姑初次告訴我這消息，是在夏夜的小洋台上。我哭了，因為看過太多的關於後母的小說，萬萬沒想到會應在我身上。我只有一個迫切的感覺：無論如何不能讓這件事發生。如果那女人就在眼前，伏在鐵闌干上，我必定把她從洋台上推下去，一了百了。

我後母也吸鴉片。結了婚不久我們搬家搬到一所民初式樣的老洋房裏去，本是自己的產業，我就是在那房子裏生的。房屋裏有我們家的太多的回憶，像重重疊疊複印的照片，整個的空氣有點模糊。有太陽的地方使人瞌睡，陰暗的地方有古墓的清涼。房屋的青黑的心子裏是清醒的，有它自己的一個怪異的世界。而在陰陽交界的邊緣，看得見陽光，聽得見電車的鈴與大減價的布店裏一遍又一遍吹打著「蘇三不要哭」，在那陽光裏只有昏睡。

我住在學校裏，很少回家，在家裏雖然看到我弟弟與年老的「何干」受磨折，非常不平，但是因為實在難得回來，也客客氣氣敷衍過去了。我父親對於我的作文很得意，曾經鼓勵我學作詩。一共作過三首七絕，第二首詠「夏雨」，有兩句經先生濃圈密點，所以我也認為很好了：「聲如羯鼓催花發，帶雨蓮開第一枝。」第三首詠花木蘭，太不像樣，就沒有興致再學下去了。

中學畢業那年，母親回國來，雖然我並沒覺得我的態度有顯著的改變，父親卻覺得了。對於他，這是不能忍受的，多少年來跟著他，被養活，被教育，心卻在那一邊。我把事情弄得更糟，用演說的方式向他提出留學的要求，而且吃吃艾艾，是非常壞的演說。他發脾氣，說我受了人家的挑唆。我後母當場罵了出來，說：「你母親離了婚還要干涉你們家的事。既然放不下這裏，為什麼不回來？可惜遲了一步，回來只好做姨太太！」

滬戰發生，我的事暫且擱下了。因為我們家鄰近蘇州河，夜間聽見砲聲不能入睡，所以到我母親處住了兩個禮拜。回來那天，我後母問我：「怎樣你走了也不在我跟前說一聲？」我說我向父親說過了。她說：「噢，對父親說了！你眼睛裏哪兒還有我呢？」她刷地打了我一個嘴巴，我本能地要還手，被兩個老媽子趕過來拉住了。我後母一路銳叫著奔上樓去：「她打我！她打我！」在這一剎那間，一切都變得非常明晰，下著百葉窗的暗沉沉的餐室，飯已經開上桌了，沒有金魚的金魚缸，白磁缸上細細描出橙紅的魚藻。我父親趿著拖鞋，拍達拍達衝下樓來，揪住我，拳足交加，吼道：「你還打人！你打人我就打你！今天非打死你不可！」我覺得我的頭偏到這一邊，又偏到那一邊，無數次，耳朵也震聾了。我坐在地下，躺在地下了，他還揪住我的頭髮一陣踢。終於被人拉開。我心裏一直很清楚，記起我母親的話：「萬一他打你，不要還手，不然，說出去總是你的錯。」所以也沒有想抵抗。他上樓去了，我立起來走到浴室裏照鏡子，看我身上的傷，臉上的紅指印，預備立刻報巡捕房去。走到大門口，被看門的巡警攔住了說：「門鎖著呢，鑰匙在老爺那兒。」我試著撒潑，叫鬧踢門，企圖引起鐵門外崗警的注意，但是不行，撒潑不是容易的事。我回到家裏來，我父親又炸了，把一隻大花瓶向我頭上擲來，稍微歪了一歪，飛了一房的碎磁。他走了之後，何干向我哭，說：「你怎麼會弄到這樣的呢？」我這時候才覺得滿腔冤屈，氣湧如山地哭起來，抱著她哭了許久。然而她心裏是怪我的，因為愛惜我，她替我胆小，怕我得罪了父親，要苦一輩子；恐懼使她變得冷而硬。我獨自在樓下的一間空房裏哭了一整天，晚上就在紅木炕床上睡了。

第二天，我姑姑來說情，我後母一見她便冷笑：「是來捉鴉片的麼？」不等她開口我父親便從烟舖上跳起來劈頭打去，把姑姑也打傷了，進了醫院，沒有去報捕房，因為太丟我們家的面子。

我父親揚言說要用手鎗打死我。我暫時被監禁在空房裏，我生在裏面的這座房屋忽然變成生疏的了，像月光底下的，黑影中現出青白的粉牆，片面的，癲狂的。

Beverley Nichols有一句詩關於狂人的半明半昧：「在你的心中睡著月亮光，」我讀到它就想到我們家樓板上的藍色的月光，那靜靜的殺機。

我也知道我父親決不能把我弄死，不過關幾年，等我放出來的時候已經不是我了。數星期內我已經老了許多年。我把手緊緊捏著洋台上的木闌干，彷彿木頭上可以榨出水來。頭上是赫赫的藍天，那時候的天是有聲音的，因為滿天的飛機。我希望有個炸彈掉在我們家，就同他們死在一起我也願意。

何干怕我逃走，再三叮囑：「千萬不可以走出這扇門呀！出去了就回不來了。」然而我還是想了許多脫逃的計畫，《三劍客》、《基度山恩仇記》一齊到腦子裏來了。記得最清楚的是《九尾龜》裏章秋谷的朋友有個戀人，用被單結成了繩子，從窗戶裏縋了出來。我這裏沒有臨街的窗，惟有從花園裏翻牆頭出去。靠牆倒有一個鵝棚可以踏腳，但是更深人靜的時候，驚動兩隻鵝，叫將起來，如何是好？

花園裏養著呱呱追人啄人的大白鵝，唯一的樹木是高大的白玉蘭，開著極大的花，像污穢的白手帕，又像廢紙，抛在那裏，被遺忘了，大白花一年開到頭。從來沒有那樣邋遢喪氣的花。

正在籌劃出路，我生了沉重的痢疾，差一點死了。我父親不替我請醫生，也沒有藥。病了半年，躺在床上看著秋冬的淡青的天，對面的門樓上挑起灰石的鹿角，底下纍纍兩排小石菩薩——也不知道現在是哪一朝，哪一代……朦朧地生在這所房子裏，也朦朧地死在這裏麼？死了就在園子裏埋了。

然而就在這樣想著的時候，我也傾全力聽著大門每一次的開關，巡警咭滋咖滋抽出銹澀的門閂，然後嗆啷啷一聲巨響，打開了鐵門。睡裏夢裏也聽見這聲音，還有通大門的一條煤屑路，腳步下沙子的吱吱叫。即使因為我病在床上他們疎了防，能夠無聲地溜出去麼？

一等到我可以扶牆摸壁行走，我就預備逃。先向何干套口氣打聽了兩個巡警換班的時間，隆冬的晚上，伏在窗子上用望遠鏡看清楚了黑路上沒有人，挨著牆一步一步摸到鐵門邊，拔出門閂，開了門，把望遠鏡放在牛奶箱上，閃身出去。——當真立在人行道上了！沒有風，只是陰曆年左近的寂寂的冷，街燈下只看見一片寒灰，但是多麼可親的世界呵！我在街沿急急走著，每一腳踏在地上都是一個響亮的吻。而且我在距家不遠的地方和一個黃包車夫講起價錢來了——我真高興我還沒忘了怎樣還價。真是發了瘋呀！隨時可以重新被抓進去。事過境遷，方才覺得那驚險中的滑稽。

後來知道何干因為犯了和我同謀的嫌疑，大大的被帶累。我後母把我一切的東西分著給了人，只當我死了。這是我那個家的結束。

我逃到母親家，那年夏天我弟弟也跟著來了，帶了一雙報紙包著的籃球鞋，說他不回去了。我母親解釋給他聽她的經濟力量只能負担一個人的教養費，因此無法收留他。他哭了，我在旁邊也哭了。後來他到底回去了，帶著那雙籃球鞋。

何干偷偷摸摸把我小時的一些玩具私運出來給我做紀念，內中有一把白象牙骨子淡綠鴕鳥毛摺扇，因為年代久了，一搧便掉毛，漫天飛著，使人咳嗆下淚。至今回想到我弟弟來的那天，也還有類似的感覺。

我補書預備考倫敦大學。在父親家裏孤獨慣了，驟然想學做人，而且是在窘境中做「淑女」，非常感到困難。同時看得出我母親是為我犧牲了許多，而且一直在懷疑著我是否值得這些犧牲。我也懷疑著。常常我一個人在公寓的屋頂洋台上轉來轉去，西班牙式的白牆在藍天上割出斷然的條與塊。仰臉向著當頭的烈日，我覺得我是赤裸裸的站在天底下了，被裁判著像一切的惶惑的未成年的人，困於過度的自誇與自鄙。

這時候，母親的家不復是柔和的了。

考進大學，但是因為戰事，不能上英國去，改到香港，三年之後又因為戰事，書沒讀完就回上海來。公寓裏的家還好好的在那裏，雖然我不是那麼絕對地信仰它了，也還是可珍惜的。現在我寄住在舊夢裏，在舊夢裏做著新的夢。

寫到這裏，背上吹的風有點冷了，走去關上玻璃門，洋台上看見毛毛的黃月亮。

古代的夜裏有更鼓，現在有賣餛飩的梆子，千年來無數人的夢的拍板：「托，托，托，托，」——可愛又可哀的年月呵！

・初載於一九四四年七月上海《天地》第十期。

說胡蘿蔔

有一天，我們飯桌上有一樣蘿蔔煨肉湯。我問我姑姑：「洋花蘿蔔跟胡蘿蔔都是古時候從外國傳進來的罷？」她說：「別問我這些事。我不知道。」她想了一想，接下去說道：「我第一次同胡蘿蔔接觸，是小時候養『叫油子』，就餵牠胡蘿蔔。還記得那時候奶奶（指我的祖母）總是把胡蘿蔔一切兩半，再對半一切，塞在籠子裏，大約那樣算切得小了。——要不然我們吃的菜裏是向來沒有胡蘿蔔這樣東西的。——為什麼給『叫油子』吃這個，我也不懂。」

我把這一席話暗暗記下，一字不移地寫下來，看看忍不住要笑，因為只消加上「說胡蘿蔔」的標題，就是一篇時髦的散文，雖說不上沖淡雋永，至少放在報章雜誌裏也可以充充數。而且妙在短——才抬頭，已經完了，更使人低徊不已。

・初載於一九四四年七月上海《雜誌》第十三卷第四期。

炎櫻語錄

我的朋友炎櫻說：「每一個蝴蝶都是從前的一朵花的鬼魂，回來尋找它自己。」

炎櫻個子生得小而豐滿，時時有發胖的危險，然而她從來不為這担憂，很達觀地說：「兩個滿懷較勝於不滿懷。」（這是我根據「軟玉溫香抱滿懷」勉強翻譯的。她原來的話是：「Two armfuls is better than no armful.」）

關於加拿大的一胎五孩，炎櫻說：「一加一等於二，但是在加拿大，一加一等於五。」

炎櫻描寫一個女人的頭髮，「非常非常黑，那種黑是盲人的黑。」

炎櫻在報攤上翻閱畫報，統統翻遍之後，一本也沒買。報販諷刺地說：「謝謝你！」炎櫻答道：「不要客氣。」

有人說：「我本來打算周遊世界，尤其是想看看撒哈拉沙漠，偏偏現在打仗了。」炎櫻說：「不要緊，等他們仗打完了再去。撒哈拉沙漠大約不會給炸光了的。我很樂觀。」

炎櫻買東西，付賬的時候總要抹掉一些零頭，甚至於在虹口，猶太人的商店裏，她也這樣做。她把皮包的內容兜底掏出來，說：「你看，沒有了，真的，全在這兒了。還多下二十塊錢，我們還要吃茶去呢。專為吃茶來的，原沒有想到要買東西，後來看見你們這兒的貨色實在好……」

猶太女人微弱地抗議了一下：「二十塊錢也不夠你吃茶的……」

可是店老闆為炎櫻的孩子氣所感動——也許他有過這樣的一個棕黃皮膚的初戀，或是早夭的妹妹。他悽慘地微笑，讓步了。「就這樣罷。不然是不行的，但是為了吃茶的緣故……」他告訴她附近哪一家茶室的蛋糕最好。

炎櫻說：「月亮叫喊著，叫出生命的喜悅；一顆小星是它的羞澀的回聲。」

中國人有這句話：「三個臭皮匠，湊成一個諸葛亮。」西方有一句相彷彿的諺語：「兩個頭總比一個頭好。」炎櫻說：「兩個頭總比一個好——在枕上。」她這句話是寫在作文裏面的，看卷子的教授是教堂的神父。她這種大胆，任何以大胆著名的作家恐怕也望塵莫及。

炎櫻也頗有做作家的意思，正在積極學習華文。在馬路上走著，一看見店舖招牌，大幅廣告，她便停住腳來研究，隨即高聲讀出來：「大什麼昌。老什麼什麼。『表』我認得，『飛』

我認得——你說『嗚』是鳥唱歌：但是『表飛嗚』是什麼意思？『咖啡』的『咖』是什麼意思？」

中國字是從右讀到左的，她知道。可是現代的中文有時候又是從左向右。每逢她從左向右讀，偏偏又碰著從右向左。中國文字奧妙無窮，因此我們要等這位會說俏皮話，而於俏皮話之外還另有使人吃驚的思想的文人寫文章給我們看，還得等些時。

・初載於一九四四年八月上海《小天地》第一期。

寫什麼

有個朋友問我：「無產階級的故事你會寫麼？」我想了一想，說：「不會。要末只有阿媽她們的事，我稍微知道一點。」後來從別處打聽到，原來阿媽不能算無產階級。幸而我並沒有改變作風的計畫，否則要大為失望了。

文人討論今後的寫作路徑，在我看來是不能想像的自由——彷彿有充分的選擇的餘地似的。當然，文苑是廣大的，遊客買了票進去，在九曲橋上拍了照，再一窩蜂去參觀動物園，說走就走，的確可羨慕。但是我認為文人該是園裏的一棵樹，天生在那裏的，根深蒂固，越往上長，眼界越寬，看得更遠，要往別處發展，也未嘗不可以，風吹了種子，播送到遠方，另生出一棵樹，可是那到底是很艱難的事。

初學寫文章，我自以為歷史小說也會寫，普洛文學，新感覺派，以至於較通俗的「家庭倫理」，社會武俠，言情艷情，海闊天空，要怎樣就怎樣。越到後來越覺得拘束。譬如說現在我得到了兩篇小說的材料，不但有了故事與人物的輪廓，連對白都齊備，可是背景在內地，所以我暫時不能寫。到那裏去一趟也沒有用，那樣的匆匆一瞥等於新聞記者的訪問。最初印象也許是最強烈的一種。可是，外國人觀光燕子窩，印象縱然深，我們也不能從角度去描寫燕子窩顧客的心理罷？

走馬看花固然無用，即使去住兩三個月，放眼搜集地方色彩，也無用，因為生活空氣的浸潤感染，往往是在有意無意中的，不能先有個存心。文人只須老老實實生活著，然後，如果他是個文人，他自然會把他想到的一切寫出來。他寫所能夠寫的，無所謂應當。

為什麼常常要感到改變寫作方向的需要呢？因為作者的手法常犯雷同的毛病，因此嫌重複。以不同的手法處理同樣的題材既然辦不到，只能以同樣的手法適用於不同的題材上——然而這在實際上是不可能的，因為經驗上不可避免的限制。有幾個人能夠像高爾基像石揮那樣到處流浪，哪一行都混過？其實這一切的顧慮都是多餘的罷？只要題材不太專門性，像戀愛結婚，生老病死，這一類頗為普遍的現象，都可以從無數各各不同的觀點來寫，一輩子也寫不完。如果有一天說這樣的題材已經沒的可寫了，那想必是作者本人沒的可寫了。即使找到了嶄新的題材，照樣的也能夠寫出濫調來。

•初載於一九四四年八月上海《雜誌》第十三卷第五期。

詩與胡說

夏天的日子一連串燒下去，雪亮，絕細的一根線，燒得要斷了，又給細細的蟬聲連了起來，「吱呀，吱呀，吱……」

這一個月，因為生病，省掉了許多飯菜，車錢，因此突然覺得富裕起來。雖然生的是毫無風致的病，肚子疼得哼哼唧唧在蓆子上滾來滾去，但在夏天，閒在家裏，重事不能做，單只寫篇文章關於Cezanne的畫，關於看過的書，關於中國人的宗教，到底是風雅的。我決定這是我的「風雅之月」，所以索性高尚一下，談起詩來了。

周作人翻譯的有一首著名的日本詩：「夏日之夜，有如苦竹，竹細節密，頃刻之間，隨即天明。」我勸我姑姑看一遍，我姑姑是「輕性智識份子」的典型，她看過之後，搖搖頭說不懂，隨即又尋思，說：「既然這麼出名，想必總有點什麼東西罷？可是也說不定。一個人出名到某一個程度，就有權利胡說八道。」

我想起路易士。第一次看見他的詩，是在雜誌的《每月文摘》裏的〈散步的魚〉，那倒不是胡話，不過太做作了一點。小報上逐日笑他的時候，我也跟著笑，笑了許多天。在這些事上，我比小報還要全無心肝，譬如上次，聽見說顧明道死了，我非常高興，理由很簡單，因為他的小說寫得不好。其實我又不認識他，而且如果認識，想必也有理由敬重他，因為他是這樣的一個模範文人，歷盡古往今來一切文人的苦難。而且他已經過世了，我現在來說這樣的話，太豈有此理，但是我不由得想起《明日天涯》在新聞報上連載的時候，我非常討厭裏面的前進青年孫家光和他資助求學的小姑娘梅月珠，每次他到她家去，她母親總要大魚大肉請他吃飯表示謝意，添菜的費用超過學費不知多少倍。梅太太向孫家光敘述她先夫的操行與不幸的際遇，報上一天一段，足足敘述了兩個禮拜之久，然而我不得不讀下去，純粹因為它是一天一天分載的，有一種最不耐煩的吸引力。我有個表姐，也是看新聞報的，我們一見面就罵《明日天涯》，一面嘰咕一面往下看。

顧明道的小說本身不足為奇，值得注意的是大眾讀者能夠接受這樣沒顏落色的愚笨。像《秋海棠》的成功，至少是有點道理的。

把路易士和他深惡痛絕的鴛蝴派相提並論，想必他是要生氣的。我想說明的是，我不能因為顧明道已經死了的緣故原諒他的小說，也不能因為路易士從前作過好詩的緣故原諒他後來的有些詩。但是讀到了〈傍晚的家〉，我又是一樣想法了，覺得不但〈散步的魚〉可原諒，就連這人一切幼稚惡劣的做作也應當被容忍了。因為這首詩太完全，所以必須整段地抄在這裏……

「傍晚的家有了烏雲的顏色，
風來小小的院子裏，
數完了天上的歸鴉，
孩子們的眼睛遂寂寞了。

晚飯時妻的瑣碎的話——

幾年前的舊事已如烟了，

而在青菜湯的淡味裏，

我覺出了一些生之淒涼。」

路易士的最好的句子全是一樣的潔淨，淒清，用色吝惜，有如墨竹。眼界小，然而沒有時間性，地方性，所以是世界的，永久的。譬如像：

「二月之雪又霏霏了，

黯色之家浴著春寒，

哎，縱有溫情已迢迢了：

妻的眼睛是寂寞的。」

還有〈窗下吟〉裏的

「然而說起我的，

青青的，

平如鏡的戀，

卻是那麼遼遠。

那遼遠，

對於瓦雀與幼鴉們，

乃是一個荒誕……」

這首詩較長，音調的變換極盡娉婷之致。〈二月之窗〉寫的是比較朦朧微妙的感覺，倒是現代人所特有的：——

「西去的遲遲的雲是憂人的，
載著悲切而悠長的鷹呼，
冉冉地，如一不可思議的帆。
而每一個不可思議的日子，
無聲地，航過我的二月窗。」

在整本的書裏找到以上的幾句，我已經覺得非常之滿足，因為中國的新詩，經過胡適，經過劉半農，徐志摩，就連後來的朱湘，走的都像是絕路，用唐朝人的方式來說我們的心事，彷彿好的都已經給人說完了，用自己的話呢，不知怎麼總說得不像話，真是急人的事。可是出人意料之外的好詩也有。倪弘毅的〈重逢〉，我所看到的一部份真是好：——

「紫石竹你叫它是片戀之花，
三年前，
夏色癱軟
就在這死市
你困憊失眠夜……
夜色滂薄
言語似夜行車

你說
未來的墓地有夜來香
我說種『片刻之戀』吧……」

用字像「癱軟」、「片戀」，都是極其生硬，然而不過是為了經濟字句，得壓緊，更為結實，絕不是蓄意要它「語不驚人死不休」。我尤其喜歡那比仿，「言語似夜行車，」斷斷續續，遠而悽愴。再如後來的

「你在同代前殉節
疲於喧嘩
看不到後面，
掩臉沉沒……」

末一句完全是現代畫幻麗的筆法，關於詩中人我雖然知道得不多，也覺得像極了她，那樣的宛轉的絕望，在影子裏徐徐下陷，伸著弧形的，無骨的白手臂。

詩的末一句似是純粹的印象派，作者說恐怕人家不懂：——

「你盡有蒼綠。」

但是見到她也許就懂了，無量的「蒼綠」中有安詳的創楚。然而這是一時說不清的，她不是樹上拗下來，缺乏水分，褪了色的花，倒是古綢緞上的折枝花朵，斷是斷了的，可是非常的美，非常的應該。

所以活在中國就有這樣可愛：髒與亂與憂傷之中，到處會發現珍貴的東西，使人高興一上

午，一天，一生一世。聽說德國的馬路光可鑒人，寬敞，筆直，齊齊整整，一路種著參天大樹，然而我疑心那種路走多了要發瘋的。還有加拿大，那在多數人的印象裏總是個毫無興味的，模糊荒漠的國土，但是我姑姑說那裏比什麼地方都好，氣候偏於涼，天是藍的，草碧綠，到處是紅頂的黃白洋房，乾淨得像水洗過的，個個都附有花園。如果可以選擇的話，她願意一輩子住在那裏。要是我就捨不得中國——還沒離開家已經想家了。

・初載於一九四四年八月上海《雜誌》第十三卷第五期。

忘不了的畫

有些圖畫是我永遠忘不了的，其中只有一張是名畫，果庚的〈永遠不再〉。一個夏威夷女人裸體躺在沙發上，靜靜聽著門外的一男一女一路說著話走過去。門外的玫瑰紅的夕照裏的春天，霧一般地往上噴，有昇華的感覺，而對於這健壯的，至多不過三十來歲的女人，一切都完了。女人的臉大而粗俗，單眼皮，她一手托腮，把眼睛推上去，成了吊梢眼，也有一種橫潑的風情，在上海的小家婦女中時常可以看到的，於我們頗為熟悉。身子是木頭的金棕色。棕黑的沙發，卻畫得像古銅，沙發套子上現出青白的小花，羅甸樣地半透明。嵌在暗銅背景裏的戶外天氣則是彩色玻璃，藍天，紅藍的樹，情侶，石闌干上站著童話裏的稚拙的大鳥。玻璃，銅，與木，三種不同的質地似乎包括了人手捫得到的世界的全部，而這是切實的，像這女人。想必她曾經結結實實戀愛過，現在呢，「永遠不再」了。雖然她睡的是文明的沙發，枕的是檸檬黃花布的荷葉邊枕頭，這裏面有一種最原始的悲愴。不像在我們的社會裏，年紀大一點的女人，如果與情愛無緣了還要想到愛，一定要碰到無數小小的不如意，齷齪的刺惱，把自尊心弄得千瘡百孔，她這裏的卻是沒有一點渣滓的悲哀，因為明淨，是心平氣和的，那木木的棕黃臉上還帶著點不相干的微笑。彷彿有面鏡子把戶外的陽光迷離地反映到臉上來，一晃一晃。

美國的一個不甚著名的女畫家所作的〈感恩節〉，那卻是絕對屬於現代文明的。畫的是一家人忙碌地慶祝感恩節，從電灶裏拖出火雞，桌上有布丁，小孩在桌肚下亂鑽。粉紅臉，花衣服的主婦捧著大疊杯盤往飯廳裏走，廚房磚地是青灰的大方塊，青灰的空氣裏有許多人來回跑，一陣風來，一陣風去。大約是美國小城市裏的小康之家，才做了禮拜回來，照他們墾荒的祖先當初的習慣感謝上帝給他們一年的好收成，到家全都餓了，忙著預備這一頓特別豐盛的午餐。但雖是這樣積極的全家福，到底和從前不同，也不知為什麼，沒那麼簡單了。這些人儘管吃喝說笑，腳下彷彿穿著雨中踩濕的鞋襪，寒冷，黏搭搭。活潑唧溜的動作裏有一種酸慘的鐵腥氣，使人想起下雨天走得飛快的電車的脊梁，黑漆的，打濕了，變了很淡的鋼藍色。

叫做〈明天與明天〉的一張畫，也是美國的，畫一個妓女，在很高的一層樓上租有一間房間，洋台上望得見許多別的摩天樓。她手扶著門向外看去，只見她的背影，披著黃頭髮，綢子浴衣是陳年血迹的淡紫紅，罪惡的顏色，然而代替罪惡，這裏只有平板的疲乏。明天與明天……絲襪溜下去，臃腫地堆在腳踝上；旁邊有白鐵床的一角，邋遢的枕頭，床單，而洋台之外是高天大房子，黯淡而又白浩浩，時間的重壓，一天沉似一天。

畫娼妓，沒有比這再深刻了。此外還記得林風眠的一張，中國的洋畫家，過去我只喜歡一個林風眠。他那些寶藍衫子的安南緬甸人像，是有著極圓熟的圖案美的。比較回味深長的卻是一張著色不多的，在中國的一個小城，土牆下站著個黑衣女子，背後跟著鴇婦。因為大部份用的是淡墨，雖沒下雨而像是下雨，在寒雨中更覺得人的溫暖。女人不時髦，面目也不清楚，但是對於普通男子，單只覺得這女人是有可能性的，對她就有點特殊的感情，像孟麗君對於她從未見過面的未婚夫一樣的，彷彿有一種微妙的牽掛。林風眠這張畫是從普通男子的觀點去看妓女的，如同鴛鴦蝴蝶派的小說，感傷之中不缺少斯文扭捏的小趣味，可是並無惡意，普通女人對於娼妓的觀感則比較複雜，除了恨與看不起，還又有羡慕著，尤其是上等婦女，有其太多的閒空與太少的男子，因之往往幻想妓女的生活為浪漫的。那樣的女人大約要被賣到三等窰子裏去才知道其中的甘苦。

日本美女畫中有著名的〈青樓十二時〉，畫出藝妓每天二十四個鐘點內的生活。這裏的畫家的態度很難得到我們的了解，那培異的尊重與鄭重。中國的確也有蘇小妹董小宛之流，從粉頭群裏跳出來，自處甚高，但是在中國這是個性的突出，而在日本就成了一種制度——在日本，什麼都會成為一種制度的。藝妓是循規蹈矩訓練出來的大眾情人，最輕飄的小動作裏也有傳統習慣的重量，沒有半點遊移。〈青樓十二時〉裏我只記得丑時的一張，深宵的女人換上家用的木屐，一隻手捉住胸前的輕花衣服，防它滑下肩來，一隻手握著一炷香，香頭飄出細細的烟。有丫頭蹲在一邊伺候著，畫得比她小許多。她立在那裏，像是太高，低垂的頸子太細，太長，還沒踏到木屐上的小白腳又小得不適合，然而她確實知道她是被愛著的，雖然那時候只有她一個人在那裏。因為心定，夜顯得更靜了，也更悠久。

這樣地把妓女來理想化了，我能想到的唯一解釋是日本人對於訓練的重視，而藝妓，因為訓練得格外徹底，所以格外接近女性的美善的標準。不然我們再也不能懂得谷崎潤一郎在《神與人之間》裏為什麼以一個藝妓來代表他的「聖潔的Madonna」。

說到歐洲的聖母，從前沒有電影明星的時候，她是唯一的大眾情人，歷代的大美術家都替她畫過像。其中有這樣的畫題：「有著無瑕的子宮的聖母。」從前的Oomph Girl等於現在的Womb Girl。但現代的文明人到底拘謹得多，絕對不會那麼公然地以「無瑕的子宮」為號召了。

歐洲各國的聖母，不論是荷蘭的，絲絲縷縷披著稀薄的金色頭髮，面容長而冷削，金的，玉的，寂寞的，像瑪琳黛德麗；還是意大利的，農田裏的，擺水菓攤子的典型，重重的青黑的眉眼，多肉，多嬌；還是德國的，像是給男人打怕了的，凸出了淡藍的大眼睛，於驚恐中生出德國人特別喜歡的那種活潑娥媚；美的標準不同，但是宗教畫家所要表現的總是一個天真的鄉下姑娘，極度謙卑，然而因為天降大任於身，又有一種新的尊貴，雙手捧了皇兒，將來要以他的血來救世界，她把他獻給世界。畫家無法表現小兒的威權智慧，往往把他畫成了一個滿身橫肉的，老氣的嬰孩。有時候他身上覆了輕紗，母親揭開紗，像是賣弄地揭開了貴重禮物的盒蓋。有時候她也逗著他玩，或是溫柔地凝視著懷中的他，可是旁邊總彷彿有無數眼睜睜的看戲的。

單只為這緣故我也比較喜歡日本畫裏的〈山姥與金太郎〉，大約是民間傳說，不清楚兩人是否母子關係，金太郎也許是個英雄，被山靈撫養大的。山姥披著一頭亂蓬蓬的黑髮，豐肥的長臉，眼睛是妖淫的，又帶著點瀟瀟的笑，像是想得很遠很遠；她把頭低著，頭髮橫飛出去，就像有狂風把漫山遍野的樹木吹得往一邊倒。也許因為傾側的姿勢，她的乳在頸項底下就開始了，長長地下垂，是所謂「口袋奶」，蟹殼臉的小孩金太郎偎在她胸脯上，圓睜怪眼，有時候也頑皮地用手去捻她的乳頭，而她只是不介意地瀟瀟笑著，一手執著描了花的博浪鼓逗著他，眼色裏說不出是誘惑，是卑賤，是涵容籠罩，而胸前的黃黑的小孩於強凶霸道之外，又有大智慧在生長中。這裏有母子，也有男女的基本關係。因為只有一男一女，沒人在旁看戲，所以是正大的，覺得一種開天闢地之初的氣魄。

由此我又想到拉斐爾最馳名的聖母像，The Sistine Madonna抱著孩子出現在雲端，腳下有天使與下跪的聖徒。這裏的聖母最可愛的一點是她的神情，介於驚駭與矜持之間，那驟然的輝煌。一個低三下四的村姑，驀地被提拔到皇后的身分，她之所以入選，是因為她的天真，平凡，被抬舉之後要努力保持她的平凡，所以要做戲了。就像在美國，各大商家選舉出一個典型的「普通人」，用他做廣告：「普通人先生」愛吸××牌香烟，用××牌剃刀，穿××牌雨衣，贊成羅斯福，反對女人太短的短袴。舉世矚目之下，普通人能夠普通到幾時？這裏有一種尋常中的反常。而山姥看似妖異，其實是近人情的。

超寫實派的夢一樣的畫，給我印象最深的是一張無名的作品，一個女人睡倒在沙漠裏，有著埃及人的寬黃臉，細瘦玲瓏的手與腳；穿著最簡單的麻袋樣的袍子，白地紅條，四周是無垠的沙；沙上的天，雖然夜深了還是淡淡的藍，閃著金的沙質。一隻黃獅子走來聞聞她，她頭邊擱著乳白的瓶，想是汲水去，中途累倒了。一層沙，一層天，人身上壓著大自然的重量，沉重清淨的睡，一點夢也不做，而獅子咻咻地來嗅了。

題名作〈夜的處女〉的一張，也有同樣的清新的恐怖氣息。四個巨人，上半身是猶太臉的少女，披著長髮，四人面對面站立，突出的大眼睛靜靜地互相看著，在商量一些什麼。腳下的圓白的石塊在月光中個個分明，遠處有磚牆，穹門下恍惚看見小小的一個男子的黑影，像是生魂出竅——就是他做了這夢。

中國人畫油畫，因為是中國人，彷彿有便宜可佔，借著參用中國固有作風的藉口，就不尊重西洋畫的基本條件。不取巧呢，往往就被西方學院派的傳統拘束了。最近看到胡金人先生的畫，那卻是例外。最使我吃驚的是一張白玉蘭，土瓶裏插著銀白的花，長圓的瓣子，半透明，然而又肉嘟嘟，這樣那樣伸展出去，非那麼長著不可的樣子；貪歡的花，要什麼，就要定了，然而那貪慾之中有喜笑，所以能夠被原諒，如同青春。玉蘭叢裏夾著一枝迎春藤，放烟火似的一路爆出小金花。連那棕色茶几也畫得有感情，溫順的小長方，承受著上面熱鬧的一切。

另有較大的一張，也是白玉蘭，薄而亮，像玉又像水晶，像楊貴妃牙痛起來含在嘴裏的玉魚的涼味。迎春花強韌的線條開張努合，它對於生命的控制是從容而又霸道的。

兩張畫的背景都是火柴盒反面的紫藍色。很少看見那顏色被運用得這麼好的。叫做〈暮春〉的一幅畫裏，陰陰的下午的天又是那悶藍。公園裏，大堆地擁著綠樹，小路上兩個女人急急走著，被可怕的不知什麼所追逐，將要走到更可怕的地方去。女人的背影是肥重的，搖擺著大屁股，可是那俗氣只有更增加了恐怖的普照。

文明人的馴良，守法之中，時而也會發現一種意想不到的，怯怯的荒寒。〈秋山〉又是恐怖的，淡藍的天，低黃的夕照，兩棵細高的白樹，軟而長的枝葉，鰻魚似的在空中游，互相絞搭，兩個女人縮著脖子挨得緊緊地急走，已經有冬意了。

〈夏之湖濱〉，有女人坐在水邊，藍天白雲，白綠的大樹在熱風裏搖著，響亮的蟬——什麼都全了，此外好像還多了一點什麼，彷彿樹蔭裏應當有個音樂茶座，內地初流行的歌，和著水聲蟬聲沙沙而來，粗俗宏大的。

〈老女僕〉腳邊放著炭缽子，她彎腰伸手向火，膝蓋上鋪著一條白毛毡，更托出了那雙手的重拙辛苦。她戴著絨線帽，龐大的人把小小的火四面八方包圍起來，微笑著，非常滿意於一切。這是她最享受的一剎那，因之更覺得慘了。

有一張靜物，深紫褐的背景上零零落落佈置著乳白的瓶罐，刀，荸薺，蒔菇，紫菜苔，籃，抹布。那樣的無章法的章法，油畫裏很少見，只有十七世紀中國的綢緞磁器最初傳入西方的時候，英國的宮廷畫家曾經刻意模仿中國人畫「歲朝清供」的作風，白紙上一樣一樣物件分得開開地。這裏的中國氣卻是在有意無意之間。畫面上紫色的小濃塊，顯得豐富新鮮，使人幻想到「流著乳與蜜的國土」裏，晴天的早飯。

還有〈南京山裏的秋〉，一條小路，銀溪樣地流去；兩棵小白樹，生出許多黃枝子，各各抖著，彷彿天剛亮。稍遠還有兩棵樹，一個藍色，一個棕色，潦草像中國畫，只是沒有格式。看風景的人像是遠道而來，喘息未定，藍糊的遠山也波動不定。因為那條忽之感，又像是雞初叫，蓆子嫌冷了的時候的迢遙的夢。

・初載於一九四四年九月上海《雜誌》第十三卷第六期。

《傳奇》再版的話

以前我一直這樣想著：等我的書出版了，我要走到每一個報攤上去看看，我要我最喜歡的藍綠的封面給報攤子上開一扇夜藍的小窗戶，人們可以在窗口看月亮，看熱鬧。我要問報販，裝出不相干的樣子：「銷路還好嗎？——太貴了，這麼貴，真還有人買嗎？」呵，出名要趁早呀！來得太晚的話，快樂也不那麼痛快。最初在校刊上登兩篇文章，也是發了瘋似的高興著，自己讀了一遍又一遍，每一次都像是第一次見到。就現在已經沒那麼容易興奮了。所以更加要催：快，快，遲了來不及了，來不及了！

個人即使等得及，時代是倉卒的，已經在破壞中，還有更大的破壞要來。有一天我們的文明，不論是昇華還是浮華，都要成為過去。如果我最常用的字是「荒涼」，那是因為思想背景裏有這惘惘的威脅。

在上海已經過了時的蹦蹦戲，我一直想去看一次，只是找不到適當的人一同去；對這種破爛，低級趣味的東西如此感到興趣，都不好意思向人開口。直到最近才發現一位太太，她家裏誰都不肯冒暑陪她去看朱寶霞，於是我們一塊兒去了。拉胡琴的一開始調絃子，聽著就有一種奇異的慘傷，風急天高的調子，夾著嘶嘶的嗄聲。天地玄黃，宇宙洪荒，塞上的風，尖叫著為空虛所追趕，無處可停留。一個穿藍布大褂的人敲著竹筒打拍子，辣手地：「侉！

侉！侉！」索性站到台前，離觀眾近一點，故意壓倒了歌者：「侉！吭哇！吭哇！」一下一下不容情地砸下來，我坐在第二排，震得頭昏眼花，腦子裏許多東西漸漸地都給砸了出來，剩下的只有最原始的。在西北的寒窰裏，人只能活得很簡單，而這已經不容易了。劇中人聲嘶力竭與胡琴的酸風與梆子的鐵拍相鬥。扮作李三娘的一個北方少女，黃著臉，不搽一點胭脂粉，單描了墨黑的兩道長眉，挑著担子汲水去，半路怨苦起來：「雖然不比王三姐……」兩眼定定地望著地，一句一句認真地大聲喊出。正在井台上取水，「在馬上忽閃出了一小將英豪」，是她的兒子，母子湊巧相會，彼此並不認識。後來小將軍開始懷疑這「貧娘」就是他的母親，因而查問她的家世，「你父姓甚名誰？你母何人？你兄何人？」她一一回答，她把我讀作「哇」，連嫂子的來歷也交代清楚，「哇嫂張氏……」黃土窟裏住著，外面永遠是飛沙走石的黃昏，寒縮的生存也只限於這一點；父親是什麼人，母親是什麼人，哥哥，嫂嫂……可記的很少，所以記得牢牢的。

正戲之前還有一齣謀殺親夫的玩笑戲，蕩婦闊大的臉上塌著極大的兩片胭脂，連鼻翅都搽紅了，只留下極窄的一條粉白的鼻子，這樣裝出來的希臘風的高而細的鼻梁與她寬闊的臉很不相稱，水汪汪的眼睛彷彿生在臉的兩邊，近耳朵，像一頭獸。她嘴裏有金牙齒，腦後油膩的兩綹青絲一直垂到腿彎，妃紅衫袖裏露出一截子黃黑，滾圓的肥手臂。她丈夫的冤魂去告狀，轎子裏的官員得到報告說，「有旋風攔道。」官問：「是男旋女旋？」捕快仔細觀察一下，答是「男旋。」官便吩咐他去「追趕旋風，不得有誤。」追到一座新墳上。上墳的小寡婦便被拘捕。她跪著解釋她丈夫有一天晚上怎樣得病死的，百般譬喻，官仍舊不明白。她唱道：「大人哪！誰家的灶門裏不生火？哪一個烟囱裏不冒烟？」觀眾喝采了。

蠻荒世界裏得勢的女人，其實並不是一般人幻想中的野玫瑰，燥烈的大黑眼睛，比男人還剛強，手裏一根馬鞭子，動不動抽人一下，那不過是城裏人需要新刺激，編造出來的。將來的荒原下，斷瓦頹垣裏，只有蹦蹦戲花旦這樣的女人，她能夠夷然地活下去，在任何時代，任何社會裏，到處是她的家。

所以我覺得非常傷心了。常常想到這些，也許是因為威爾斯的許多預言。從前以為都還遠著呢，現在似乎並不很遠了。然而現在還是清如水，明如鏡的秋天，我應當是快樂的。

·初載於一九四四年九月上海雜誌社《傳奇》再版。

編註：《傳奇》乙書，係皇冠張愛玲全集《傾城之戀》、《第一爐香》的初版原書名。

中國人的宗教

這篇東西本是寫給外國人看的，所以非常粗淺，但是我想，有時候也應當像初級教科書一樣地頭腦簡單一下，把事情弄明白些。

表面上中國人是沒有宗教可言的。中國知識階級這許多年來一直是無神論者。佛教對於中國哲學的影響又是一個問題。可是佛教在普通人的教育上似乎留下很少的痕跡。就因為對一切都懷疑，中國文學裏彌漫著大的悲哀。只有在物質的細節上，它得到歡悅——因此《金瓶梅》、《紅樓夢》仔仔細細開出整桌的菜單，毫無倦意，不為什麼，就因為喜歡——細節往往是和美暢快，引人入勝的，而主題永遠悲觀。一切對於人生的籠統觀察都指向虛無。

世界各國的人都有類似的感覺，中國人與眾不同的地方是：這「虛無的空虛，一切都是虛空」的感覺總像個新發現，並且就停留在這階段。一個一個中國人看見花落水流，於是臨風洒淚，對月長吁，感到生命之暫，但是他們就到這裏為止，不往前想了。滅亡是不可避免的，然而他們並不因此就灰心，絕望，放浪，貪嘴，荒淫——對於歐洲人，那似乎是合邏輯的反應。像文藝復興時代的歐洲人，一旦不相信死後的永生了，便大大地作樂而且作惡，鬧得天翻地覆。

受過教育的中國人認為人一年年地活下去，並不走到哪裏去；人類一代一代下去，也並不走到哪裏去。那麼，活著有什麼意義呢？不管有意義沒有，反正是活著的。我們怎樣處置自己，並沒多大關係，但是活得好一點是快樂的，所以為了自己的享受，還是守規矩的好。在那之外，就小心地留下了空白——並非懵騰地騷動著神秘的可能性的白霧，而是一切思想懸崖勒馬的絕對停止，有如中國畫上部嚴厲的空白——不可少的空白，沒有它，圖畫便失去了均衡。不論在藝術裏還是人生裏，最難得的就是知道什麼時候應當歇手。中國人最引以自傲的就是這種約束的美。

當然，下等人在這種缺少興趣的、稀薄的空氣裏是活不下去的。他們的宗教是許多不相連繫的小小迷信組合而成的——星相、狐鬼、吃素。上等人與下等人所共有的觀念似乎只有一個祖先崇拜，而這對於知識階級不過是純粹的感情作用，對亡人盡孝而已，沒有任何宗教上的意義。

中國人的一廂情願

但是仔細一研究，我們發現大家有一個共通的宗教背景。讀書人和愚民唯一的不同之點是：讀書人有點相信而不大肯承認；愚民承認而不甚相信。這模糊的心理背景一大部份是佛教與道教，與道教後期的神怪混合在一起，在中國人的頭腦裏浸了若干年，結果與原來的佛教大不相同了。下層階級的迷信是這廣大的機構中取出的碎片——這機構的全貌很少有人檢閱過，大約因為太熟悉了的緣故。下層階級的迷信既然是有系統的宇宙觀的一部份，就不是迷信。

這宇宙觀能不能算一個宗教呢？中國的農民，你越是苦苦追問，他越不敢作肯定的答覆，至多說：「鬼總是有的罷？看是沒看見過。」至於知識階級呢，他們嘴裏說不信，其實也並沒說謊，可是他們的思想行動偷偷地感染上了宗教背景的色彩，因為信雖不信，這是他們所願意相信的。宗教本來一大半是一廂情願。我們且看中國人的願望。

中國的地獄

中國人有一個道教的天堂與一個佛教的地獄，死後一切靈魂都到地獄裏去受審判，所以不像基督教的地底火山，單只惡人在裏面受罪的，我們的地府是比較空氣流通的地方。「陰間」理該永遠是黃昏，但有時也像個極其正常的都市，遊客興趣的集中點是那十八層地窖的監牢。生魂出竅，飄流到地獄裏去，遇見過世的親戚朋友，領他們到處觀光，是常有的事。

鬼的形態，有許多不同的傳說，比較學院派的理論，說鬼只不過是一口氣不散，是氣體；以此為根據，就斷定看上去是個灰或黑色的剪影，禁不起風吹，隨著時間的進展漸漸消磨掉，所以「新鬼大，故鬼小」。但是群眾的理想總偏於照相式，因此一般的鬼現形起來總與死者一模一樣。

陰司的警察拘捕亡人的靈魂，最高法庭上坐著冥王，冥王手下的官僚是從幹練的鬼中選出來的。生前有過大善行的囚犯們立即被釋放，踏著金扶梯登天去了。滯留在地獄裏的罪人，依照各種不同性質的罪過受各種不同的懲罰。譬如說，貪官污吏被迫喝下大量的銅的溶液。

投胎

中等的人都去投胎。下一輩子境況與遭際全要看上一世的操行如何。好人生在富家。如果他不是絕無缺點的，他投胎到富家做女人——女人是比男人苦得多的。如果他在過去沒有品行，他投生做下等人，或是低級動物。屠夫化作豬。欠債未還的做牛馬，為債主做工。離去之前，鬼們先喝下了迷魂湯，便忘記了前生。他們被驅上一隻有齒的巨輪，爬到頂上，他們驚惶地往下看，被鬼卒在背後一戳，便跌下來——跌到收生婆手中。輪迴之說為東方各國所共有，但是哪裏都沒有像在中國這樣設想得清晰、著實。屁股上有青記的小孩，當初一定是躊躇著不敢往下跳，被鬼卒一腳踢下來的。母親把小孩搖著，拍著，責問：「你這樣地不願意來麼？」

法律上的麻煩

犯了罪受罰，也許是在地獄裏，也許在來生，也許就在今生——不孝的兒子自己的兒子也不孝，鞭打丫頭的太太，背上生了潰爛的皮膚病。有時候這樣的報應在人間與陰間同時發生。有人到地獄裏去參觀，看見他認識的一個太太被鞭打，以為她一定是死了；還陽之後發現她仍然活著，只是背上生了瘡。

拘捕與審判的法律手續也不是永遠照辦的。有許多案件，某人損害某人，因而致死，法庭或許把一切儀式全部罷免，讓被害者親自去捉拿犯人。鬼魂附身之後，犯人就用死者的聲音說話，暴露他自己的秘密，然後自殺。比這更為直接痛快的辦法是天雷打，只適用於罪大惡極的案件。雷神將罪名書寫在犯人燒焦的背骨上。「雷文」的標本曾經被收集成為一本書，刊行於世。

既然沒有一定，陰司的行政可以由得我們加以種種猜度解釋。所以中國的因果報應之說是無懈可擊的，很容易證明它的存在，絕對不能證明它不存在。

中國的幽冥，極其明白，沒有什麼神秘。陰間的法度與中國文明後期的法度完全相同。就因為它以人性為基本，陰司也有做錯事的時候。亡魂去地獄之前每每要經過當地城隍廟的預審。城隍廟是陰曹的地方法院，城隍往往由死去的大員充任，（像林黛玉的父親林如海，在《紅樓圓夢》裏就做了城隍。）而他們是有受賄的可能性的。地獄的最高法院雖然比較公正，但常常查錯了賬簿，一個人陽壽未滿便被拘了來。費了許多周折，查出錯誤之後，他不得不「借屍還魂」，因為原有的屍首已經不可收拾了。

為什麼對棺材這麼感興趣

死後既可另行投胎，可見靈魂之於身體是有獨立性的，軀殼不過是暫時的，所以中國神學與埃及神學不同，不那麼注重屍首。然則為什麼這樣地重視棺材呢？不論有多大的麻煩與花費，死在他鄉的人，靈柩必須千里迢迢運回來葬在祖墳上。中國的棺材，質地越好越沉重。製棺材的本意是要四人至六十四人或更多的人來扛抬的，因此停靈的房屋如果失了火，當前的問題十分尷尬痛苦，死者的家屬只有一個救急的辦法，臨時在地上挖個洞，將棺材掩埋妥當，然後再逃命。普通的墳地力求其溫暖乾燥，假若發現墳裏潮濕、有風、出螞蟻，子孫心裏是萬萬過不去的。於是風水之學滋長加繁，專門研究祖墳的情形與環境對於子孫運命的影響。

對於父母遺體過度的關切，唯一的解釋是：在中國，為人子的感情有著反常的發展。中國人傳統上虛擬的孝心是一種偉大的、吞沒一切的熱情；既然它是唯一合法的熱情，它的畸形發達是與他方面的沖淡平靜完全失去了比例的。模範兒子以食人者熱烈的犧牲方式，割股煨湯餵給生病的父母吃。這一類的行為，普通只有瘋狂地戀愛著的人才做得出。由此類推，他們對於父母死後的安全舒適，關心到神經過敏的程度，也是意料中的事了。

為自己定做棺材，動機倒不見得是自我戀而是合實際的遠慮。農業社會中的居民儲藏一切的生活必需品，都認為是理所當然的事。中國的富人常被形容為「米爛陳倉」。在過去，在一個較有餘裕的時代，壽衣壽材都是家常必備的東西，總歸有一天用得著的。

斤斤於物質上為亡人謀福利，也不是完全無意義的，因為受審判的靈魂在投生之前也許有無限制的耽延。從前有個一番爭論，不能決定過渡時期的鬼魂是附在墓上還是神主牌上。中國宗教的織造有許多散亂的線，有時候又給接上了頭。譬如說，定命論與「善有善報」之說似乎是衝突的，但是後來加入了最後一分鐘的補救，兩者就沒有什麼不調和了。命中無子的老人，積德的結果，姨太太給他添了雙胞胎；奄奄一息的人，壽命給延長了十年二十年，不通的學童考試及格……

好死與橫死

中國人對於各種不同的死有各種不同的看法。訃聞裏的典型詞句描摹了最理想的結束：「壽終正寢」。死因純粹是歲數關係，而且死在正房裏，可見他是一家之主，有人照應，有人舉哀。中國人雖然考究怎樣死，有些地方卻又很隨便，棺材頭上刻著生動美麗的「呂布戲貂蟬」，大出喪的音樂隊吹打著「蘇三不要哭」。

中國人說一個人死了，就說他「仙逝」，或是「西遊」，（到印度，釋迦牟尼的原籍。）又稱棺材為「壽器」。加上了這樣輕描淡寫愉快的塗飾，普通的病死比較容易被接受了，可是凶死還是被認為可怕的。不得好死的人沒有超生的機會，非要等到另有人遇到同樣的不幸，來做他的替身。於是急於投生的鬼不擇手段誘人自殺。有誰心境不佳，鬼便發現了他的可能性。如果它當初是吊死的，它就在他眼前掛下個繩圈，圈子裏望進去彷彿是個可愛的花園。人把頭往裏一伸，繩圈立即收縮。死於意外，也是同樣情形。假使有一輛汽車在某一個地點撞壞了，以後不斷的就有其他的汽車在那裏撞壞。高橋的游泳場是出了名的每年都有溺斃的人。鬼們似乎為殘酷的本能所支配，像蜘蛛與猛獸。

非人的騙子

中國人將精靈的世界與下等生物聯繫在一起。狐仙、花妖木魅，都是處於人類之下而不肯安分，妄想越過自然造化的階段，修到人身——最可羨慕的生存方式是人類的，因為最安全。

有志氣的動植物對於它們自己的貧窮愚魯感到不滿，不得不鋌而走險，要得到一點人氣，惟有偷竊。它們化作美麗的女人，吸收男子的精液。

人的世界與鬼魅世界交互疊印，佔有同一的空間與時間，造成了一個擁擠的宇宙。欺軟怕硬的鬼怪專門魅惑倒運的人、身體衰微、精神不振的，但是遇見了走運的人、正直的人、有官銜的人，它們總是躲得遠遠的。人們生活在極度的聯合高壓下——社會的制裁加上陰曹的制裁加上無數的虎視眈眈在旁乘機而入的貪婪勢利的精靈。然而一個有思想的人倒也不必懼怕妖魅，因為它們的是一種較軟弱、暗淡、沖薄的生存方式。許多故事說到亡夫怎樣可憐地阻止妻子再嫁，在花轎左右嗚嗚地哭，在新房裏哭到天明，但也無用。同時，神仙的生活雖然在某種方面是完美的，也還不及人生——比較單調，有限制。

道教的天堂

雖然說有瓊樓玉宇，琪花瑤草，總帶著一種潔淨的空白的感覺，近於「無為」，那是我們道教的天堂唯一的道教色彩。這圖畫的其他部份全是根據在本土歷代的傳統上。玉皇直接地統治無數仙宮，間接地統治人間與地獄。對於西方的如來佛紫竹林的觀音，以及各有勢力範圍的諸大神，他又是封建的主公。地上的才女如果死得早，就有資格當選做天宮的女官。天女不小心打破了花瓶，或是在行禮的時候笑出聲來，或是調情被抓住了，就被打下凡塵，戀愛、受苦難，給民間故事製造資料。天堂裏永久的喜樂這樣地間斷一下，似乎也不是不愉快的。

天上的政府實行極端的分工制，有文人的神、武人的神、財神、壽星。地上每一個城有城隍，每一個村有土地，每一家有兩個門神，一個灶神，每一個湖與河有個龍王，此外有無職業的散仙。

儘管褻瀆神靈

中國的天堂雖然格局偉大，比起中國的地獄來，卻顯得蒼白無光，線條欠明確，因為天堂不像地獄，與人群畢竟沒有多大關係。可是即使中國人不拿天堂當回事，他們能夠隨時的愛相信就相信。他們的幻想力委實強韌得可驚。舉個例子，無線電裏兩個紹興戲的戀人正在千叮萬囑說再會，一迭一聲含淚叫著「賢妹啊！」「梁兄啊！」報告人趁調絃子的時候插了進來——「安南路慈厚北里十三號三樓王公館毒特靈一瓶——馬上送到！」而戲劇氣氛絕對沒有被打破。

因為中國人對於反高潮不甚敏感，中國人的宗教禁得起隨便多少褻屑。「玉皇大帝」是太太的代名詞——尤其指一個潑悍的太太。虔誠與頑笑之間，界線不甚分明。諸神中有王母，她在中國神話中最初出現的時候是奇醜的，但是後來被裝點成了一個華美的老夫人；還有麻姑，八仙之一，這兩個都是壽筵上的好點綴，可並不是信仰的對象。然而中國人並不反對她們和觀音大士平起平坐。像外國人就不能想像聖誕老人與上帝有來往。

最低限度的得救

中國人的「靈魂得救」是因人而異的。對於一連串無窮無盡的世俗生活感到滿意的人，根本不需要「得救」，做事只要不出情理之外，就不會鑄下不得超生的大錯。

有些人見到現實生活的苦難，希望能夠創造較合意的環境，大都採用佛教的方式，沉默，孤獨，不動。受這影響的中國人可以約略分成二派。較安靜的信徒——告老的官、老太太、寡婦、不得夫心的妻子——將他們自己關閉在小屋裏，抄寫他們並不想懂的經文。與世隔絕，沒有機會作惡，這樣就造成了消極性的善，來生可以修到較好的環境，多享一點世俗的快樂。完全與世隔絕，常常辦不到，只得大大地讓步。譬如說吃素，那不但減去了殺生的罪過，而且如果推行到不吃烟火食的極端，還有積極的價值；長年專吃水菓，總有一天渾身生白毛，化為仙猿，跳躍而去。然而中國持齋的人這樣地留戀著肉，他們發明了「素雞」、「素火腿」，更好的發明是吃「花素」的制度，吃素只限初一十五或是菩薩的生辰之類。虔誠的中國人出世入世，一隻腳跨出跨進，認為地下的書記官一定會忠實地記錄下來每一寸每一分的退休。

救世工作體育化

至於好動的年青人，他們暫時出世一下，求得知識與權力，再回來的時候便可以除暴安良，改造社會。他們接連靜坐數小時，胸中一念不生。在黎明與半夜他們作深呼吸運動，吸入日月精華，幫助超人的「浩然之氣」的發展。對於中國人，體操總帶有一點微妙的道義精神，與「養氣」、「練氣」有關。拳師的技巧與隱士內心的和平是相得益彰的。

這樣一路打拳打入天國，是中國冒險小說的中心思想——中國也有與西方的童子軍故事相等地位的小說，讀者除了學生學徒之外還有許多的成年人。書中的俠客，替天行道之前先到山中學習拳術、刀法、戰略。要改善人生先得與人生隔絕，這觀念，即是在不看武俠小說的人群中也是根深柢固的。

不必要的天堂

僅將現實加以改良，有人覺得不夠，還要更上一層。大多數人寧可成仙，不願成神，因為神的官銜往往是大功德的酬報，得到既麻煩，此後成為天國的官員，又有許多職責。一個清廉的縣長死後自動地就成神，如果人民為他造一座廟。特別貞節的女人大都有她們自己的廟，至於她們能不能繼續享受地方上的供養愛護，那要看她們對於田稻收穫、天氣，以及私人的禱告是否負責。

發源自道教的仙人較可羨慕，他們過的是名士派的生活，林語堂所提倡的各種小愉快，應有盡有。仙人的正途出身需要半世紀以上的印度式的苦修，但是沒有印度隱士對於肉體的凌辱。走偏鋒的可以煉丹，或是仗著上頭的援引——仙人化裝做遊方僧道來選出有慧根的人，三言兩語點醒了他，兩人一同失蹤。五十年後一個老相識也許在他鄉外縣遇見他，鬍子還是一樣的黑。

有人名列仙班，完全由於好運氣。研究神學有相當修養的狐精，會把它的呼吸凝成一隻光亮的小球，每逢月夜，將它擲入空中，練習吐納。人如果乘機抓到這球，即刻吞了它，這狐狸的終身事業就完了。獸類求長生，先得經過人的階段，需要走比人長的路，因此每每半路上被攔劫，失去辛苦得來的道行。

生活有絕對保障的仙人以沖淡的享樂，如下棋、飲酒、旅行，來消磨時間。他們生存在另一個平面的時間裏，仙家一日等於世上千年。這似乎沒有多大好處——雖然長命都白活了。

神仙沒有性生活與家庭之樂，於是人們又創造了兩棲動物的「地仙」——地仙除了長生不老之外，與普通的財主無異。人跡不到的山谷島嶼中有地仙的住宅，與回教的樂園一般地充滿了黑眼睛的侍女，可是不那麼大眾化。偶爾與人群接觸一下，更覺得地位優越的愉快。像那故事裏的人，被地仙招了女婿，乘了遊艇在洞庭湖碰見個老朋友，請他上船吃酒，送了他許多珠寶，朋友下船之後，女子樂隊打起鼓來，白霧陡起，遊艇就此不見了。

仙人無牽無掛享受他的財富，雖然是快樂的，在這不負責的生活裏他沒有機會行使他的待人接物的技術，而這技術，操練起來無論怎樣痛苦，到底是中國人的特長，不甘心放棄的。因此中國人對於仙境的態度很遊移，一半要，一半又憎惡。

中國人的天堂其實是多餘的。於大多數人，地獄是夠好的了。只要他們品行不太壞，他們可以預期一連串無限的、大致相同的人生，在這裏頭他們實踐前緣，無心中又種下未來的緣分、結冤，解冤——因與果密密組織起來如同簾幕，看著頭暈。中國人特別愛悅人生的這一面——一喜歡就不放手，他們的脾氣向來如此。電影《萬世流芳》編成了京戲；《秋海棠》小說編成話劇，紹興戲、滑稽戲、彈詞、申曲，同一批觀眾忠心地去看了又看。中國樂曲，題目不論是《平沙落雁》還是《漢宮秋》，永遠把一個調子重複又重複，平心靜氣咀嚼回味，沒有高潮，沒有完——完了之後又開始，這次用另一個曲牌名。

中國人的「壞」

十七世紀羅馬派到中國來的神父吃驚地觀察到天朝道德水準之高，沒有宗教而有如此普及的道德紀律，他們再也想不通。然而初戀樣的金閃閃的憧憬終於褪色；大隊跟進來的洋商接觸到的中國人似乎全都是鬼鬼祟祟，毫無骨氣的騙子。中國人到底是不是像初見面時看上去那麼好呢？

中國人笑嘻嘻說：「這孩子真壞，」是誇獎他的聰明。「忠厚乃無用之別名，」可同時中國人又惟恐自己的孩子太機靈，鋒芒太露是危險的，獃人有獃福。不傻也得裝傻。一般人往往特別重視他們所缺乏的——聽說舊約時代的猶太民族宗教感的早熟，就是因為他們天性好淫。像中國人是天生地貪小，愛佔便宜，因而有「戒之在得」的反應，反倒獎勵癡獃了。

中國人並非假道學，他們認真相信性善論，一切反社會的、自私的本能都不算本能。這樣武斷的分類，施之於德育，倒很有效，因為誰都不願意你說他反常。

然而要把自己去適合過高的人性的標準，究竟麻煩，因此中國人時常抱怨「做人難」。「做」字是創造，摹擬，扮演，裏面有吃力的感覺。

努力的結果，中國人到底發展成為較西方人有道德的民族了。中國人是最糟的公民，但是從這一方面去判斷中國人是不公平的——他們始終沒有過多少政治生活的經驗。在家庭裏，朋友之間，他們永遠是非常的關切，克己。最小的一件事，也須經過道德上的考慮。很少人活得到有任性的權利的高年。

因為這種心理教育的深入，分析中國人的行為，很難辨認什麼是訓練，什麼是本性。夏天施送痧藥水的捐款，沒有人敢吞沒，然而石菩薩的頭，一個個給砍下來拿去賣給外國人，卻不算一回事。對於無知識的群眾，抽象的道德觀念竟比具體的偶像崇拜有力，是頗為特殊的現象。

孔教為不求甚解的讀書人安排好了一切，但是好奇心重的愚民不由地要向宇宙的秘密裏窺探窺探。本土的、舶來的、傳說的碎片被系統化、人情化之後，孔教的制裁就伸展到中國人的幻想最遼闊的邊疆。這宗教雖然不成體統，全虧它給了孔教一點顏色與體質。中國的超自然的世界是荒蕪蒼白的，對照之下，更顯出了人生的豐富與自足。

外教在中國

天主教的上帝、聖母、耶穌，中國人很容易懂得他們的血統關係與統治權，而聖母更有一種遼遠的艷異，比本地的神多點吸引力。但是由於她的黃頭髮，究竟有些隔膜，雖然有聖誕卡片試著為她穿上中國古裝，黃頭髮上罩了披風，還是不行。並且在這三位之下還有許多小聖各有各的難記的名字、歷史背景、特點與事跡。用一群神來代替另一群，還是用虛無或是單獨的一個神來代替，比較容易。所以天主教在中國，雖然組織精嚴，仍然敵不過基督教。

基督教的神與信徒發生個人關係，而且是愛的關係。中國的神向來公事公辦，談不到愛。你前生犯的罪，今生茫然不知的，他也要你負責。天罰的執行有時候是刁惡的騙局。譬如像那七個女婿中的一個，夢見七個人被紅繩拴在一起，疑心是凶兆，從此見了他的連襟就躲開。惡作劇的親戚偪逼著他們在一間房裏吃酒，把門鎖了。屋子失火，七個女婿一齊燒死。原來這夢是神特地遣來引誘他的。

現代中國電影與文學表現肯定的善的時候，這善永遠帶有基督教傳教士的氣氛，可見基督教對於中國生活的影響。模範中國人鎮靜地微笑著，勇敢地愉快著，穿著二年前的時裝，稱太太為師母，女的結絨線，孩子在鋼琴上彈奏「一百零一支最好的歌」。女作家們很快就抓到了禮拜堂晚鐘與跪在床前做禱告的抒情的美。流行雜誌上小說裏常常有個女主角建立孤兒院來紀念她過去的愛人。這些故事該是有興趣的，因為它們代表了一般受過教育的妻與母親的靈的飛翔。

教會學校的學生，正在容易受影響的年齡，慣於把讚美詩與教堂和莊嚴、紀律、青春的理想聯繫在一起，這態度可以一直保持到成年之後，即使他們始終沒受洗禮。年青的革命者仇視著固有的宗教，倒不反對基督教，因為跟著它來的是醫院、化學實驗室。

《人海慈航》影片裏有一夫一妻，丈夫在交易所裏浪擲錢財精力，而妻子做醫生為人群服務，空下來還陪著小孩喜孜孜在地窖裏從事化學試驗。《人海慈航》是唯一的一齣中國電影，這樣不斷地賢德下去，賢德到二十分鐘以上。普通電影裏的善只是匆匆一瞥，當作黑暗面的對照。

在古中國，一切肯定的善都是從人的關係裏得來的。孔教政府的最高理想不過是足夠的食糧與治安，使親情友誼得以和諧地發揮下去。近代的中國人突然悟到家庭是封建餘孽，父親是專制魔王，母親是好意的傻子，時髦的妻是玩物，鄉氣的妻是祭桌上的肉。一切基本關係經過這許多攻擊，中國人像西方人一樣地變得侷促多疑了。而這對於中國人是格外痛苦的，因為他們除了人的關係之外沒有別的信仰。

所以也難怪現代的中國人描寫善的時候如此感到困難。小說戲劇做到男女主角出了迷津，走向光明去，即刻就完了——任是批評家怎麼鞭笞責罵，也不得不完。

因為生活本身不夠好的，現在我們要在生活之外另有個生活的目標。去年新聞報上就有個前進的基督徒這樣可憐地說了：就算是利用基督教為工具，問他們借一個目標來也好。

但是基督教在中國也有它不可忽視的弱點。基督教感謝上帝在七天之內（或是經過億萬年的進化程序）為我們創造了宇宙。中國人則說是盤古開天闢地，但這沒有多大關係——中國人僅僅上溯到第五代，五代之上的先人在祭祖的筵席上就沒有他們的份。因為中國人對於親疏的細緻區別，雖然講究宗譜，卻不大關心到生命最初的泉源。第一愛父母，輪到父母的遠代祖先的創造者，那愛當然是沖淡又沖淡了。

受過教育的中國人認為達爾文一定是對的，既然他有歐洲學術中心的擁護，假使一旦消息傳來，他的理論被證實是錯的，中國人立刻毫無痛苦地放棄了它。他們從來沒認真把猴子當祖宗，況且這一切都發生在時間的黎明之前。世界開始的時候，黃帝統治著與我們一般無二，只有比我們文明些的人民。中國人臆想中的歷史是一段悠長平均的退化，而不是進化；所以他們評論聖賢，也以時代先後為標準，地位越古越高。

對於生命的起源既不感興趣，而世界末日又是不能想像的。歐洲黑暗時代，末日審判的畫面在大眾的幻想中是鮮明親切的，也許因為羅馬帝國的崩潰，神經上受到打擊，都以為世界末日將在紀元一〇〇〇年來到。中國在發展過程中沒有經過這樣斷然的摧折，因此中國人覺得歷史走的是竹節運，一截太平日子間著一劫，直到永遠。

中國宗教衡人的標準向來是行為而不是信仰，因為社會上最高級的份子幾乎全是不信教的，同時因為刑罰不甚重而賞額不甚動人，信徒多半採取消極態度，只求避免責罰。中國人積習相沿，對於責任總是一味地設法推卸；出於他們意料之外，基督教獻給他們一隻「贖罪的羔羊」，無代價地負担一切責任，你只要相信就行了。這樣，慣於討價還價的中國人反倒大大地動了疑。

但是中國人信基督教最大的困難還是：它所描畫的來生不是中國人所要的。較舊式的耶教天堂，在裏面無休無歇彈著金的豎琴，歌頌上天之德，那個我們且不去說它。較前進的理想，把地球看作一個道德的操場，讓我們在這裏經過訓練之後，到另一個渺茫的世界裏去大大獻身手，對於自滿的、保守性的中國人，一向視人生為宇宙的中心的，這也不能被接受。至於說人生是大我的潮流裏一個暫時的泡沫，這樣無個性的永生也沒多大意思。基督教給我們很少的安慰，所以本土的傳說，對抗著新舊耶教的高壓傳教，還是站得住腳，雖然它沒有反攻，沒有大量資本的支持，沒有宣傳文學，優美和平的佈景，連一本經書都沒有——佛經極少人懂，等於不存在。

不可捉摸的中國的心

然而，中國的宗教究竟是不是宗教？是宗教，就該是一種虔誠的信仰。下層階級認為信教比較安全，因為如果以後發現完全是謊話，也無傷，而無神論者可就冒了不必要的下地獄的危險。這解釋了中國對於外教的傳統的寬容態度。無端觸犯了基督教徒，將來萬一落到基督教的地獄裏，舉目無親，那就要吃虧了。

但是無論怎樣模稜兩可，在宗教裏有時候不能用外交辭令含糊過去，必須回答「是」或「否」。

譬如有人失去了一切，惟有靠了內在的支持才能夠振作起來，創造另一個前途。可是在中國，這樣的事很少見。雖然相信「吃得苦中苦，方為人上人」，一旦做了人上人再跌下來，就再也不會爬起來。因為這緣故，中國報紙上的副刊差不多每隔兩天總要轉載一次愛迪生或是富蘭克林的教訓：「失敗為成功之母。」

中國人認輸的時候，也許自信心還是有的，他要做的事或許是好的，可是不合時宜。天從來不幫著失敗的一邊。中國知識份子的「天」與現代思想中的「自然」相吻合，偉大，走著它自己無情的路，與基督教慈愛的上帝無關。在這裏，平民的宗教也受了士人的天的影響：有罪必罰，因為犯罪是阻礙了自然的推行，而孤獨的一件善卻不一定得到獎賞。

雖說「天無絕人之路」，真的淪為乞丐的時候，是很少翻身的機會的。在絕境中的中國人，可有一點什麼來支持他們呢？宗教除了告訴他們這是前世作孽的報應，此外任何安慰也不給麼？

乞丐不是人，因為在孔教裏，人性的範圍很有限。人的資格最重要的一個條件是人與人的關係；就連這些關係也被限制到五倫之內。太窮的人無法奉行孔教，因為它先假定了一個人總得有點錢或田地，可以養家活口，適應社會的要求。乞丐不能有家庭或是任何人與人的關係，除掉乞憐於人的這一種，而這又是有損於個人道德的；於是乞丐被逐出宗教的保護之外。

窮人又與赤貧的不同。世界各國向來都以下層階級為最虔誠，因為他們比較熱心相信來生的補報。而中國的下層階級，因為住得擠，有更繁多的人的關係、限制、責任，更親切地體驗到中國宗教背景中神鬼人擁擠的、刻刻被偵察的情況。

將死的人也不算人；痛苦與擴大的自我感切斷了人與人的關係。因為缺少同情，臨終的病人的心境在中國始終沒有被發掘。所有的文學，涉及這一點，總限於旁觀者的反應，因此常常流為毫無心肝的諷刺滑稽，像那名喚「無常」的鬼警察，一個白衣丑角，高帽子上寫著「對我生財」。

對於生命的來龍去脈毫不感到興趣的中國人，即便感到興趣也不大敢朝這上面想。思想常常漂流到人性的範圍之外是危險的，邪魔鬼怪可以乘隙而入，總是不去招惹它的好。中國人集中注意力在他們眼面前熱鬧明白的，紅燈照裏的人生小小的一部。在這範圍內，中國的宗教是有效的；在那之外，只有不確定的、無所不在的悲哀。什麼都是空的，像閻惜姣所說：「洗手淨指甲，做鞋泥裏踏。」

・初載於一九四四年八月、九月、十月上海《天地》第十一期、第十二期、第十三期。

談音樂

我不大喜歡音樂。不知為什麼，顏色與氣味常常使我快樂，而一切的音樂都是悲哀的。即使是所謂「輕性音樂」，那跳躍也像是浮面上的，有點假。譬如說顏色：夏天房裏下著簾子，龍鬚草蓆上堆著一疊舊睡衣，摺得很齊整，翠藍夏布衫，青綢袴，那翠藍與青在一起有一種森森細細的美，並不一定使人發生什麼聯想，只是在房間的薄暗裏挖空了一塊，悄沒聲地留出這塊地方來給喜悅。我坐在一邊，無心中看到了，也高興了好一會。

還有一次，浴室裏的燈新加了防空罩，青黑的燈光照在浴缸面盆上，一切都冷冷地，白裏發青發黑，鍍上一層新的潤滑，而且變得簡單了，從門外望進去，完全像一張現代派的圖畫，有一種新的立體。我覺得是絕對不能夠走進去的，然而真的走進去了。彷彿做到了不可能的事，高興而又害怕，觸了電似的微微發麻，馬上就得出來。

總之，顏色這樣東西，只有沒顏落色的時候是淒慘的；但凡讓人注意到，總是可喜的，使這世界顯得更真實。

氣味也是這樣的。別人不喜歡的有許多氣味我都喜歡，霧的輕微的霉氣，雨打濕的灰塵，蔥蒜，廉價的香水。像汽油，有人聞見了要頭昏，我卻特意要坐在汽車夫旁邊，或是走到汽車後面，等它開動的時候「布布布」放氣。每年用汽油擦洗衣服，滿房都是那清剛明亮的氣息；

我母親從來不要我幫忙，因為我故意把手腳放慢了，儘著汽油大量蒸發。

牛奶燒糊了，火柴燒黑了，那焦香我聞見了就覺得餓。油漆的氣味，因為簇嶄新，所以是積極奮發的，彷彿在新房子裏過新年，清冷，乾淨，興旺。火腿鹹肉花生油擱得日子久，變了味，有一種「油哈」氣，那個我也喜歡，使油更油得厲害，爛熟，豐盈，如同古時候的「米爛陳倉」。香港打仗的時候我們吃的菜都是椰子油燒的，有強烈的肥皂味，起初吃不慣要嘔，後來發現肥皂也有一種寒香。戰爭期間沒有牙膏，用洗衣服的粗肥皂擦牙齒我也不介意。

氣味總是暫時的，偶爾的；長久嗅著，即使可能，也受不了。所以氣味到底是小趣味。而顏色，有了個顏色就有在那裏了，使人安心。顏色和氣味的愉快性也許和這有關係。不像音樂，音樂永遠是離開了它自己到別處去的，到哪裏，似乎誰都不能確定，而且才到就已經過去了，跟著又是尋尋覓覓，冷冷清清。

我最怕的是凡啞林，水一般地流著，將人生緊緊把握貼戀著的一切東西都流了去了。胡琴就好得多，雖然也蒼涼，到臨了總像著北方人的「話又說回來了，」遠兜遠轉，依然回到人間。

凡啞林上拉出的永遠是「絕調」，迴腸九轉，太顯明地賺人眼淚，是樂器中的悲旦。我認為戲裏只能有正旦貼旦小旦之分而不應當有「悲旦」，「風騷潑旦」，「言論老生」。（民國初年的文明戲裏有專門發表政治性演說的「言論老生」。）

凡啞林與鋼琴合奏，或是三四人的小樂隊，以鋼琴與凡啞林為主，我也討厭，零零落落，歷碌不安，很難打成一片，結果就像中國人合作的畫，畫一個美人，由另一個人補上花卉，又一個人補上背景的亭台樓閣，往往沒有情調可言。

大規模的交響樂自然又不同，那是浩浩蕩蕩五四運動一般地衝了來，把每一個人的聲音都變了它的聲音，前後左右呼嘯嘁嚓的都是自己的聲音，人一開口就震驚於自己的聲音的深宏遠大；又像在初睡醒的時候聽見人向你說話，不大知道是自己說的還是人家說的，感到模糊的恐怖。

然而交響樂，因為編起來太複雜，作曲者必須經過艱苦的訓練，以後往往就沉溺於訓練之中，不能自拔。所以交響樂常有這個毛病：格律的成分過多。為什麼隔一陣子就要來這麼一套？樂隊突然緊張起來，埋頭咬牙，進入決戰最後階段，一鼓作氣，再鼓三鼓，立志要把全場聽眾掃數肅清剷除消滅。而觀眾只是默默抵抗著，都是上等人，有高級的音樂修養，在無數的音樂會裏坐過的；根據以往的經驗，他們知道這音樂是會完的。

我是中國人，喜歡喧嘩吵鬧，中國的鑼鼓是不問情由，劈頭劈腦打下來的，再吵些我也能夠忍受，但是交響樂的攻勢是慢慢來的，需要不少的時間把大喇叭小喇叭鋼琴凡啞林一一安排佈置，四下裏埋伏起來，此起彼應，這樣有計畫的陰謀我害怕。

我第一次和音樂接觸，是八九歲時候，母親和姑姑剛回中國來，姑姑每天練習鋼琴，伸出很小的手，手腕緊匝著絨線衫的窄袖子，大紅絨線裏絞著細銀絲。琴上的玻璃瓶裏常常有花開著。琴彈出來的，另有一個世界，可是並不是另一個世界，不過是牆上掛著一面大鏡子，使這房間看上去更大一點，然而還是同樣的斯文雅致的，裝著熱水汀的一個房間。

有時候我母親也立在姑姑背後，手按在她肩上，「拉拉拉拉」吊嗓子。我母親學唱，純粹因為肺弱，醫生告訴她唱歌於肺有益。無論什麼調子，由她唱出來都有點像吟詩，（她常常用拖長了的湖南腔背誦唐詩。）而且她的發音一來就比鋼琴低半個音階，但是她總是抱歉地笑起來，有許多嬌媚的解釋。她的衣服是秋天的落葉的淡赭，肩上垂著淡赭的花球，永遠有飄墮的姿勢。

我總站在旁邊聽，其實我喜歡的並不是鋼琴而是那種空氣。我非常感動地說：「真羨慕呀！我要彈得這麼好就好了！」於是大人們以為我是罕有的懂得音樂的小孩，不能埋沒了我的天才，立即送我去學琴。母親說：「既然是一生一世的事，第一要知道怎樣愛惜你的琴。」琴鍵一個個雪白，沒洗過手不能碰。每天用一塊鸚哥綠絨布親自揩去上面的灰塵。

我被帶到音樂會裏，預先我母親再三告誡：「絕對不可以出聲說話，不要讓人家罵中國人不守秩序。」果然我始終沉默著，坐在位子上動也不動，也沒有睡著。休息十分鐘的時候，母親和姑姑竊竊議論一個紅頭髮的女人：「紅頭髮真是使人為難的事呀！穿衣服很受限制了，一切的紅色黃色都犯了沖，只有綠，紅頭髮穿綠，那的確……」在那燈光黃暗的廣廳裏，我找來找去看不見那紅頭髮的女人，後來在汽車上一路想著，頭髮難道真有大紅的麼？很為困惑。

以後我從來沒有自動去聽過音樂會，就連在夏夜的公園裏，遠遠坐著不買票，享受露天音樂廳的交響樂，我都不肯。

教我琴的先生是俄國女人，寬大的面頰上生著茸茸的金汗毛，時常誇獎我，容易激動的藍色大眼睛裏充滿了眼淚，抱著我的頭吻我。我客氣地微笑著，記著她吻在什麼地方，隔了一會才用手絹子去擦擦。到她家去總是我那老女傭領著我，我還不會說英文，不知怎樣地和她話說得很多，連老女傭也常常參加談話。有一個星期尾她到高橋游泳了回來，驕傲快樂地把衣領解開給我們看，粉紅的背上晒塌了皮，雖然已經隔了一天，還有興興轟轟的汗味太陽味。客室的牆壁上掛滿了暗沉沉的棕色舊地毯，安著綠漆紗門，每次出進都是她丈夫極有禮貌地替我們開門，我很矜持地，從來不向他看，因此幾年來始終不知道他長得是什麼樣子，似乎是不見天日的陰白的臉，他太太教琴養家，他不做什麼事。

後來我進了學校，學校裏的琴先生時常生氣，把琴譜往地上一摜，一掌打在手背上，把我的手橫掃到鋼琴蓋上去，砸得骨節震痛。越打我越偷懶，對於鋼琴完全失去了興趣，應當練琴的時候坐在琴背後的地板上看小說。琴先生結婚之後脾氣好了許多。她搽的粉不是浮在臉上——離著臉總有一寸遠。鬆鬆的包著一層白粉，她竟向我笑了，說：「早！」但是我還是害怕，每次上課之前立在琴間門口等著鈴響，總是渾身發抖，想到浴室裏去一趟。

因為已經下了幾年的工夫，彷彿投資開店，拿不出來了，棄之可惜，所以一直學了下去，然而後來到底不得不停止了。可是一方面繼續在學校裏住讀，常常要走過那座音樂館，許多小房間，許多人叮叮咚咚彈琴，紛紛的琴字有搖落，寥落的感覺，彷彿是黎明，下著雨，天永遠亮不起來了，空空的雨點打在洋鐵棚上，空得人心裏難受。彈琴的偶爾踩動下面的踏板，琴字連在一起和成一片，也不過是大風把雨吹成了烟，風過處，又是滴滴搭搭稀稀朗朗的了。

彈著琴，又像在幾十層樓的大廈裏，急急走上僕人苦力推銷員所用的後樓梯，灰色水泥樓梯，黑鐵闌干，兩旁夾著灰色水泥牆壁，轉角處堆著紅洋鐵桶與冬天的沒有氣味的灰寒的垃圾。一路走上去，沒遇見一個人；在那陰風慘慘的高房子裏，只是往上走。

後來離鋼琴的苦難漸漸遠了，也還聽了一些交響樂，（大都是留聲機上的，因為比較短）總嫌裏面慷慨激昂的演說腔太重。倒是比較喜歡十八世紀的宮廷音樂，那些精緻的Minuet，尖手尖腳怕碰壞了什麼似的——的確那時候的歐洲人迷上了中國的磁器，連房間家具都用磁器來做，白地描金，非常細巧的椅子。我最喜歡的古典音樂家不是浪漫派的貝多芬或蕭邦，卻是較早的巴哈，巴哈的曲子並沒有宮樣的纖巧，沒有廟堂氣也沒有英雄氣，那裏面的世界是笨重的，卻又得心應手；小木屋裏，牆上的掛鐘滴答搖擺；從木碗裏喝羊奶；女人牽著裙子請安；綠草原上有思想著牛羊與沒有思想的白雲彩；沉甸甸的喜悅大聲敲動像金色的結婚的鐘。如同勃朗寧的詩裏所說的：

「上帝在他的天庭裏，
世間一切都好了。」

這歌劇樣東西是貴重的，也止於貴重。歌劇的故事大都很幼稚，譬如像妒忌這樣的原始的感情，在歌劇裏也就是最簡單的妒忌，一方面卻用最複雜最文明的音樂把它放大一千倍來奢侈地表現著，因為不調和，更顯得吃力。「大」不一定是偉大。而且那樣的隆重的熱情，那樣的搥胸脯打手勢的英雄，也討厭。可是也有它偉大的時候——歌者的金嗓子在高壓的音樂下從容上升，各種各樣的樂器一個個惴惴懾伏了；人在人生的風浪裏突然站直了身子，原來他是很高很高的，眼色與歌聲便在星群裏也放光。不看他站起來，不知道他平常是在地上爬的。

外國的通俗音樂，我最不喜歡半新舊的，例如「一百零一支最好的歌」，帶有十九世紀會客室的氣息，黯淡，溫雅，透不過氣來——大約因為那時候時行束腰，而且大家都吃得太多。

所以有一種飽悶的感覺。那裏的悲哀不是悲哀而是慘沮不舒。〈在黃昏〉是一支情歌：

「在黃昏，想起我的時候，不要記恨，親愛的……」

聽口氣是端方的女人，多年前拒絕了男人，為了他的好，也為了她的好。以為什麼事都沒有發生，她一個人住著，一個人老了。雖然到現在還是理直氣壯，同時卻又抱歉著。這原是溫柔可愛的，只是當中隔了多少年的慢慢的死與腐爛，使我們對於她那些過了時的邏輯起了反感。

蘇格蘭的民歌就沒有那些邏輯，例如〈蘿門湖〉，這支古老的歌前兩年曾經被美國流行樂隊拿去爵士化了，大紅過一陣：

「你走高的路罷，

我走低的路……

我與我真心愛的永遠不會再相逢，

在蘿門湖美麗，美麗的湖邊。」

可以想像多山多霧的蘇格蘭，遍山坡的heather，長長地像蓬蒿，淡紫的小花浮在上面像一層紫色的霧。空氣清揚寒冷。那種乾淨，只有我們的《詩經》裏有。

一般的爵士樂，聽多了使人覺得昏昏沉沉，像是起來得太晚了，太陽黃黃的，也不知是什麼時候，沒有氣力，也沒有胃口，沒頭沒腦。那顯著的搖擺的節拍，像給人搥腿似的，卻是非常舒服的。我最喜歡的一支歌是〈本埠新聞裏的姑娘〉，在中國不甚流行，大約因為立意新穎了一點，沒有通常的「六月」，「月亮」，「藍天」，「你」：

「因為我想她，想那
本埠新聞裏的姑娘
想那粉紅紙張的
本埠新聞裏的
年青美麗的黑頭髮女人。」

完全是大城市的小市民。

南美洲的曲子，如火如荼，是爛漫的春天的吵嚷。夏威夷音樂很單調，永遠是「吉他」的琮琤。彷彿在夏末初秋，蓆子要收起來了，掛在竹竿上晒著，花格子的台灣蓆，黃草蓆，風捲起的邊緣上有一條金黃的日色。人坐在地下，把草帽合在臉上打瞌睆。不是一個人──靠在肩上的愛人的鼻息咻咻地像理髮店的吹風。極單純的沉湎，如果不是非常非常愛著的話，恐怕要嫌煩，因為耗費時間的感覺太分明，使人發急。頭上是不知道倦怠的深藍的天，上下幾千年的風吹日照，而人生是不久長的，以此為永生的一切所激惱了。

中國的通俗音樂裏，大鼓書我嫌它太像賭氣，名手一口氣貫串奇長的句子，臉不紅，筋不爆，聽眾就專門要看他的臉紅不紅，筋爆不爆。《大西廂》費了大氣力描寫鶯鶯的思春，總覺得是京油子的耍貧嘴。

彈詞我只聽見過一次，一個瘦長臉的年青人唱〈描金鳳〉，每隔兩句，句尾就加上極其肯定的「嗯，嗯，嗯，」每「嗯」一下，把頭搖一搖，像是咬著人的肉不放似的。對於有些聽眾這大約是軟性刺激。

比較還是申曲最為老實懇切。申曲裏表現「急急忙忙向前奔」，有一種特殊的音樂，的確像是慌慌張張，腳不點地，耳際風生。最奇怪的是，表現死亡，也用類似的調子，氣氛卻不同了。唱的是：「三魂渺渺，三魂渺渺，七魄悠悠，七魄悠悠；閻王叫人三更死，並不留人，並不留人到五更！」忒楞楞急雨樣的，平平的，重複又重複，倉皇，嘈雜，彷彿大事臨頭，旁邊的人都很緊張，自己反倒不知道心裏有什麼感覺——那樣的小戶人家的死，至死也還是有人間味的。

中國的流行歌曲，從前因為大家有「小妹妹」狂，歌星都把喉嚨逼得尖而扁，無線電擴音機裏的〈桃花江〉聽上去只是「價啊價，嘰價價嘰家啊價……」外國人常常駭異地問中國女人的聲音怎麼是這樣的。現在好多了。然而中國的流行歌到底還是沒有底子，彷彿是決定了新時代應當有新的歌，硬給湊了出來的。所以聽到一兩個悅耳的調子像〈薔薇處處開〉，我就忍不住要疑心是從西洋或日本抄了來的。有一天深夜，遠處飄來跳舞廳的音樂，女人尖細的喉嚨唱著：「薔薇薔薇處處開！」偌大的上海，沒有幾家人家點著燈，更顯得夜的空曠。我房間裏倒還沒熄燈，一長排窗戶，拉上了暗藍的舊絲絨簾子，像文藝濫調裏的「沉沉夜幕」。絲絨敗了色的邊緣被燈光噴上了灰撲撲的淡金色，簾子在大風裏蓬飄。街上急急駛過一輛奇異的車，不知是不是捉強盜，「嗚！嗚！嗚！」銳叫，像輪船的汽笛，淒長地，「嗚！嗚！嗚……嗚！嗚！」大海就在窗外，海船上的別離，命運性的決裂，冷到人心裏去。「嗚！嗚！」漸漸遠了。在這樣凶殘的，大而破的夜晚，給它到處開起薔薇花來，是不能想像的事，然而這女人還是細聲細氣很樂觀地說是開著的。即使不過是綢絹的薔薇，綴在帳頂，燈罩，帽簷，袖口，鞋尖，陽傘上，那幼小的圓滿也有它的可愛可親。

•初載於一九四四年十月上海《苦竹》第一期。

談跳舞

中國是沒有跳舞的國家。從前大概有過，在古裝話劇電影裏看過，是把雍容揖讓的兩隻大袖子徐徐伸出去，向左比一比，向右比一比；古時的舞女也帶著古聖賢風度，雖然單調一點，而且根據唐詩，「舞低楊柳樓心月」，似乎是較潑剌的姿態，把月亮都掃下來了，可是實在年代久遠，「大垂手」「小垂手」究竟是怎樣的步驟，無法考查了，憑空也揣擬不出來。明朝清朝雖然還是籠統地歌舞並稱，舞已經只剩下戲劇裏的身段手勢。就連在從前有舞的時候，大家也不過看看表演而已，並不參加。所以這些年來，中國雖有無數的人辛苦做事，為動作而動作，於肢體的流動裏感到飛揚的喜悅，卻是沒有的。（除非在背人的地方，所以春宮畫特別多。）浩浩蕩蕩的國土，而沒有山水歡呼拍手的氣象，千年萬代的靜止，想起來是有可怕的。中國女人的腰與屁股所以生得特別低，背影望過去，站著也像坐著。

然而現在的中國人很普遍地跳著社交舞了。有人認為不正當，也有人為它辯護，說是藝術，如果在裏面發現色情趣味，那是自己存心不良。其實就普通的社交舞來說，實在是離不開性的成分的，否則為什麼兩個女人一同跳就覺得無聊呢？

裝扮得很像樣的人，在像樣的地方出現，看見同類，也被看見，這就是社交。話說多了怕露出破綻，一直說著「今天天氣哈哈哈」，這「哈哈哈」的部份實在是頗為吃力的；為了要避

跳舞

免交換思想，所以要找出各種談話的替代品，例如「手談」。跳舞是「腳談」，本來比麻將撲克只有好，因為比較基本，是最無傷的兩性接觸。但是裏面藝術的成分，如果有的話，只是反面的；跳舞跳得好的人沒有惡劣重拙的姿態，不踩對方的腳尖，如此而已。什麼都講究一個「寫意相」，所以我們的文明變得很淡薄。

外國的老式跳舞，也還不是這樣的，有深艷的情感，契訶夫小說裏有這麼一段，是我所看見的寫跳舞最好的文章：

「……她又和一個高大的軍官跳波蘭舞；他動得很慢，彷彿是著了衣服的死尸，縮著肩和胸，很疲倦的踏著腳。——他跳得很吃力的，而她又偏偏以她的美貌和赤裸裸的頸子鼓動他，刺激他；她的眼睛挑撥的燃起火來，她的動作是熱情的，他漸漸的不行了，舉起手向著她，死板得同國王一樣。

看的人齊聲喝采：『好呀！好呀！』

但是，漸漸的那高大的軍官也興奮起來了；他慢慢的活潑起來，為她的美麗所克服，跳得異常輕快，而她呢，只是移動她的肩部，狡猾地看著他，彷彿現在她做了王后，他做了她的奴僕。」

現在的探戈，情調和這略有點相像，可是到底不同。探戈來自西班牙。西班牙是個窮地方，初發現美洲殖民地的時候大闊過一陣，闊得荒唐閃爍，一船一船的金銀寶貝往家裏運。很快地又敗落下來，過往的華美只留下一點累贅的回憶，女人頭上披的黑蕾絲紗，頭髮上插的玳瑁嵌寶梳子；男人的平金小褂，鮮紅的闊腰帶，毒藥，匕首，拋一朵玫瑰花給鬥牛的英雄——

沒有羅曼斯，只有羅曼斯的規矩。這誇大，殘酷，黑地飛金的民族，當初的發財，因為太突兀，本就有惡夢的陰慘離奇，現在的窮也是窮得不知其所以然，分外地絕望。他們的跳舞帶一點淒涼的酒意，可是心裏發空，再也灌不醉自己，行動還是有許多虛文，許多講究。永遠是循規蹈矩的拉長了的進攻迴避，半推半就，一放一收的拉鋸戰，有禮貌的淫蕩。

這種囉唆，現代人是並不喜歡的，因此探戈不甚流行，舞場裏不過偶然請兩個專家來表演一下，以資點綴。

美國有一陣子舉國若狂跳著Jitterbugs，（翻譯出來這種舞可以叫做「驚蟄」）大家排隊開步走像在幼稚園的操場上，走幾步，擎起一隻手，大叫一聲「哦咦！」叫著，叫著，興奮起來，拼命踢跳，跳到筋疲力盡為止。倦怠的交際花，商人，主婦，都在這裏得到解放，返老還童了。可是頭腦簡單不一定是稚氣。孩子的跳舞並不是這樣的，倒近於伊莎多娜・鄧肯提倡的自由式，如果有格律，也是比較悠悠然的。

印度有一種顛狂的舞，也與這個不同，舞者劇烈地抖動著，屈著膝蓋，身子短了一截，兩腿不知怎樣絞來絞去，身子底下燒了個火爐似的，坐立不安。那音樂也是癢得難堪，高而尖的，抓爬的聒噪。歌者嘴裏就像含了熱湯，喉嚨顫抖不定。這種舞的好，因為它彷彿是只能如此的，與他們的氣候與生活環境相諧和，以此有永久性。地球上最開始有動物，是在泥沼裏。那時候到處是泥沼，終年濕熱，樹木不生，只有一叢叢壯大的厚葉子水草。太陽炎炎晒在污黑的水面上，水底有小的東西蠢動起來了，那麼劇烈的活動，可是沒有形式，類如氣體的蒸發。看似齷齪，其實只是混沌。齷齪永遠是由於閉塞，由於局部的死；那樣元氣旺盛的東西是不齷齪的。這種印度舞就是如此。

文明人要原始也原始不了；他們對野蠻沒有恐怖，也沒有尊敬。他們自以為他們疲倦了的時候可以躲到孩子裏去，躲到原始人裏去，疏散疏散，其實不能夠——他們只能在愚蠢中得到休息。

我在香港，有一年暑假裏，修道院附屬小學的一群女孩到我們宿舍裏來歇夏。飯堂裏充滿了白制服的汗酸氣與帆布鞋的濕臭，飯堂外面就是坡斜的花園，水門汀道，圍著鐵闌干，常常鐵闌干外只有霧或是霧一樣的雨，只看見海那邊的一抹青山。我小時候吃飯用的一個金邊小碟子，上面就描著這樣的眉彎似的青山，還有綠水和船和人，可是漸漸都磨了去了，只剩下山的青。這碟子和一雙紅骨筷，我記得很清楚，看到眼前這些孩子的苦惱，雖然一樣地討厭她們，有時候也覺得漠漠的悲哀。她們雖然也成天吵嚷著，和普通小孩沒有什麼不同，只要一聲叱喝，就統統不見了，彷彿一下子給抹掉了，可是又抹不乾淨，清空的飯堂裏，黑白方磚上留著橫七豎八的鞋印子和濕陰陰的鞋臭。她們有一隻留聲機，一天到晚開唱同樣的一張片子，清朗的小女子的聲音唱著：

「我母親說的，
我再也不能
和吉卜西人
到樹林裏去。」

最快樂的時候也還是不准，不准，一百個不准。大敞著飯堂門，開著留聲機，外面陡地下起雨來，拍拍的大點打在水門汀上，一打一個烏痕。俄國女孩納塔麗亞跟著唱片唱：「我母親說的，我再也不能……」兩臂上伸，一扭一扭在雨中跳起舞來了。大家笑著喊：「納塔麗亞，把耳朵動給我們看！」納塔麗亞的耳朵會動。她和她姐姐瑪麗亞都是孤兒，給個美國太太揀去，養到五六歲，大人回國去，又把她們丟給此地的修道院。在美國人家裏似乎是非常享福的，自己也不明白怎樣會落到這悽慘的慈善的地方，常常不許做聲，從腥氣的玻璃杯裏喝水，麵包上敷一層極薄的淡紅菓醬，背誦經文，每次上課下課全班綷縩下跪做禱告。納塔麗亞蒼白的小長臉上，綠眼睛狹窄地一笑，顯得很憊賴。像普通的爛污的俄國人，她脾氣好而邋遢，常常挨打，她姐姐瑪麗亞比較懂事，對上頭人知道恭順，可是大藍眼睛裏也會露出鈍鈍的恨毒。瑪麗亞生著美麗的小凸臉，才來的時候，聽說有一頭的金黃鬈髮，垂到腳跟，修道院的尼僧因為梳洗起來太麻煩，給她剪了去。

有一次我們宿舍裏來過賊，第二天早上發現了，女孩們興奮地樓上樓下跑，整個的暑假沒有這麼自由快樂過。她們擁到我房門口問：「愛玲小姐，你丟了什麼嗎？」充滿了希望，彷彿應當看見個空房間。我很不安地說沒丟什麼。

還有個暹羅女孩子瑪德蓮，家在盤谷，會跳他們家鄉祭神的舞，纖柔的棕色手腕，折斷了似的別到背後去。廟宇裏的舞者都是她那樣的十二三歲的女孩，尖尖的棕黃臉刷上白粉，臉是死的，然而下面的腰腿手臂各有各的獨立生命，翻過來，拗過去，活得不可能，各自歸榮耀給它的神。然而家鄉的金紅煊赫的神離這裏很遠了。瑪德蓮只得盡力照管自己，成為狡黠的小奴才。

除開這些孩子，我們自己的女同學，馬來亞來的華僑，大都經過修道院教育。淡黑臉，略有點刨牙的金桃是嬌生慣養的，在修道院只讀過半年書，吃不了苦。金桃學給大家看馬來人怎樣跳舞的：男女排成兩行，搖擺著小步小步走，或是僅只搖擺；女的捏著大手帕子悠悠揮洒，唱道：「沙揚啊！沙揚啊！」沙揚是愛人的意思；歌聲因為單調，更覺得太平美麗。那邊的女人穿洋裝或是短襖長袴，逢到喜慶大典才穿旗袍。城中只有一家電影院，金桃和其他富戶的姑娘每晚在戲園子裏遇見，看見小姐妹穿著洋裝，嘴裏並不做聲，急忙在開演前趕回家去換了洋裝再來。她生活裏的馬來亞是在蒸悶的野蠻的底子上蓋一層小家氣的文明，像一床太小的花洋布棉被，蓋住了頭，蓋不住腳。

從另一個市鎮來的有個十八九歲的姑娘，叫做月女，那卻是非常秀麗的，潔白的圓圓的臉，雙眼皮，身材微豐。第一次見到她，她剛到香港，在宿舍的浴室裏洗了澡出來，痱子粉噴香，新換上白地小花的睡衣，胸前掛著小銀十字架，含笑鞠躬，非常多禮。她說：「這裏真好。在我們那邊的修道院裏讀書的時候，洗澡是大家一同洗的，一個水門汀的大池子，每人發給一件白罩衫穿著洗澡。那罩衫的式樣……」她掩著臉吃吃笑起來，彷彿是難以形容。「你沒看見過那樣子——背後開條縫，寬大得像蚊帳。人站在水裏，把罩衫摟到膝蓋上，偷偷地在罩衫下擦肥皂。真是……」她臉上時常有一種羞恥傷慟的表情，她那清秀的小小的鳳眼也起了紅銹。她又說到那修道院，園子裏生著七八丈高的筆直的椰子樹，馬來小孩很快地盤呀盤，就爬到頂上採果子了，簡直是猴子。不知為什麼，就說到這些事她臉上也帶著羞恥傷慟不能相信的神氣。

她父親是商人，好容易發達了，蓋了座方方的新房子，全家搬進去住不了多時，他忽然迷上了個不正經的女人，把家業拋荒了。

「我們在街上遇見她都遠遠地吐口唾沫。都說她一定是懂得巫魘的。」

「也許……不必用巫魘也能夠……」我建議。

「不，一定是巫魘！她不止三十歲了，長得又沒什麼好。」

「即使過了三十歲，長得又不好，也許也……」

「不，一定是巫魘，不然他怎麼那麼昏了頭，回家來就打人——前兩年我還小，給他抓住了辮子把頭往牆上撞。」

會妖法的馬來人，她只知道他們的壞。「馬來人頂壞！騎腳踏車上學去，他們就喜歡追上來撞你一撞！」

她大哥在香港大學讀書，設法把她也帶出來進大學。打仗的時候她哥哥囑託炎櫻與我多多照顧她，說：「月女是非常天真的女孩子。」她常常想到被強姦的可能，整天整夜想著，臉色慘白浮腫。可是有一個時期大家深居簡出，不大敢露面，只有她一個人倚在洋台上看排隊的兵走過，還大驚小怪叫別的女孩子都來看。

她的空虛是像一間空關著的，出了霉蟲的白粉牆小房間，而且是陰天的小旅館——華僑在思想上是無家可歸的，頭腦簡單的人活在一個並不簡單的世界裏，沒有背景，沒有傳統，所以也沒有跳舞。月女她倒是會跳交際舞的，可是她只肯同父親同哥哥跳。

在上海的高尚仕女之間，足尖舞被認為非常高級的藝術。曾經有好幾個朋友這樣告訴我：

「……還有那顏色！單為了他們服裝佈景的顏色你也得去看看！那麼鮮明——你一定喜歡的。」他們的色彩我並不喜歡，因為太在意想中。陰森的盜窟，照射著藍光，紅頭巾的海盜，觳悚的難女穿著白袍，回教君王的妖妃，黑紗衫上釘著蛇鱗亮片。同樣是廉價的東西，這還不及我們的香烟畫片來得親切可念，因為不是我們的。後宮春色那一幕，初開幕的時候，許多舞女扮出各種姿態，凝住不動，嵌在金碧輝煌的佈景裏，那一剎那的確有點像中古時代僧侶手抄書的插畫，珍貴的「泥金手稿」，細碎的金色背景，肉紅的人，大紅，粉藍的點綴。但是過不了一會，舞女開始跳舞，空氣即刻一變，又淪為一連串的香烟畫片了。我們的香烟畫片，我最喜歡它這一點：富麗中的寒酸。畫面用上許多金色，凝妝的美人，大喬小喬，立在潔淨發光的方磚地上，旁邊有朱漆大柱，錦綉簾幙，但總覺得是窮人想像中的富貴，空氣特別清新。我喜歡反高潮——艷異的空氣的製造與突然的跌落，可以覺得傳奇裏的人性呱呱啼叫起來。可是足尖舞裏的反高潮我不能夠原諒；就坐在最後一排也看得見俄羅斯舞女大腿上畸形發達的球狀的筋，那緊硬臃腫的白肉，也替她們担憂，一個不小心，落腳太重，會咚地一響。

舞劇《科賽亞》，根據拜倫的長詩；用舞來說故事，也許這種故事是特別適宜的，就在拜倫的詩裏也充滿了風起雲湧的動作。但是這裏的動作，因為要弄得它簡單明瞭，而又沒有民間傳說的感情作底子，結果很淺薄。被掠賣的美人，像籠中的鳥，絕望地亂飛亂撞。一身表情，而且永遠是適當的表情，所以無味而不真實。真實往往是不適當的。譬如《紅樓夢》，高鶚續成的部份，與前面相較，有一種特殊的枯寒的感覺，並不是因為賈家敗落下來了，應當奄奄無生氣，而是他寫得不夠好的緣故。高鶚所擬定的收場，不能說他不合理，可是理到情不到，裏面的情感僅僅是sentiments，不像真的。

《科賽亞》裏的英雄美人經過許多患難，女的被獻給國王，王妃怕她奪寵，放她和她的戀人一同逃走。然而他們的小船在大風浪裏沉沒了。最後一幕很短，只看到機關佈景，活動的海濤，天上的雲迅速往後移，表示小舟的前進。船上擠滿了人，搶救危亡之際也還手忙腳亂擺了兩個足尖舞的架式，終替全體下沉，那樣草草的悲壯結局在我看來是非常可笑的。機關佈景，除了在滑稽歌舞雜耍（Vaudeville）裏面，恐怕永遠是吃力不討好。看慣了電影裏的風暴，沉船，戰爭，火災，舞台上的直接表現總覺得欠真實。然而中國觀眾喜歡的也許正是這一點。話劇《海葬》就把它學了去，這次沒有翻船，船上一大群人之間跳下了兩個，撲咚蹬在台板上，波濤洶湧，齊腰推動著，須臾，方才一蹲身不見了。船繼續往前划，觀眾受了很大的震動起身回家。據說非得有這樣的東西才能夠把他們送走，不然他們總以為戲還沒有完。

印度舞我只看過一次，舞者陰蒂拉・黛薇並不是印度人，不知是中歐哪一個小國裏的，可是在印度經過特別訓練，以後周遊列國，很出名。那一次的表演是非正式的，台很小，背景只是一塊簡陋的幕，可是那瘦小的婦人合著手坐在那裏，盤起一隻腿，腳擱在膝蓋上，靜靜垂下清明的衣褶，卻真有天神的模樣。許久，她沒有動。印度的披紗，和希臘的古裝相近，這女人非但沒有希臘石像的肉體美，而且頭太大，眼睛太大，堅硬的小癟嘴，已經見得蒼老，然而她的老是沒有年歲，這樣坐著也許有幾千年。望到她臉上有一種冷冷的恐怖之感，使人想起蕭伯納的戲《長生》（Back to Methuselah），戲裏說將來人類發展到有一天，不是胎生而是卵生，而且兒童時期可以省掉了，蛋裏孵出來的就是成熟的少男少女，大家跳舞作樂戀愛畫圖塑像，於四年之內把這些都玩夠了，厭倦於一切物質的美，自己會走開去，思索艱深的道理。這樣可以繼續活到千萬年，僅僅是個生存著的思想，身體被遺忘了，風吹日晒，無分男女，都是黑瘦，直條條的，腰間圍一塊布。未滿四歲的青年男女把他們看作怪物，稱他們為「古人」。唯有「男性的古人」與「女性的古人」之分，看上去並沒多少不同。他們研究數理科學貫通到某一個程度，體質可以自由變化，隨時能夠生出八條手臂；如果要下山，人可以癱倒了變成半液體，順著地勢流下去。陰蒂拉・黛薇的舞，動的部份就有那樣的感覺。她掐著手指，並著兩指，翹起一指，迅疾地變換著，據說每一個手勢在婆羅門教的傳統裏都有神秘的象徵意義，但據我看來只是表示一種對於肢體的超人的控制，彷彿她的確能夠隨心所欲長出八條手臂來。

第二支舞，陰蒂拉・黛薇換了一條淺色的披紗，一路拍著手跳出來，踢開紅黃相間的百摺裙，臂上金釧鏗鏘，使人完全忘記了她的老醜。圓眼珠閃閃發光，她是古印度的少女，得意洋洋形容給大家看她的情人是什麼模樣，有多高，肩膀有多寬，眼睛是怎樣的，鼻子，嘴，胸前佩著護心鏡，腰間帶著劍，笑起來是這樣的，生起氣來這樣的……描寫不出，描寫不出——你們自己看罷！他就快來了，就快來了。她屢次跑去張看，攀到樹上瞭望，在井裏取水洒在臉上，用篭子蘸了銅質混合物的青液把眼尾描得長長的。

陰蒂拉・黛薇自己編的有一個節目叫做「母親」，跳舞裏加入寫實主義的皮毛，很受歡迎，可是我討厭它。死掉了孩子的母親惘惘地走到神龕前跪拜，回想著，做夢似的搖著空的搖籃，終於憤怒起來，把神龕推倒了，砰地一聲，又震驚於自己的叛道，下跪求饒了。題材並不壞，用來描寫多病多災的印度，印度婦女的迷信與固執的感情，可以有一種深而狹的悲慘。可是這裏表現的只有母愛——應當加個括弧的「母愛」。母愛這大題目，像一切大題目一樣，上面做了太多的濫調文章。普通一般提倡母愛的都是做兒子而不做母親的男人，而女人，如果也標榜母愛的話，那是她自己明白她本身是不足重的，男人只尊敬她這一點，所以不得不加以誇張，混身是母親了。其實有些感情是，如果時時把它戲劇化，就光剩下戲劇了；母愛尤其是。

提起東寶歌舞團，大家必定想起廣告上的短袴子舞女，歪戴著雞心形的小帽子。可是他們的西式跳舞實在很有限，永遠是一排人聯臂立正，向右看齊，屈起一膝，一踢一踢；嗆地一聲鑼響，把頭換一個方向，重新來過；進去換一套衣服，又重新來過。西式節目常常表演，聽說是因為中國觀眾特別愛看的緣故。我只喜歡他們跳自己的舞，有一場全體登台，穿著明麗的和服，排起隊來，手搭在前面人的背上，趔趄著腳，碎步行走，一律把頭左右搖晃，活絡的頸子彷彿是裝上去的，整個地像小玩具，「絹製的人兒」。把女人比作玩具，是侮辱性的，可是她們這裏自己也覺得自己是好玩的東西，一顆頭可以這樣搖那樣搖——像小孩玩弄自己的腳趾頭，非常高興而且詫異。日本之於日本人，如同玩具盒的紙托子，挖空了地位，把小壺小兵嵌進去，該是小壺的是小壺，該是小兵的是小兵。從個人主義者的立場來看這種環境，我是不贊成的，但是事實上，把大多數人放進去都很合適，因為人到底很少例外，許多被認為例外或是自命為例外的，其實都在例內。社會生活的風格化，與機械化不同，來得自然，總有好處。由此我又想到日本風景畫裏點綴的人物，那決不是中國畫裏飄飄欲仙的漁翁或是拄杖老人，而是極家常的；過橋的婦女很可能是去接學堂裏的小孩。畫上的顏色也是平實深長的，藍塘綠柳樹，淡墨的天，風調雨順的好年成，可是正因為天下太平，個個安分守己，女人出嫁，伺候丈夫孩子，梳一樣的頭，說一樣的客氣話，這裏面有一種壓抑，一種輕輕的哀怨，成為日本藝術的特色。

東寶歌舞團還有一支舞給我極深的印象，〈獅與蝶〉，舞台上的獅子由人扮，當然不會太寫實。中國的舞獅子與一般的石獅子的塑像，都不像獅子而像叭兒狗，眼睛滾圓突出。我總疑心中國人見到的獅子都是進貢的，匆匆一瞥，沒看仔細，而且中國人不知為什麼特別喜歡創造怪獸，如同麒麟之類——其實人要創造，多造點房子磁器衣料也罷了，造獸是不在行的。日本舞裏扮獅子的也好好地站著像個人，不過戴了面具，大白臉上塗了下垂的彩色條紋，臉的四周生著朱紅的鬃毛，腦後拖著蓬鬆的大紅尾巴，激動的時候甩來甩去。〈獅與蝶〉開始的時候，深山裏一群蝴蝶在跳舞，兩頭獅子在正中端坐，鑼鼓聲一變，獅子甩動鬃尾立起來了，的確有獅子的感覺，蝴蝶紛紛驚散；像是在夢幻的邊緣上看到的異象，使人感到華美的，玩具似的恐怖。

這種恐怖是很深很深的小孩子的恐怖。還是日本人頂懂得小孩子，也許因為他們自己也是小孩。他們最偉大的時候是對小孩說話的時候。中國人對小孩的態度很少得當的。中國人老法一點的是客氣而疏遠，父母子女彷彿是事務上的結合，以冷淡的禮貌教會了孩子說：「我可以再吃一片嗎？我可以帶小熊睡覺嗎？」新法的父母未結婚先就攻讀兒童心理學，研究得越多越發慌，大都偏於放縱，「親愛的，請不要毀壞爸爸的書，」那樣懇求著；吻他早安，吻他晚安，上學吻他，下課吻他。兒歌裏說，「小女孩子是什麼做成的？糖與香料，與一切好東西。」可是兒童世界並不完全是甜甜蜜蜜，光明玲瓏，「小朋友，大家攙著手」那種空氣。美國有一個革命性的美術學校，鼓勵兒童自由作畫，特出的作品中有一張人像，畫著個爛牙齒戴眼鏡的壞小孩，還有一張，畫著紅紫的落日的湖邊，兩個團頭團腦陰黑的鬼；還有一張，全是重重疊疊的小手印子，那真是可怕的。

日本電影《狸宮歌聲》裏面有個女仙，白木蓮老樹的精靈，穿著白的長衣，分披著頭髮，蒼白的，太端正的蛋形小臉，極高極細的單調的小嗓子，有大段說白，那聲音儘管嬌細，聽了叫人背脊上一陣陣發冷。然而確實是仙不是鬼，也不是女明星，與《白雪公主》卡通片裏葡萄乾廣告式的仙女也大不相同。神怪片《狸宮歌聲》與狄斯耐的卡通同是幻麗的童話，狄斯耐的《白雪公主》與《木偶奇遇記》是大人在那裏卑躬曲節討小孩喜歡，在《狸宮歌聲》裏我找不出這樣的痕跡。

有一陣子我常看日本電影，最滿意的兩張是《狸宮歌聲》（原名《狸御殿》）與《舞城秘史》（原名《阿波之踊》）。有個日本人藐視地笑起來說前者是給小孩子看的，後者是給沒受過教育的小姐們看的，可是我並不覺得慚愧。《舞城秘史》的好，與它的傳奇性的愛仇交織的故事絕不相干。固然故事的本身也有它動人之點，父親被迫將已經定了親的女兒送給有勢力的人作妾，辭別祖先。父親直挺挺跪著，含著眼淚，顫聲訴說他的不得已，女兒跪在後面，只是俯伏不動，在那寒冷的白格扇的小小的廳堂裏，有一種綿綿不絕的家族之情。未婚夫回來報仇，老僕人引她去和他見一面，半路上她忽然停住了，低著頭，背過身去。僕人為難地喚著：「小姐……小姐……」她只是低徊著。僕人說：「……在那邊等著呢。」催了又催，她才委委屈屈前去。未婚夫在沙灘上等候，歷盡千辛萬苦冒險相會，兩人竟沒有面對面說一句知心話；

他自管自向那邊走去，感慨地說：「真想不到還有今天這一面⋯⋯」她默默地在後面跟隨，在海邊銀灰色的天氣裏。他突然旋過身來，她卻又掉過身去往回走，垂著頭徐徐在前走，他便在後面遠遠跟著。最近中國話劇的愛情場面裏可以看到類似的纏綿的步子，一個走，一個跟，盡在不言中。或是烈士烈女，大義凜然地往前踏一步，胆小如鼠的壞蛋便嚇得往後退一步，目中無人地繼續往前走，他便連連後退，很有跳舞的意味了。

《舞城秘史》以跳舞的節日為中心，全城男女老少都在耀眼的灰白的太陽下舒手探腳百般踢跳，唱著：「今天是跳舞的日子！誰不跳舞的是獃子！」許是光線太強的緣故，畫面很淡，迷茫地看見花衣服格子布衣服裏冒出來的狂歡的肢體脖項，女人油頭上的梳子，老人顛動著花白的髻，都是淡淡的，無所謂地方色彩，只是人⋯⋯在人叢裏，英雄抓住了他的仇人，一把捉住衣領，細數罰狀，說了許多「怎麼也落在我手裏」之類的話，用日文來說，分外地長。跳舞的人們不肯做他的活動背景，他們不像好萊塢歌舞片裏如林的玉腿那麼服從指揮——潮水一般地湧上來，淹沒了英雄與他的恩仇。畫面上只看見跳舞，跳舞，耀眼的太陽下耀眼的灰白的旋轉。再拍到英雄，英雄還在那裏和他的仇人說話，不知怎麼一來仇人已經倒在地下，被殺死了。拿這個來做傳奇劇的收梢，真太沒勁了，簡直滑稽——都是因為這跳舞。

・初載於一九四四年十一月上海《天地》第十四期。

被窩

連夜抄寫了一萬多字，這在我是難得的事，因為太疲倦，上床反而睡不著。外面下著雨，已經下了許多天，點點滴滴，歪歪斜斜，像我的抄不完的草稿，寫在時事消息油印的反面，黃色油印字跡透過紙背，不論我寫的是什麼，快樂的、悲哀的，背後永遠有那黃陰陰的一行一行；藍墨水蓋它不住——陰淒淒的新聞。「××秘書長答記者問：戶口米不致停止配給，外間所傳不確……」黃黯單調的一行一行……滴瀝滴瀝，搭啦啦啦，雨還在下，一陣密，一陣疏，一場空白。

淋雨的晚上，黏唧唧地，更覺得被窩的存在。翻個身，是更冷的被窩。外國式的被窩，把毯子底下托了被單，緊緊塞到褥子底下，是非常堅牢的布置，睡相再不好的人也蹬它不開。可是空盪盪地，面積太大，不容易暖和；熱燥起來，又沒法子把腳伸出去。中國式的被窩，鋪在褥子上面，折成了筒子，恰恰套在身上，捣一會就熱了，輕便隨和，然而不大牢靠，一下子就踢開了。由此可以看出國民性的不同。日本被窩，不能說是「窩」。方方的一塊覆在身上，也不疊一疊，再厚些底下也是風颼颼，被面上印著大來大去的鮮麗活潑的圖案，根本是一張畫，不過下面托了層棉胎。在這樣的空氣流通的棉被底下做的夢，夢裏也不會耽於逸樂，或許會夢見隆冬郊外的軍事訓練。

中國人怕把嬌艷的絲質被面弄髒了，四周用被單包過來，草草地縫幾針，被面不能下水，而被單隨時可以拆下來洗濯，是非常合乎實際的打算。外國人的被單不釘在毯子上，每天鋪起床來比較麻煩，但他們洗被單的意志似乎比我們更為堅決明斷，而他們也的確比我們洗得勤些。被單不論中外，都是白色的居多，然而白布是最不羅曼蒂克的東西，至多只能做到一個乾淨，也還不過是病院的乾淨，有一點慘戚。淡粉紅的就很安樂，淡藍看著是最奢侈的白，真正雪雪白，像美國廣告裏用他們的肥皂粉洗出來的衣裳。中國人從前，只有小孩子與新嫁娘可以用粉紅的被單，其餘都是白的。被的一頭有時另加上一條白布，叫做「被擋頭」，可以常常洗，也是偷懶的辦法。日本彷彿也有一種「被擋頭」，卻是黑絲絨的長條，頭上的油垢在上面擦來擦去，雖然耐髒，看著卻有點膩心。天鵝絨這樣東西，因為不是日本固有的織物，他們雖然常常用，用得並不好。像冬天他們女人和服上加一條深紅絲絨的圍巾，雖比絨線結的或是毛織品的圍巾稍許相稱些，仍舊不大好看。

想著也許可以用這作為材料寫篇文章，但是一想到文章，心裏就急起來，聽見隱隱的兩聲雞叫，天快亮了，越急越睡不著。我最怕聽雞叫。「明日白露，光陰往來，」那是夜。在黎明的雞啼裏，卻是有去無來，有去無來，淒淒地，急急地，淡了下去；沒有影子——影子至少還有點顏色。

雞叫得漸漸多起來，東一處，西一處，卻又好些，不那麼虛無了。我想，如果把雞鳴畫出來，畫面上應當有赭紅的天，畫幅很長很長，捲起來，一路打開，全是天，悠悠無盡。而在頂底下略有一點影影綽綽的城市或是墟落，雞聲從這裏出來，藍色的一縷一縷，顫抖上升，一捺，一頓，方才停了。可是一定要多留點地方給那深赭紅的天……多多留些地方……這樣，我睡著了。

・初載於一九四四年十一月十九日上海《新中國報・學藝》。

關於〈傾城之戀〉的老實話

〈傾城之戀〉，因為是一年前寫的，現在看看，看出許多毛病來，但也許不是一般的批評認為是毛病的地方。

〈傾城之戀〉似乎很普遍的被喜歡，主要的原因大概是報仇罷？舊式家庭裏地位低的，年青人，寄人籬下的親族，都覺得流蘇的「得意緣」，間接給他們出了一口氣。年紀大一點的女人也高興，因為向來中國故事裏的美女總是二八佳人，二九年華，而流蘇已經近三十了。同時，一班少女在范柳原裏找到她們的理想丈夫，豪富，聰明，漂亮，外國派。而普通的讀者最感到興趣的恐怕是這一點，書中人還是先姦後娶呢？還是始亂終棄？先結婚，或是始終很斯文，這兩個可能性在這裏是不可能的，因為太使人失望。

我並沒有怪讀者的意思，也不怪故事的取材。我的情節向來是歸它自己發展，只有處理方面是由我支配的。男女主角的個性表現得不夠。流蘇實在是一個相當厲害的人，有決斷，有口才，柔弱的部份只是她的教養與閱歷。這彷彿需要說明似的。我從她的觀點寫這故事，而她始終沒有徹底懂得柳原的為人，因此我也用不著十分懂得他。現在想起來，他是因為思想上沒有傳統的背景，所以年青時候的理想禁不起一點摧毀就完結了，終身躲在浪蕩油滑的空殼裏。在現代中國實在很普通，倒也不一定是華僑。

寫〈傾城之戀〉，當時的心理我還記得很清楚。除了我所要表現的那蒼涼的人生的情義，此外我要人家要什麼有什麼，華美的羅曼斯，對白，顏色，詩意，連「意識」都給預備下了：（就像要堵住人的嘴）艱苦的環境中應有的自覺……

我討厭這些顧忌，但〈傾城之戀〉我想還是不壞的，是一個動聽的而又近人情的故事。結局的積極性彷彿很可疑，這我在〈自己的文章〉裏試著加以解釋了。因為我用的是參差的對照的寫法，不喜歡採取善與惡，靈與肉的斬釘截鐵的衝突那種古典的寫法，所以我的作品有時候主題欠分明……

我喜歡參差的對照的寫法，因為它是較近事實的。〈傾城之戀〉裏，從腐舊的家庭裏走出來的流蘇，香港之戰的洗禮並不曾將她感化成為革命女性；香港之戰影響范柳原，使他轉向平實的生活，終於結婚了，但結婚並不使他變為聖人，完全放棄往日的生活習慣與作風。因之柳原與流蘇的結局，雖然多少是健康的，仍舊是庸俗；就事論事，他們也只能如此。

極端的病態與極端覺悟的人究竟不多。時代是這麼沉重，不容易那麼容易就大徹大悟。這些年來，人類到底也這麼生活了下來，可見瘋狂是瘋狂，還是有分寸。

編成戲，因為是我第一次的嘗試，極力求其平穩，總希望它順當地演出，能夠接近許多人。

・初載於一九四四年十二月九日上海《海報》。

羅蘭觀感

羅蘭排戲，我只看過一次，可是印象很深。第一幕白流蘇應當穿一件寒素的藍布罩袍，羅蘭那天恰巧就穿了這麼一件，怯怯的身材，紅削的腮頰，眉梢高吊，幽咽的眼，微風振簫樣的聲音，完全是流蘇，使我吃驚，而且想：當初寫〈傾城之戀〉，其實還可以寫得這樣一點的……還可以寫得那樣一點的……

〈傾城之戀〉的故事我當然是爛熟的；小姐落難，為兄嫂所欺凌，「李三娘」一類的故事，本來就是爛熟的。然而有這麼一剎那，我在旁邊看著，竟想掉淚。羅蘭演得實在好——將來大家一定會哄然讚好的，所以我想，我說好還得趕快說，搶在人家頭裏。

戲裏，闔家出動相親回來，因為她蓋過了她妹子，一個個氣烘烘，她挨身而入，低著頭、像犯了法似的，悄悄地往裏一溜。導演說：「羅蘭，不要板著臉。……也不要不板著臉。你知道我的意思……」羅蘭問：「得意啊？」果然，還是低著頭，掩在人背後奔了進來，可是有一種極難表現的閃爍的昂揚。走到幕後，她誇張地搖頭晃腦的一笑，說：「得意！我得意！」眾人聽著她的話都笑起來了。

流蘇的失意得意，始終是下賤難堪的，如同蘇青所說：「可憐的女人呀！」外表上看上去世界各國婦女的地位高低不等，實際上女人總是低的，氣憤也無用，人生不是賭氣的事。日本女人有意養成一種低卑的美，像古詩裏的「伸腰長跪拜，問客平安不？」溫厚光緻，有絹畫的畫意，低是低的，低得泰然。西洋的淑女每每苦於上去了下不來。中國女人則是參差不齊，低中有高，高中見低。逃荒的身邊帶著女兒，隨時可以變錢，而北方一般的好人家，嫁女兒，貼上許多妝奩不算，一點點聘金都不肯收，唯恐人家說一聲賣女兒，的確尊貴得很。像流蘇這樣，似乎是慘跌了，一聲喊，跌將下來，劃過一道光，把原來與後來的境地都照亮了，怎麼樣就算高，怎麼樣就算低，也弄個明白。

流蘇與流蘇的家，那樣的古中國的碎片，現社會裏還是到處有的。就像現在，常常沒有自來水，要到水缸裏去舀水，凸出小黃龍的深黃水缸裏靜靜映出自己的臉，使你想起多少年來井邊打水的女人，打水兼照鏡子的情調。我希望〈傾城之戀〉的觀眾不拿它當個遙遠的傳奇，它是你貼身的人與事。

・初載於一九四四年十二月八日、九日上海《力報》。

汪宏聲記張愛玲書後

中學時代的先生我最喜歡的一個是汪宏聲先生，教授法新穎，人又是非常好的。所以從香港回上海來，我見到老同學就問起汪先生的近況，聽說他不在上海，沒有機會見到，很惆悵。沒想到今天在路上遇到錢公俠先生，知道汪先生為《語林》寫了一篇文章關於我。我等不及，立刻跟錢先生到印刷所去看清樣，終於在黃昏的印刷所裏，轟隆轟隆命運性的機器聲中，萬感交集地寫了這幾行字。

張愛玲

・初載於一九四四年十二月上海《語林》第一卷第一期，標題為本書所加。

致力報編者

××先生：

謝謝您的信。《力報》由您來編，一定非常精彩。我對於小報向來並沒有一般人的偏見。只有中國有小報；只有小報有這種特殊的，得人心的機智風趣——實在是可珍貴的。我從小就喜歡看小報，看了這些年，更有一種親切感。從前我寫過一篇涉及小報的文字，想不到竟得罪了一些敏感的人。但我也沒有去解釋，懂得的人自然會懂的。

寫稿子我自然也願意湊湊熱鬧，可是實在忙不過來了。連我常寫的雜誌以後也想少寫，寧可自己印書。您不要給我送報來，使我太不過意。

很高興您喜歡我的畫。有些實在不成東西，這次我要出的散文集《流言》裏有兩張比較好點。

此頌

大安

張愛玲　十一月十五日

・初載於一九四四年十二月上海《春秋》第二年第二期，標題為本書所加。

雨傘下

下大雨，有人打著傘，有人沒帶傘。沒傘的挨著有傘的，鑽到雨傘底下去躲雨，多少有點掩蔽，可是傘的邊緣滔滔流下水來，反而比外面的雨更來得凶。擠在傘沿下的人，頭上淋得稀濕。

當然這是說教式的寓言，意義很明顯：窮人結交富人，往往要賠本，某一次在雨天的街頭想到這一節，一直沒有寫出來，因為太像訥厂先生茶話的作風了。

・初載於一九四四年十二月上海五洲書報社總經售《流言》一書中。

談畫

我從前的學校教室裏掛著一張〈蒙納・麗薩〉，意大利文藝復興時代的名畫。先生說：「注意那女人臉上的奇異的微笑。」的確是使人略感不安的美麗恍惚的笑，像是一刻也留它不住的，即使在我努力注意之際也滑了開去，使人無緣無故覺得失望。先生告訴我們，畫師畫這張圖的時候曾經費盡心機搜羅了全世界各種罕異可愛的東西放在這女人面前，引她現出這樣的笑容。我不喜歡這解釋。綠毛龜，木乃伊的腳，機器玩具，倒不見得使人笑這樣的笑。使人笑這樣的笑，很難罷？可也說不定很容易。一個女人驀地想到戀人的任何一個小動作，使他顯得異常稚氣，可愛又可憐，她突然充滿了寬容，無限制地生長到自身之外去，蔭庇了他的過去與將來，眼睛裏就許有這樣的蒼茫的微笑。

〈蒙納・麗薩〉的模特兒被考證出來，是個年輕的太太。也許她想起她的小孩今天早晨說的那句聰明的話——真是什麼都懂得呢——到八月裏才滿四歲——就這樣笑了起來，但又矜持著，因為畫師在替她畫像，貴婦人的笑是不作興露牙齒的。

然而有個十九世紀的英國文人——是不是Walter de la Mare，記不清了——寫了一篇文章關於〈蒙納・麗薩〉，卻說到鬼靈的智慧，深海底神秘的魚藻。看到畫，想作詩，我並不反對——好的藝術原該喚起觀眾各個人的創造性，給人的不應當是純粹被動的欣賞——可是我憎惡那篇

〈蒙納・麗薩〉的說明，因為是有限制的說明，先讀了說明再去看圖畫，就不由得要到女人眼睛裏去找海底的魚影子。那樣的華美的附會，似乎是增多，其實是減少了圖畫的意義。

國文課本裏還讀到一篇〈畫記〉，那卻是非常簡鍊，只去計算那些馬，幾匹站著，幾匹臥著。中國畫上題的詩詞，也只能拿它當作字看，有時候的確字寫得好，而且給了畫圖的結構一種脫略的，有意無意的均衡，成為中國畫的特點。然而字句的本身對於圖畫總沒有什麼好影響，即使用的是極優美的成句，一經移植在畫上，也覺得不妥當。

因此我現在寫這篇文章關於我看到的圖畫，有點知法犯法的感覺，因為很難避免那種說明的態度——而對於一切好圖畫的說明，總是有限制的說明，但是臨下筆的時候又覺得不必有那些顧忌。譬如朋友見面，問：「這兩天晚上月亮真好，你看見了沒有？」那也很自然罷？

新近得到一本賽尚畫冊，有機會把賽尚的畫看個仔細。以前雖然知道賽尚是現代畫派第一個宗師，倒是對於他的徒子徒孫較感興趣，像Gauguin, Van Gogh, Matisse，以至後來的Picasso，都是抓住了他的某一特點，把它發展到頂點，因此比較偏執，鮮明，引人入勝。而充滿了多方面的可能性的，廣大的含蓄的賽尚，過去給我唯一的印象是雜誌裏複製得不很好的靜物，幾隻灰色的蘋果，下面襯著桌布，後面矗立著酒瓶，從蘋果的處理中應當可以看得出他於線條之外怎樣重新發現了「塊」這樣東西，但是我始終沒大懂。

我這裏這本書名叫《賽尚與他的時代》，是日文的，所以我連每幅畫的標題也弄不清楚。早期的肖像畫中有兩張成為值得注意的對比。一八六〇年的一張，畫的是個寬眉心大眼睛詩人樣的人，雲裏霧裏，暗金質的畫面上只露出一部份的臉面與白領子。我不喜歡羅曼蒂克主義的傳統，那種不求甚解的神秘，就像是把電燈開關一捻，將一種人造的月光照到任何事物身上，於是就有模糊的藍色的美艷，有黑影，裏頭唧唧閣閣叫著興奮與恐怖的蟲與蛙。

再看一八六三年的一張畫，裏面也有一種奇異的，不安於現實的感覺，但不是那樣廉價的詩意。這張畫裏我們看見一個大頭的小小的人，年紀已在中年以上了，波鬈的淡色頭髮照當時的式樣長長地分披著。他坐在高背靠椅上，流轉的大眼睛顯出老於世故的，輕蔑浮滑的和悅，高翹的仁丹鬍子補足了那點笑意。然而這張畫有點使人不放心，人體的比例整個地錯誤了，腿太短，臂膊太短，而兩隻悠悠下垂的手卻又是很長，那白削的骨節與背後的花布椅套相襯下，產生一種微妙的，文明的恐怖。

一八六四年所作的僧侶肖像，是一個鬚眉濃鷙的人，白袍，白風兜，胸前垂下十字架，抱著胳膊，兩隻大手，手與臉的平面特別粗糙，隱現冰裂紋。整個的畫面是單純的灰與灰白，然而那嚴寒裏沒有淒楚，只有最基本的，人與風雹山河的苦鬥。

歐洲文藝復興以來許多宗教畫最陳腐的題材，到了賽尚手裏，卻是大不相同了。〈抱著基督屍身的聖母像〉，實在使人詫異。聖母是最普通的婦人，清貧，論件計值地做點縫紉工作，灰了心，灰了頭髮，白鷹鈎鼻子與緊閉的嘴裏有四五十年來狹隘的痛苦。她並沒有抱住基督，背過身去正在忙著一些什麼，從她那暗色衣裳的摺疊上可以聞得見熓著的貧窮的氣味。抱著基督的倒是另一個屠夫樣的壯大男子，石柱一般粗的手臂，禿了的頭頂心雪白地連著陰森的臉，初看很可怕，多看了才覺得那殘酷是有它的苦楚的背景的，也還是一個可同情的人。尤為奇怪的是基督本人，皮膚發黑，肌肉發達，臉色和平，伸長了腿，橫貫整個的畫面，他所有的只是圖案美，似乎沒有任何其他意義。

〈散步的人〉，一個高些，戴著紳士氣的高帽子，一個矮些的比較像武人，頭戴捲簷大毡帽，腳踏長統皮靴，手扶司的克。那炎熱的下午，草與樹與淡色的房子蒸成一片雪亮的烟，兩個散步的人襯衫裏燜著一重重新的舊的汗味，但仍然領結打得齊齊整整，手攙著手，茫然地，好脾氣地向我們走來，顯得非常之楚楚可憐。

〈野外風景〉裏的兩個時髦男子的背影也給人同樣的渺小可悲的感覺。主題卻是兩個時裝婦女。這一類的格局又是一般學院派肖像畫的濫調——滿頭珠鑽，嚴妝的貴族婦人，昂然立在那裏像一座小白山；背景略點綴些樹木城堡，也許是她家世襲的采邑。然而這裏的女人是絕對寫實的。一個黑頭髮的支頤而坐，低額角，壯健，世俗，有一種世俗的伶俐。一個黃頭髮的多了一點高尚的做作，斜簽身子站著，賣弄著長尾巴的鳥一般的層疊的裙幅，將面頰偎著皮手籠，眉目沖淡的臉上有一種朦朧的詩意。把這樣的兩個女人放在落荒的地方，風吹著遠遠的一面大旗，是奇怪的，使人想起近幾時的超寫實派，畫一棵樹，樹頂上嵌著一隻沙發椅，野外的日光照在碎花椅套上，夢一樣的荒涼。賽尚沒有把這種意境發展到它的盡頭，因此更為醇厚可愛。

〈牧歌〉是水邊的一群男女，蹲著，躺著，坐著，白的肉與白的衣衫，音樂一般地流過去，低迴作U字形。轉角上的一個雙臂上伸，托住自己頸項的裸體女人，周身的肉都波動著，整個的畫面有異光的宕漾。

題名〈奧林匹亞〉的一幅，想必是取材於希臘的神話。我不大懂，只喜歡中央的女像，那女人縮做一團睡著，那樣肥大臃腫的腿股，然而仍舊看得出來她是年青堅實的。

我不喜歡〈聖安東尼之誘惑〉，那似乎是他偏愛的題材，前後共畫過兩幅，前期的一張陰暗零亂，聖安東尼有著女人的乳房，夢幻中出現的女人卻像一匹馬，後期的一張則是淡而混亂。

〈夏之一日〉抓住了那種永久而又暫時的，日光照在身上的感覺。水邊的小孩張著手，揸開腿站著，很高興的樣子，背影像個蝦蟆。大日頭下打著小傘的女人顯得可笑。對岸有更多的遊客，綠雲樣的樹林子，淡藍天窩著荷葉邊的雲，然而熱，熱到極點。小船的白帆發出鎔鐵的光，船夫、工人都燒得焦黑。

兩個小孩的肖像，如果放在一起看，所表現的人性的對比是可驚的。手托著頭的小孩，突出的腦門上閃著一大片光，一臉的聰明，疑問，調皮，刁潑，是人類最厲害的一部份在那裏往前掙。然而小孩畢竟是小孩，寬博的外套裏露出一點白襯衫，是那樣的一個小的白的，容易被摧毀的東西，到了一定的年紀，不安分的全部都安分守己了，然而一下地就聽話的也很多，像這裏的另一個小朋友，一個光緻緻的小文明人，粥似的溫柔，那凝視著你的大眼睛，於好意之中未嘗沒有些小奸小壞，雖然那小奸小壞是可以完全被忽略的，因為他不中用，沒出息，三心兩意，歪著臉。

在筆法方面，前一張似乎已經是簡無可簡了，但是因為要表示那小孩的錯雜的靈光，於大塊著色中還是有錯雜的筆觸，到了七年後的那張孩子的肖像，那幾乎全是大塊的平面了，但是多麼充實的平面！

有個名叫「卻凱」的人，（根據日文翻譯出來，音恐怕不準）想必是賽尚的朋友，這裏共有他的兩張畫像。我們第一次看見他的時候，已經是老糊塗模樣，哆著嘴，蹺著腿坐在椅上，一隻手搭在椅背上，十指交叉，從頭頂到鞋襪，都用顫抖狐疑的光影表現他的畏怯，嘮叨，瑣碎。顯然，這人經過了許多事，可是不曾悟出一條道理來，因此很著慌，但同時自以為富有經驗，在年高德劭的石牌樓底下一立，也會教訓人了。這裏的諷刺並不缺少溫情，但在九年後的一張畫像裏，這溫情擴張開來，成為最細膩的愛撫。這一次他坐在戶外，以繁密的樹葉為背景，一樣是白頭髮，瘦長條子，人顯得年青了許多。他對於一切事物以不明瞭而引起的惶恐，現在混成一片大的迷惑，因為廣大，反而平靜下來了，低垂的眼睛裏有那樣的憂傷，惆悵，退休；癟進去的小嘴帶著微笑，是個愉快的早晨罷，在夏天的花園裏。這張畫一筆一筆裏都有愛，對於這人的，這人對於人生的留戀。

對現代畫中誇張扭曲的線條感興趣的人，可以特別注意那隻放大了的，去了主角的手。

畫家的太太的幾張肖像裏也可以看得出有意義的心理變遷。最早的一張，是把傳統故事中的兩個戀人來作畫題的，但是我們參考後來的肖像，知道那女人的臉與他太太有許多相似之處。很明顯地，這裏的主題就是畫家本人的戀愛。背景是羅曼蒂克的，湖岸上生著蘆葦一類的植物，清曉的陽光照在女人的白頭巾上，有著「蒹葭蒼蒼，白露為霜」的情味。女人把一隻手按在男人赤膊的肩頭，她本底子是淺薄的，她的善也只限於守規矩，但是戀愛的太陽照到她身上的時候，她在那一剎那變得寬厚聰明起來，似乎什麼都懂得了，而且感動得眼裏有淚光。畫家要她這樣，就使她成為這樣，他把自己反倒畫成一個被動的，附屬的，沒有個性的青年，垂著頭坐在她腳下，接受她的慈悲，他整個的形體彷彿比她小一號。

賽尚的太太第一次在他畫裏出現，是這樣的一個方圓臉盤，有著微凸的大眼睛，一切都很淡薄的少女，大約經過嚴厲的中等家庭教育，因此極拘謹，但在戀愛中感染了畫家的理想，把他們的關係神聖化了。

她第二次出現，著實使人吃驚。想是多年以後了，她坐在一張烏雲似的赫赫展開的舊絨沙發上，低著頭縫衣服，眼泡突出，鼻子比前尖削了，下巴更方，顯得意志堅強，鐵打的緊緊束起的髮髻，洋鐵皮一般硬的衣領衣袖，背後看得見房門，生硬的長方塊，門上安著鎖；牆上糊的花紙，紙上的花，一個個的也是小鐵十字架；鐵打的婦德，永生永世的微笑的忍耐——做一個窮藝術家的太太不是容易的罷？而這一切都是一點一點來的——人生真是可怕的東西呀！

然而五年後賽尚又畫他的太太，卻是在柔情的頃刻間抓住了她。她披散著頭髮，穿的也許是寢衣，緞子的，軟而亮的寬條紋的直流，支持不住她。她偏著頭，沉沉地想她的心事，回憶使她年青了——當然年青人的眼睛裏沒有那樣的悽哀。為理想而吃苦的人，後來發現那理想剩下很少很少，而那一點又那麼渺茫，可是因為當中吃過苦，所保留的一點反而比從前好了，像遠處飄來的音樂，原來很單純的調子，混入了大地與季節的鼻息。

然而這神情到底是暫時的。在另一張肖像裏，她頭髮看上去彷彿截短了，像個男孩子，臉面也使人想起一個飽經風霜的孩子，有一種老得太早了的感覺。下巴向前伸，那尖尖的半側面像個銹黑的小洋刀，才切過蘋果，上面膩著酸汁。她還是微笑著，眼睛裏有慘淡的勇敢——應當是悲壯的，但是悲壯是英雄的事，她只做得到慘淡。

再看另一張，那更不愉快了。畫家的夫人坐在他的畫室裏，頭上斜吊著鮮艷的花布簾幕，牆上有日影，可是這裏的光亮不是她的，她只是廚房裏的婦人。她穿著油膩的暗色衣裳，手裏捏著的也許是手帕，但從她捏著它的姿勢上看來，那應當是一塊抹布。她大約正在操作，他叫她來做模特兒，她就像敷衍小孩子似的，來坐一會兒。這些年來她一直微笑著，現在這畫家也得承認了——是這樣的疲乏，粗蠢，散漫的微笑。那吃苦耐勞的臉上已經很少女性的成分了，一隻眉毛高些，好像是失望的諷刺，實在還是極度熟悉之後的溫情。要細看才看得出。

賽尚夫人最後的一張肖像是熱鬧鮮明的。她坐在陽光照射下的花園裏，花花草草與白色的路上騰起春夏的烟塵。她穿著禮拜天最考究的衣裙，鯨魚骨束腰帶緊匝著她，她恢復了少婦的體格，兩隻手伸出來也有著結實可愛的手腕。然而背後的春天與她無關。畫家的環境漸漸好了，苦日子已經成了過去，可是苦日子裏熬鍊出來的她反覺過不慣。她臉上的愉快是沒有內容的愉快。去掉那鮮麗的背景，人臉上的愉快就變得出奇地空洞，簡直近於癡騃。

看過賽尚夫人那樣的賢妻，再看到一個自私的女人，反倒有一種鬆快的感覺。〈戴著包頭與皮圍巾的女人〉，蒼白的長臉長鼻子，大眼睛裏有陰冷的魅惑，還帶著城裏人下鄉的那種不屑的神氣。也許是個貴婦，也許是個具有貴婦風度的女騙子。

叫做〈塑像〉的一張畫，不多的幾筆就達出那堅緻酸硬的，石頭的特殊的感覺。圖畫不能比這更為接近塑像了。原意是否諷刺，不得而知，據我看來卻有點諷刺的感覺——那典型的小孩塑像，用肥胖的突出的腮，突出的肚子與筋絡來表示神一般的健康與活力，結果卻表示了貪嗔，驕縱，過度的酒色財氣，和神差得很遠，和孩子差得更遠了。

此外有許多以集團出浴為題材的，都是在水邊林下，有時候是清一色的男子，但以女子居多，似乎注重在難畫的姿勢與人體的圖案美的佈置，尤其是最後的一張〈水浴的女人們〉，人體的表現逐漸抽象化了，開了後世立體派的風氣。

〈謝肉祭〉的素描有兩張，畫的大約是狂歡節男女間公開的追逐。空氣混亂，所以筆法也亂得很，只看得出一點：一切女人的肚子都比男人大。

〈謝肉祭最後之日〉卻是一張傑作。兩個浪子，打扮做小丑模樣，大玩了一通回來了，一個挾著手杖；一個立腳不穩，彎腰撐著膝蓋，身段還是很俏皮，但他們走的是下山路。所有的線條都是傾斜的，空氣是滿足了慾望之後的鬆弛。〈謝肉祭〉是古典的風俗，久已失傳了，可是這裏兩個人的面部表情卻非常之普遍，佻㒓，簡單的自信，小聰明，無情也無味。

〈頭蓋骨與青年〉畫著一個正在長大的學生坐在一張小桌子旁邊，膝蓋緊抵桌腿，彷彿擠不下，處處扞格不入。學生的臉的確是個學生，頑皮，好問，有許多空想，不大看得起人。廉價的荷葉邊桌子，可以想像那水浪形的邊緣嵌在肉上的感覺。桌上放著書，尺，骷髏頭壓著紙。醫學上所用的骷髏是極親切的東西，很家常，尤其是學生時代的家常，像出了汗的腳悶在籃球鞋裏的氣味。

描寫老年有〈戴著荷葉邊帽子的婦人〉，她垂著頭坐在那裏數她的念珠，帽子底下露出狸樣的臉，人性已經死去了大部份，剩下的只有貪婪，又沒氣力去偷，搶，囤，因此心裏時刻不安；她唸經不像是為了求安靜，也不像是為了天國的理想，僅僅是數點手裏咭唎谷碌的小硬核，數著眼面前的東西，她和它們在一起的日子也不久長了，她也不能拿它們怎樣，只能東舐舐，西舐舐，使得什麼上頭都沾上一層腥液。

賽尚本人的老年就不像這樣。他的末一張自畫像，戴著花花公子式歪在一邊的「打鳥帽」，養著白鬍鬚，高挑的細眉毛，臉上也有一種世事洞明的奸滑，但是那眼睛裏的微笑非常可愛，彷彿說：看開了，這世界沒有我也會有春天來到。——老年不可愛，但是老年人有許多可愛的。

風景畫裏我最喜歡那張〈破屋〉，是中午的太陽下的一座白房子，有一隻獨眼樣的黑洞洞的窗；從屋頂上往下裂開一條大縫，房子像在那裏笑，一震一震，笑得要倒了。通到屋子的小路，已經看不大見了，四下裏生著高高下下的草，在日光中極淡極淡，一片模糊。那哽噎的日色，使人想起「長安古道音塵絕，音塵絕——西風殘照，漢家陵闕」。可是這裏並沒有巍峨的過去，有的只是中產階級的荒涼，更空虛的空虛。

・初載於一九四四年十二月上海五洲書報社總經售《流言》一書中。

不得不說的廢話

常常看到批評我的文章，有的誇獎，有的罵，雖然有時候把我刻劃得很不堪的，我看了倒也感到一種特殊的興趣。有一天忽然聽到汪宏聲先生（我中學時代的國文教師）也寫了一篇〈記張愛玲〉，我回憶到從前的學校生活的時候，就時常聯帶想到汪先生，所以不等《語林》出版就急急地趕到印刷所裏去看。別的都不必說了，只有一點使我心裏說不出地鬱塞，就是汪先生揣想那「一千元灰鈿」的糾紛和我從前一篇作文充兩篇大約是同樣的情形。小時候有過這樣憊懶的事，也難怪汪先生就這樣推斷。但是事實不是這樣的。也可見世上冤枉的事真多。汪先生是從小認識我的，尚且這樣想，何況是不大知道我的人？所以我收到下面的這一封讀者來函，也是意中事：

「……我從前也輕視過你，我想一個藝人是不應該那麼為金錢打算的；不過，現在我卻又想，你是對的，你為許多藝人對貪婪的出版家作了報復，我很高興……」

關於這件事，事過境遷，我早已不願去提它了，因為汪先生提起，所以我想想看還是不能不替我自己洗刷一番。

我替《萬象》寫《連環套》，當時言明每月預付稿費一千元。陸續寫了六個月，我覺得這樣一期一期地趕，太逼促了，就沒有寫下去。此後秋翁先生就在《海報》上發表了〈一千元的灰鈿〉那篇文章，說我多拿了一個月的稿費。柯靈先生的好意，他想著我不是賴這一千元的人，想必我是一時疏忽，所以寫了一篇文章在《海報》上為我洗刷，想不到反而坐實了這件事。其實錯的地方是在《連環套》還未起頭刊載的時候——三十二年十一月底，秋翁先生當面交給我一張兩千元的支票，作為下年正月份二月份的稿費。我說：「講好了每月一千元，還是每月拿罷，不然寅年吃了卯年糧，使我很担心。」於是他收回那張支票，另開了一張一千元的給我。但是不知為什麼賬簿上記下的還是兩千元。

我曾經寫過一封否認的信給《海報》，秋翁先生也在《海報》上答辯，把詳細賬目公開了。後來我再寫第二封信給《海報》，大概因為秋翁的情面關係，他們未予發表。我覺得我在這件無謂的事上已經浪費了太多的時間，從此也就安於緘默了。

平常在報紙上發現與我有關的記載，沒有根據的，我從來不加以辯白，但是這件事我認為有辯白的必要，因為有關我的職業道德。我不願我與讀者之間有任何誤會，所以不得不把這不愉快的故事重述一遍。占去《語林》寶貴的篇幅，真是萬分抱歉。

・初載於一九四五年一月《語林》第一卷第二期。

「卷首玉照」及其他

印書而在裏面放一張照片，我未嘗不知道是不大上品，除非作者是托爾斯泰那樣的留著大白鬍鬚。但是我的小說集裏有照片，散文集裏也還是要有照片，理由是可想而知的。紙面上和我很熟悉的一些讀者大約願意看看我是什麼樣子，即使單行本裏的文章都在雜誌裏讀到了，也許還是要買一本回去，那麼我的書可以多銷兩本。我賺一點錢，可以徹底地休息幾個月，寫少一點，好一點；這樣當心我自己，我想是對的。

但是我發現印照片並不那麼簡單。第一次打了樣子給我看，我很不容易措辭，想了好一會，才說：「朱先生，普通印照片，只有比本來的糊塗，不會比本來的清楚，是不是？如果比本來的清楚，那一定是描過了。我關照過的，不要描，為什麼要描呢？要描我為什麼不要照相館裏描，卻等工人來描？」朱先生說：「幾時描過的？」我把照片和樣張仔細比給他看，於是他說：「描總是要描一點的——向來這樣，不然簡直一塌糊塗。」我說：「與其這樣，我情願它糊塗的。」他說：「那是他們誤會了你的意思了，總以為你是要它清楚的。你喜歡糊塗，那容易！」

「還有，朱先生，」我陪笑，裝出說笑話的口吻，「這臉上光塌塌地像櫥窗裏的木頭人，影子我想總要一點的。臉要黑一點，眉毛眼睛要淡許多，你看我的眉毛很淡很淡，哪裏有這樣黑白分明？」他說：「不是的——布紋的照片頂討厭，有種影子就印不出來。」

第二次他送樣子來，獏黛恰巧也在，（她本姓莫，卻改了這個「獏」字，「獏」是日本傳說裏的一種獸，吃夢為生的。）看了很失望，說：「這樣像個假人似的，給人非常惡劣的印象，還是不要的好。」可是製版費是預先付的，我總想再試一次。我說：「比上趟好多了，一比就知道。好多了——不過就是兩邊臉深淡不均，還有，朱先生，這邊的下嘴唇不知為什麼缺掉一塊？」朱先生細看清樣，用食指摩了一摩，道：「不是的——這裏濺了點迹子，他們拿白粉一擦，擦得沒有了。」「那麼，眉毛眼睛上也叫他們擦點白粉罷，可以模糊一點，因為——還是太濃呀！」他笑了起來：「不行的，白粉是一吹就吹掉了的。」我說：「那麼，就再印一次罷。朱先生真對不起，大約你從來沒遇見過像我這樣疙瘩的主顧。上回有一次我的照片也印得很壞，這次本來想絕對不要了，因為聽說你們比別人特別地好呀——不然我也不印了！」朱先生攢眉道：「本來我們是極頂真的；現在沒法子，各色材料都缺貨，光靠人工是不行的。」我說：「我知道，我知道，可是我相信你們決不會印不好的，只要朱先生多同他們嘀咕兩句。」朱先生躊躇道：「要是從前，多做兩個木板是沒有什麼關係的，一兩塊錢的事，現在的損失就大了，不過——我們總要想法子使你滿意。」我說：「真對不起，只好拉個下趟的交情罷，將來我也許還要印書呢。」——可是無論如何不印照片了。

朱先生走了之後我忽然覺得有訴苦的需要，就想著要寫這麼一篇，可是今天我到印刷所去，看見散亂的藍色照片一張張晾在木架上，雖然又有新的不對的地方，到底好些了，多了點人氣；再看一架架的機器上捲著的大幅的紙，印著我的文章，成塊，不由得覺得溫暖親熱，彷彿這裏可以住家似的，想起在香港之戰裏，沒有被褥，晚上蓋著報紙，墊著大本的畫報的情形；但是美國的《生活》雜誌，摸上去又冷又滑，總像是人家的書。

今天在印刷所那灰色的大房間裏，立在凸凹不平搭著小木橋的水泥地上，聽見印刷工人說：「哪！都在印著你的書，替你趕著呢。」我笑起來了，說：「是的嗎？真開心！」突然覺得他們都是自家人，我憑空給他們添出許多麻煩來，也是該當的事。電沒有了，要用腳踏，一個職員說：「印這樣一張圖你知道要踏多少踏？」我說：「多少？」他說：「十二次。」其實就是幾百次我也不以為奇，但還是說：「真的？」嘆咤了一番。

《流言》裏那張大一點的照片，是今年夏天拍的。獏黛在旁邊導演，說：「現在要一張有維多利亞時代的空氣的，頭髮當中挑，蓬蓬地披下來，露出肩膀，但還是很守舊的，不要笑，要笑笑在眼睛裏。」她又同攝影師商酌：「太多的骨頭？」我說：「不要緊，至少是我的。」拍出來，與她所計畫的很不同，因為不會做媚眼，眼睛裏倒有點自負，負氣的樣子。獏黛在極熱的一個下午騎腳踏車到很遠的照相館裏拿了放大的照片送到我家來，說：「吻我，快！還不謝謝我！——哪，現在你可以整天整夜吻著你自己了。——沒看見過愛玲這樣自私的人！」

那天晚上防空，我站在洋台上，聽見嗆嗆嗆打鑼，遠遠的一路敲過來，又敲到遠處去了。屋頂的露台上，防空人員向七層樓下街上的同事大聲叫喊，底下也往下傳話，我認得那是附近一家小型百貨公司的學徒的喉嚨，都是半大的孩子，碰到這種時候總是非常高興，有機會發號施令，公事公辦，臉上有一種慘淡動人的懇摯，很像官——現代的官。防空在這一點上無論如何是可愛的，給了學徒他們名正言順的課外活動。我想到中古時代的歐洲人，常常一窩蜂捕捉女巫，把形跡可疑的老婦人抓到了，在她騎掃帚上天之前把她架起火來燒死。後來不大相信這些事了，也還喜歡捉，因為這是民間唯一的冬季運動，一村莊的人舉著火把，雪地裏，鬧鬧嚷嚷，非常快活。——樓頂上年青的防空員長呼傳話之後，又聽見他們吐痰說笑。登高乘涼，漸漸沒有聲音，想必是走了。四下裏低低的大城市黑沉沉地像古戰場的埋伏。我立在洋台上，在藍藍的月光裏看那張照片，照片裏的笑，似乎有藐視的意味——因為太感到興趣的緣故，彷彿只有興趣沒有感情了，然而那注視裏還是有對這世界的難言的戀慕。

有個攝影家給我拍了好幾張照，內中有一張他最滿意，因為光線柔和，朦朧的面目，沉重的絲絨衣裙，有古典畫像的感覺。我自己倒是更為喜歡其餘的幾張。獏黛也說這一張像個修道院的女孩子，馴良可是沒腦子，而且才十二歲，放大了更加覺得，那謙虛是空虛，看久了使人吃力。獏黛說：「讓我在上面塗點顏色罷，雖然那攝影家知道了要生氣，也顧不得這些了。」她用大筆濃濃蘸了正黃色畫背景，因為照片不吸墨，結果像一重重的金沙披下來。頭髮與衣服都用暗青來塗沒了，單剩下一張臉，還是照片的本質，斜裏望過去，臉是發光的，浮在紙面上。十九世紀有一種Pre-Raphaelites畫派，追溯到拉斐爾之前的宗教畫，作風寫實，可是畫中人儘管長裙貼地，總有一種奇異的往上浮的感覺。這錯覺是怎樣造成的，是他們獨得之秘。這一流的畫雖然評價不高，還是有它狹窄的趣味的。獏黛把那張照片嵌在牆上凹進去的一個壁龕裏，下角兜了一幅黃綢子，黃裏泛竹青。兩邊兩盞壁燈，因為防空的緣故，花蕊形的玻璃罩上抹了密密的黑墨條子；一開燈，就像辦喪事，當中是遺像，使我立刻想爬下磕頭。獏黛也認為不行，撤去黃綢子，另外找出我那把一搧就掉毛的象牙骨摺扇，湖色的羽毛上現出兩小枝粉紅的花，不多的幾片綠葉。古代的早晨我覺得就是這樣的，紅杏枝頭籠曉月，湖綠的天，淡白的大半個月亮，桃紅的花，小圓瓣個個分明。把扇子倒掛在照片上端，溫柔的湖色翅膀，古東方的早晨的蔭瑟。現在是很安好了。

我在一個賣糖果髮夾的小攤子買了兩串亮藍珠子，不過是極脆極薄的玻璃，粗得很，兩頭有大洞，兩串絞在一起，葡萄似的，放在一張垂著眼睛思想著的照片的前面，反映到玻璃框子裏，一球藍珠子在頭髮裏隱隱放光。有這樣美麗的思想就好了。常常腦子裏空無所有，就這樣祈禱著。

・初載於一九四五年二月上海《天地》第十七期。

雙聲

獏夢（註一）與張愛玲一同去買鞋。兩人在一起，不論出發去做什麼事，結局總是吃。

「吃什麼呢？」獏夢照例要問。

張愛玲每次都要想一想，想到後來還是和上次相同的回答：「軟的，容易消化的，奶油的。」

在咖啡館裏，每人一塊奶油蛋糕，另外要一份奶油；一杯熱巧克力加奶油，另外要一份奶油。雖然是各自出錢，仍舊非常熱心地互相勸誘：「不要再添點什麼嗎？真的一點都吃不下了嗎？」主人讓客人的口吻。

張愛玲說：「剛吃好，出去一吹風要受涼的，多坐一會好麼？」坐定了，長篇大論說起話來；話題逐漸嚴肅起來的時候，她又說：「你知道，我們這個很像一個座談會了。」

起初獏夢說到聖誕節的一個跳舞會：「他們玩一種遊戲，叫做：『向最智慧的鞠躬，向最美麗的下跪，向你最愛的接吻。』」

「哦。許多人向你下跪嗎？」

獏夢在微明的紅燈裏笑了，解釋似的說：「那天我穿了黑的衣裳，把中國小孩舊式的囡嘴子改了個領圈——你看見過的那囡嘴子，金線托出了一連串的粉紅蟠桃。那天我實在是很好看。」

「唔。也有人說你是他最愛的嗎？」

「有的。大家亂吻一陣，也不知是誰吻誰，真是傻。我很討厭這遊戲，但是如果你一個人不加入，更顯得傻。我這人頂隨和，我一個朋友不是這樣說的嗎：『現在你反對共產主義，將來萬一共產了，你會變成最活動的黨員，就因為你絕對不能做個局外人。』——看你背後有什麼。」

「噢，棕櫚樹，」張愛玲回頭一看，盆栽的小棕樹手爪樣的葉子正罩在她頭上，她不感興趣地撥了撥它，「我一點也不覺得我是坐在樹底下。」咖啡館的空氣很菲薄，蘋果綠的牆，粉荷色的小燈，冷清清沒有幾個人。「他們都是吻在嘴上的麼，還是臉上？」

「當然在嘴上。他們只有吻在嘴上才叫吻。」

「光是嘴唇碰著的，銀幕上的吻麼？」

「不是的。」

「哦。」

「真討厭，我只有一種獸類的不潔的感覺。」獏夢不愉快的時候，即刻換了一種薄薄的，單寒的喉嚨，與她腴麗的人完全不相稱。「可是我裝得很好，大家還以為我玩得非常高興呢，誰也看不出我的嫌惡。」

「上海那些雜七骨董的外國人，美國氣很重，這樣的『頸會』（註：英文用『頸』字作為動詞，專指當眾的擁抱接吻，和中國的『交頸』意思又兩樣）在他們是很普通的罷？」

「也許我是太老式，我非常的不贊成。不但是當眾，就是沒人在——如果一個男人是認真喜歡你的，他還當你也一樣地喜歡他，這對於他是不公平的，給他錯誤的印象。至於有時候，根本對方不把你看得太嚴重，再給他種種自由，自己更顯得下賤。」

「的確是不好。桃樂賽狄斯說的——引經據典引到狄斯女士信箱，好像太淺薄可笑，可是狄斯女士有些話實在是很對……她說美國的年青人把『頸』看得太隨便，弄慣了，什麼都稀鬆平常，等到後來真的遇見了所愛的人，應當在身體的接觸上得到大的快樂，可是感情已經鈍化了，所以也是為他們自己的愉快打算……」

獏：也許他們等不及呢——情願零零碎碎先得到一點愉快。我覺得是這樣：如果他們喜歡的話，那就沒有什麼不對；如果一個女孩子本身並沒有需要，只是為了一時風氣所趨，怕人笑她落後或是缺乏性感，也不得不從眾，那我想是不對。

張：可是，如果她感到需要的話，這樣挑撥挑撥也是很危險的，進一步引到別的上頭，會有比較嚴重的結果。你想不是麼？接吻是沒什麼關係的——

獏：噯，對了。

張：如果她不感到需要，當然逼迫自己也是很危險的——印象太壞了，會影響到以後的性心理。

獏：只有俄國女人是例外。俄國女孩子如果放浪一點，也是情有可原，她們老得特別的快，結婚沒有多時就胖得像牛。以後無論她們需要不需要，反正沒有多少羅曼史了。……真的，俄國女人年紀大一點就簡直看不得。古話說：「沒結婚，先看看你的丈母娘。」（因為丈母娘就是妻子老來的影子）如果男人真照這樣做，所有的俄國女人全沒有結婚的機會了！……那天的宴會裏有幾個俄國青年編了一齣極短的戲，很有趣，叫「永遠的三角」。非常簡單：一個男人一個女人迎面走來，抱住了，同聲說：「我的愛！」窗外有個人影子一閃，女人急了，說：「我的丈夫！」男人匆匆地要溜，說：「我的帽子！」完了。

張：真好！——不知為什麼，白俄年青的時候有許多聰明的，到後來也不聽見他們怎樣，從來沒有什麼成就。雜種人也是這樣，又有天才，又精明，會算計——（突然地，她為獏夢恐懼起來。）

獏：是的，大概是因為缺少鼓勵。社會上對他們總有點歧視。

張：不，我想上海在這一點上倒是很寬容的，什麼都是自由競爭。我想，還是因為他們沒有背景，不屬於哪裏，沾不著地氣。

獏：也許。哎，我還沒說完呢，關於他們的戲。還有「永遠的三角在英國」：妻子和情人擁抱著，丈夫回來撞見了，丈夫非常地窘，喃喃地造了點藉口，拿了他的雨傘，重新出去了。「永遠的三角在俄國」：妻子和情人擁抱，丈夫回來看見了，大怒，從身邊拔出三把手槍來，給他們每人一把，他自己也拿一把，各自對準了太陽穴，轟然一聲，同時自殺了。

張：真可笑！真像！

獏：妒忌這樣東西真是——拿它無法可想。譬如說，我同你是好朋友。假使我有丈夫，在他面前提起你的時候，我總是只說你的好處，那麼他當然，只知道你的好處，所以非常喜歡你。那我又不情願了。——如果是你呢？

張：我也要妒忌的。

獏：又不便說明，悶在心頭，對朋友，只有在別的上頭刻毒些——可以很刻毒。多年的感情漸漸的被破壞，真是悲慘的事。其實也沒有什麼不可以說明的。你答應我，如果有這樣的一天，你就對我說：「獏夢，我妒忌了。你留神一點，少來來！」

張：（笑）好的，一定。

獏：我不大能夠想像，如果有一天我發現我的丈夫在吻你，我怎麼辦——口吐白沫大鬧一場呢，還是像那英國人似的非常窘，悄悄躲出去。——還有一點奇怪的，如果我發現我丈夫在吻你，我妒忌的是你不是他——

張：（笑起來）自然應當是這樣，這有什麼奇怪呢？你有時候頭腦非常混亂。

獏：（繼續想她的）我想我還是會大鬧的。大鬧過後，隔了許多天，又懊惱起來，也許打個電話給你，說：「張愛（註二），幾時來看看我罷。」

張：我是不會當場發脾氣的，大約是裝做沒看見，等客人走了，背地裏再問他到底是怎麼一回事。其實問也是多餘的，我總覺得一個男人有充分的理由要吻你。不過原諒歸原諒，這到底是不行的。

獏：當然！堂堂正正走進來說：「喂，這是不行的！」

張：在我們之間可以這樣，換了一個別的女人就行不通。發作一場，又做朋友了，人家要說是神經病。而且麻煩的是，可妒忌的不單是自己的朋友。隨便什麼女人，男人稍微提到，說聲好，聽著總有點難過，不能每一趟都發脾氣。而且發慣了脾氣，他什麼都不對你說了，就說不相干的，也存著戒心，弄得沒有可談的了。我想還是忍著的好。脾氣是越縱容越脾氣大。忍忍就好了。

獏：不過這多討厭呢，常常要疑心——當然你想著誰都是喜歡他的，因為他是最最好的——不然也不會嫁給他了。生命真是要命的事！

張：關於多妻主義——

獏：理論上我是贊成的，可是不能夠實行。

張：我也是。

獏：幸而現在還輪不到我們。歐洲就快要行多妻主義了，男人死得太多——看他們可有什麼好一點的辦法想出來。

張：（猝然，担憂地）獏夢，將來你老了的時候預備穿什麼樣的衣服呢？

獏：印度裝的披紗——我想那是最慈悲的。不管我將來嫁給印度人或是中國人，我要穿印度的披紗——石像的莊嚴，胖一點瘦一點都沒有關係。或者，也許，中國舊式的襖袴……

張：（高興起來）噯，對了，我也可以穿長大的襖袴，什麼都蓋住了，可是仍舊很有樣子；青的，黑的，赭黃的，也有許多陳年的好顏色。

獏：哪，現在你放心了！對於老年沒有恐懼了，是不是？從來沒看見張愛這樣的人！連將來她老了的時候該穿什麼衣服都要我預先決定！是不是我應當在遺囑上寫明白了：幾年以後張愛可以穿什麼什麼……

張：（笑）不是的——你知道我最恨現在這班老太太，怎麼黯淡怎麼穿，瑟瑟縮縮的，如果有一點個性，就是教會氣。外國老太太們倒是開通，紅的花的都能穿，大塊的背脊上，密密的小白花，使人頭昏，藍底子印花綢，紅底子印花布，包著不成人形的肉，真難看！

獏：噢，你記得上回我跟一個朋友討論東西洋的文化，我忽然想起來有一點我要告訴他：西方的時裝也是一代否定一代的，所以花樣翻新，主意非常多；而印度的披紗是永久的，慢慢地加一點進去，加一點進去，終於成了定型，有普遍的包涵的美，改動一點小節都不可能。還有，關於日本文化——我對於日本文化的迷戀，已經過去了。

張：啊，我也是！三年前，初次看見他們的木版畫，他們的衣料、瓷器，那些天真的、紅臉的小兵，還有我們回上海來的船上，那年老的日本水手拿出他三個女兒的照片給我們看；路過台灣，台灣的秀麗的山，浮在海上，像中國的青綠山水畫裏的，那樣的山，想不到，真的有！日本的風景聽說也是這樣。船艙的窗戶洞裏望出去，圓窗戶洞，夜裏，海灣是藍灰色的，靜靜的一隻小漁船，點一盞紅燈籠——那時候真是如癡如醉地喜歡著呀！

獏：是的，他們有一種稚氣的風韻，非常可愛的。

張：對於我，倒不是完全因為他們的稚氣；因為我是中國人，喜歡那種古中國的厚道含蓄。他們有一種含蓄的空氣。

獏：噯，好的就是那種空氣。譬如說山上有一層銀白的霧，霧是美的，然而霧的後面還是有個山在那裏。山是真實。他們的霧，後面沒有山。

張：是的，他們有許多感情都是浮面的。對於他們不熟悉的東西，他們沒有感情；對於熟悉的東西，每一樣他們都有一個規定的感情——「應當怎樣想」。

獏：你想我們批評得太苛刻麼？我們總是貪多貪多，總是不滿足。

張：我想並不太苛刻，可是，同西洋同中國現代的文明比起來，我還是情願日本的文明的。

獏：我也是。

張：現在的中國和印度實在是不太好。至於外國，像我們都是在英美的思想空氣裏面長大的，有很多的機會看出他們的破綻。就連我所喜歡的赫克斯萊，現在也漸漸的不喜歡了。

獏：是的，他並沒有我們所想的偉大。

張：初看是那麼的深而狹，其實還是比較頭腦簡單的。

獏：就連埃及的藝術，那樣天高地厚的沉默，我都有點疑心，本來沒有什麼意思，意思都是我們自己給加進去的。

張：啊，不過，一切的藝術不都是這樣的麼？這有點不公平了。

獏：（笑）我自己也害怕，這樣地沒常性，喜歡了又丟掉，一來就粉碎了幻象。

張：我想是應當這樣的，才有個比較同進步。有些人甚至就停留在王爾德上——真是！

獏：王爾德那樣的美真是初步的。——所以我害怕呀，現在我同你說話，至少我知道你是懂得的；同別人說這些，人家儘管點頭，我怎麼知道他真的懂得了沒有？家裏人都會當我發瘋！所以，你還是不要走開罷！

張：好，不走。我大約總在上海的。

獏：日本人的個性裏有一種完全——簡直使人灰心的一種完全。嫁給外國人的日本女人，過了大半輩子的西洋生活，看上去是絕對地被同化了，然而丈夫一死，她帶了孩子，還是要回日本，馬上又變成最徹底的日本人，鞠躬，微笑，成串地說客氣話，愛國愛得很熱心，同時又有那種深深淺淺的淒清——

張：噯，不知為什麼，日本人同家鄉真的隔絕了的話，就簡直不行。像美國的日僑，生長在美國的，那是非常輕快漂亮，脫盡了日本氣的了；他們之中就很少好的，我不喜歡他們。不像中國人，可以有歐化的中國人，到底也還是中國人，也有好有壞。日本人是不能有一半一半的。

獏：你記得你告訴過我，一個人種學家研究出來，白種人的思想是一條直線，中國人的思想是曲折的小直線；白種人是嚴格地合邏輯的，而中國人的邏輯常常轉彎，比較活動；日本人的思想方式卻是更奇怪的，是兩條平行的虛線，左邊一小劃，右邊一小劃，然後再是左邊一小劃，右邊一小劃，這樣推衍下去。——這不是就像一個人的足印？足印與足印之間本來是有空隙的，即使高一腳，低一腳，踏空了一步，也沒有大礙；不像一條直線，一下子中斷了，反而不容易連下去。

張：呀，真好，兩條平行的虛線比作足跡。單是想到一個人的足跡，這裏面就有一種完整性。

從咖啡店裏走出來，已經是黑夜，天上有冬天的小小的蛾眉月和許多星，地上，身上，是沒有穿衣服似的，潑了水似的，透明透亮的寒冷。她們的家一個在東，一個在西，同樣的遠近，可是獏夢堅持著要人送，張愛玲雖然抱怨著，還是陪她向那邊走去。

張：（顫抖著）真冷，不行，我一定要傷風了！

獏：不會的。多麼可愛的，使人神旺的天氣！

張：你當然不會傷風，再冷些你也可以不穿襪子，吃冰淇淋，出汗。我是要回去了！越走，回去的路越遠。不行，我真的要生病了！

獏：呵，不要回去，送我就送到底罷，也不要生病！

張：你不能想像生病的苦處。現在你看我有說有笑，多少也有點思想，等我回去發燒嘔吐了，卻只有我一個人。我姑姑常常說我自私：「只有獏夢，比你還自私！」

獏：呵，難道你也真的這樣想麼？喂，我有很好的一句話批評阿部教授的短篇小說〈星期五之花〉。那一篇我看到實在很失望。

張：我也是。彷彿是要它微妙的，可是只做到輕淡。

獏：是的，不過是一點小意思，禁不起這樣大寫的。整個地拉得太長，擬得太薄了。可是我說得它很美麗，我說它是一張鉛筆畫，上面卻加上了兩筆墨水的勾勒，落了痕跡了。我就這樣寫在作文裏交了進去，你想他會生氣麼？

張：不會的罷？可是不行，我真的要回去了，太冷了！

獏：呵，這樣走著說著話不是很好麼？

張：是的，可是，回去的路上只有我一個人，你知道有時候我耐不住一刻的寂寞。電車上倒是有許多人，熱熱鬧鬧的，可是擠不上。不然就坐三輪車回去，把時間縮短一點也好，我又不願意花那個錢，太冤枉了！為什麼我要把你送到家然後自己叫三輪車回去？又不是你的男朋友！——除非你替我出一半錢。

獏：好了好了，不要嘰咕了，你叫三輪車回去，我出一半。

張：好的，那麼。

張愛玲沒有一百元的票子，問獏夢借了兩百塊，坐車用了一百七十，在車上一路算著獏夢應當出八十五，下次要記著還她一百十五元。她們的錢向來是還來還去，很少清賬的時候。

註一：我替她取名「炎櫻」，她不甚喜歡，恢復了原來的名姓「莫黛」——「莫」是姓的譯音，「黛」是因為皮膚黑——然後她自己從阿部教授那裏，發現日本古傳說裏有一種吃夢的獸叫做「獏」，就改「莫」為「獏」，「獏」可以代表她的為人，而且雲鬢高聳，本來也像個有角的小獸。「獏黛」讀起來不大好聽，有點像「麻袋」，有一次在電話上又被人聽錯了當作「毛頭」，所以又改為「獏夢」。這一次又有點像「獏母」。可是我不預備告訴她了。

註二：因為「愛玲」這名字太難聽，所以有時候稱「張愛」。

•初載於一九四五年三月上海《天地》第十八期。

氣短情長及其他

一、氣短情長

朋友的母親閒下來的時候常常戴上了眼鏡，立在窗前看街。英文大美晚報從前有一欄叫做「生命的櫥窗」，零零碎碎的見聞，很有趣，很能代表都市的空氣的，像這位太太就可以每天寫上一段。有一天她看見一個男人，也還穿得相當整齊，無論如何是長衫階級，在那兒打一個女人，一路扭打著過來。許多旁觀者看得不平起來，向那女人叫道：「送他到巡捕房裏去！」女人哭道：「我不要他到巡捕房去，我要他回家去呀！」又向男人哀求道：「回去罷——回去打我罷！」

這樣的事，聽了真叫人生氣，又拿它沒奈何。

二、小女人

我們門口，路中心有一塊高出來的「島嶼」，水門汀上鋪了泥，種了兩排長青樹。時常有些野孩子在那兒玩，在小棵的綠樹底下拉了屎。有一個八九歲的女孩，微黃的，長長的臉，淡眉毛，窄瘦的紫襖藍袴，低著頭坐在階沿，油垢的頭髮一綹綹披到臉上來，和一個朋友研究織絨線的道理。我覺得她有些地方很像我，走過的時候不由得多看了兩眼。她非常高興的樣子，抽掉了兩根針，把她織好的一截粉藍絨線的小袖口套在她朋友腕上試樣子。她朋友伸出一隻手，左右端相，也是喜孜孜的。

她的絨線一定只夠做這麼一截子小袖口，我知道。因為她很像我的緣故，我雖然一路走過去，頭也沒回，心裏卻稍稍有點悲哀。

三、家主

有一次我把一隻鞋盒子拖出來，丟在房間的中央，久久沒有去收它。阿媽和她的乾妹妹，來幫忙的，兩人捧了濕衣服到洋台上去晒，穿梭來往，走過那鞋盒，總是很當心地從旁邊繞過，從來沒踢到它，也沒把它拿走，彷彿它天生應當在那裏的，我坐在書桌前面，回過頭來看到這情形，就想著：這大約就是身為一家之主的感覺罷？可是我在家裏向來是服低做小慣了的，那樣的權威倒也不羨慕。傭人、手藝人，他們所做的事我不在行的，所以我在他們之前特別地聽話。常常阿媽臨走的時候關照我：「愛玲小姐，電爐上還有一壺水，開了要灌到熱水瓶裏，冰箱上的撲落你把它插上。」我的一聲「噢！」答應得非常響亮。對裁縫也是這樣，只要他扁著嘴酸酸洞明，我馬上覺得我的衣料少買了一尺。有些太太們，雖然也嗇刻，逢到給小賬的時候卻是很高興的，這使她們覺得她們到處是主人。我在必須給的場合自然也給，而且一點也不敢少，可是心裏總是不大情願，沒有絲毫快感。上次為了印書，叫了部卡車把紙運了來。姑姑問我：「錢預備好了沒有？」

我把一疊鈔票向她手裏一塞，說：「姑姑給他們，好麼？」
「為什麼？」
「我害怕。」
她瞠目望著我，說：「你這個人！」然而我已經一溜烟躲開了。
後來她告訴我：「你損失很大呢，沒看見剛才那一幕。那些人眉花眼笑謝了又謝。」但我也不懊悔。

四、狗

今年冬天我是第一次穿皮襖。晚上坐在火盆邊，那火，也只是灰掩著的一點紅，實在冷，冷得瘙瘙縮縮，萬念俱息。手插在大襟裏，摸著裏面柔滑的皮，自己覺得像隻狗。偶爾碰到鼻尖，也是冰涼涼的，像狗。

五、孔子

孔子誕辰那天，阿媽的兒子學校裏放一天假。阿媽在廚房裏彎著腰掃地，同我姑姑道：「總是說孔夫子，到底這孔夫子是個什麼人？」姑姑想了一想，答道：「孔夫子是個寫書的——」我在旁邊立刻聯想到蘇青與我之類的人，覺得很不妥當，姑姑又接下去說：「寫了《論語》、《孟子》，還有許許多多別的書。」

我們的飯桌正對著洋台，洋台上撐著個破竹簾子，早已破得不可收拾，夏天也擋不住西晒，冬天也不必拆除了，每天紅通通的太陽落山，或是下雨，高樓外的天色一片雪白，破竹子斜著飄著，很有蘆葦的感覺。有一向，蘆葦上拴了塊污舊的布條子，從玻璃窗裏望出去，正像一個小人的側影，寬袍大袖，冠帶齊整，是個儒者，尤其像孟子，我總覺得孟子是比較矮小的。一連下了兩三個禮拜的雨，那小人在風雨中連連作揖點頭，雖然是個書生，一樣也世事地一笑，人情練達，辯論的起點他非常地肯遷就，從霸道談到王道，從女人談到王道，左右逢源，娓娓動人，然而他的道理還是行不通……怎麼樣也行不通。看了他使我很難過。每天吃飯的時候面對著窗外，不由得要注意到他，面色灰敗，風塵僕僕的左一個揖右一個揖。我屢次說：「這布條子要把它解下來了，簡直像個巫魘！」然而吃了飯起身，馬上就忘了。還是後來天晴了，阿媽晾衣裳，才拿了下來，從此沒看見了。

六、不肖

獏夢有個同學姓趙。她問我：「趙……怎麼寫的？」

我說：「一個『走』字，你知道的；那邊一個『肖』字。」

「哪個『肖』字？」

「『肖』是『相像』的意思。是文言，你不懂的。」

「『相像』麼？怎麼用法呢？」

「譬如說一個兒子不好，就說他『不肖』——不像他父親。古時候人很專制，兒子不像父親，就武斷地說他不好，其實，真不見得，父親要是個壞人呢？」

「啊！你想可會，說道兒子不像父親，就等於罵他是私生子，暗示他不是他父親養的？」

「唉，你真是，中文還不會，已經要用中文來弄花巧了！如果是的，怎麼這些年來都沒有人想到這一層呢？」

然而她還是笑著，追問：「可是你想，原來的意思不是這樣的麼？古時候的人也一樣地壞呀！」

七、孤獨

有一位小姐說：「我是這樣的脾氣。我喜歡孤獨的。」

獏夢低聲加了一句：「孤獨地同一個男人在一起。」

我大聲笑了出來。幸而都在玩笑慣了的，她也笑了。

八、少說兩句罷

獏夢說：「許多女人用方格子絨毯改製大衣，毯子質地厚重，又做得寬大，方肩膀，直線條，整個地就像一張床——簡直是請人躺在上面！」

瑞典人喝酒的時候，有一句極普通的祝詞（toast），叫做——

"Min skal, din skal, alla vakra flickors skal." 譯成中文，就是：

「祝我自己健康，祝你健康，祝一切美麗的少女們健康！」

•初載於一九四五年四月上海《小天地》第四期。

秘密

最近聽到兩個故事，覺得很有意思，尤其是這個，以後人家問句太多的時候，我想我就告訴他這一隻笑話。

德國的佛德烈大帝，大約是在打仗吧，一個將軍來見他，問他用的是什麼策略。

皇帝道：「你能夠保守秘密麼？」

他指天誓曰：「我能夠，沉默得像墳墓，像魚，像深海底的魚。」

皇帝道：「我也能夠。」

・初載於一九四五年四月一日上海《小報》。

丈人的心

這是個法國故事，法國人的小說，即使是非常質樸，以鄉村為背景的，裏面也看得出他們一種玩世的聰明。這一篇小說講到阿爾卑斯山上的居民，常會遇到山崩，冰雹，迷路，埋在雪裏，種種危險。一老翁，有一個美麗的女兒，翁擇婿條件太苛刻，大家簡直拿他沒辦法，有一個青年，遇到機會，救了老翁的命。他想，好了，一定成功了。另一個比較狡猾的青年，卻定下計策，自己假裝陷入絕境，使老者救他一命，從此這老者看見他就一團高興，吻他，擁抱他，歡迎他，僅是他的存在就提醒大家，這老人是怎樣的一個英雄。

看看那一個有恩於自己的，卻像見了真主似的，很不愉快，於是把女兒配給那狡猾的青年，青年在結婚前，喝醉了酒，說出真心話，老人知道受騙，把女兒收回了——但這是太惡俗的尾巴。

・初載於一九四五年四月三日《小報》。

炎櫻衣譜

前言

我寫過〈炎櫻語錄〉，現在又來寫〈炎櫻衣譜〉，炎櫻是真的有這樣的一個人的。最近她和妹妹要開個時裝店，（其實也不是店——不過替人出主意，做大衣旗袍襖袴西式衣裙。）我也有股子在內。我一聽見她妹妹是同我們合作的，馬上就說：「你妹妹能做什麼呢？」炎櫻大笑了，告訴我：「我妹妹也是：一聽見說有你，就叫了起來：『愛玲能做什麼呢？』」

我只能想法子做廣告。下個月的《天地》要出個「衣食住」特輯，「衣」的部份蘇青叫我轉托炎櫻寫，因為她是專家。那篇文章她正在那兒寫著罷？想必有許多大道理。基本原則我留給她去說了，我這裏只預備把她過去設計過的衣服，也有她自己的，也有朋友的，流水賬式地記下去。每一節後面注明：「炎櫻時裝設計 電約時間 電話三八一三五 下午三時至八時」——這樣子好不好？

除了做廣告以外，如果還有別的意義，那不過是要使這世界美麗一點——使女人美麗一點，間接地也使男人的世界美麗一點。人微言輕，不過是小小的現地的調整。我不知道為什麼，對於現實表示不滿，普通都認為是革命的，好的態度；只有對於現在流行的衣服式樣表示不滿，卻要被斥為奇裝異服。

草裙舞背心

從前有一個時期，民國六七年罷，每一個女人都有一條闊大無比的絨線圍巾，深紅色的居多，下垂排穗。魯迅有一次對女學生演說，也提到過「諸君的紅色圍巾」。炎櫻把她母親的圍巾拿了來，中間抽掉一排絨線，兩邊縫起來，做成個背心，下擺拖著排須，行走的時候微微波動，很有草裙舞的感覺。背心裏面她常常穿著湖綠銀紋綢的襯衫，背心下面露出不多的一點鴉青小裙子，而那背心是懊儂的，膠漆似的醬紅，那色調，也是夏威夷的。

還有一副絨線手套，同樣顏色的。手套朝外的一邊，邊緣綴著深紅絨線的排穗。短短的，鬃毛似的，從小指的指尖到腕際。這裏的靈感，來自好萊塢的西部影片。美國西部的牛郎，他們的大腳，兩邊鑲著窄條的牛皮排須，一路到底，又花稍，又是大搖大擺的英雄氣概。我們這裏的小姐們，騎腳踏車的時候戴了這樣的手套，風中的排穗向後飄著，兩邊生了翅膀似的，也是潑刺可愛的。（炎櫻時裝設計 電約時間 電話三八一三五 下午三時至八時）

羅賓漢

苔綠雞皮大衣，長齊膝蓋，細腰窄袖，線條清簡。前面一排直腳鈕，是中國式的，不過加以放大，雞皮扭作核桃結，絨兜兜地非常可愛。苔綠絨線長統襪，織得稀稀地，綳在腿上，因為多漏洞的緣故，看上去有一層絲光。整個的剪影使人想到俠盜羅賓漢。羅賓漢出沒於古英國的「綠森林」裏，他和他的嘍囉都穿綠，因為是「保護色」。那時候的男子也穿長統襪，連著袴子，上罩短衣。這裏的是「改編」了，然而還是保持了那種童話氣息的自由俊俏。

綠袍紅鈕

墨綠旗袍，雙大襟，周身略無鑲滾。桃紅緞的直腳鈕，較普通的放大，長三寸左右，領口釘一隻，下面另加一隻作十字形。雙襟的兩端各釘一隻，向內斜，整個的四隻鈕扣虛虛組成三角形的圖案，使人的下頷顯得尖，因為「心臟形的小臉，」穆時英提倡的，還是一般人的理想。

本來的設計是，附帶地還有一種桃紅的Bolero。這種西班牙式的短外衣，現在已經過時了，可是這裏的一件，和從前的流行的有點兩樣，所以還值得一提。印度軟緞的桃紅外衣，胸前敞開，細長的袖管，袖口像花瓣的尖，深深的切到手背上，把一雙手也襯得像纖長敏感的。後身也剪出個尖子，為了要腰細。暗綠，桃紅，十七八世紀法國的華靡——人像一朵宮制的絹花了。（炎櫻時裝設計的電話是三八一三五 時間三時至八時。）

・初載於一九四五年四月六日、七日、八日、九日上海《力報》。

我看蘇青

蘇青與我，不是像一般人所想的那樣密切的朋友，我們其實很少見面。也不是像有些人可以想像到的，互相敵視著。同行相妒，似乎是不可避免的，何況都是女人——所有的女人都是同行。可是我想這裏有點特殊情形。即使從純粹自私的觀點看來，我也願意有蘇青這麼一個人存在，願意她多寫，願意有許多人知道她的好處，因為，低估了蘇青的文章的價值，就是低估了現地的文化水準。如果必須把女作者特別分作一欄來評論的話，那麼，把我同冰心白薇她們來比較，我實在不能引以為榮，只有和蘇青相提並論我是甘心情願的。

至於私交，如果說她同我不過是業務上的關係，她敷衍我，為了拉稿子，我敷衍她，為了要稿費，那也許是較近事實的，可是我總覺得，也不能說一點感情也沒有。我想我喜歡她過於她喜歡我，是因為我知道她比較深的緣故。那並不是因為她比較容易懂。普通認為她的個性是非常明朗的，她的話既多，又都是直說，可是她並不是一個清淺到一覽無餘的人。人可以不懂她好在哪裏而仍舊喜歡同她做朋友，正如她的書可以有許多不大懂它的好處的讀者。許多人，對於文藝本來不感到興趣的，也要買一本《結婚十年》，看看裏面可有大段的性生活描寫。我想他們多少有一點失望，但仍然也可以找到一些笑罵的資料。大眾用這樣的態度來接受《結婚十年》，其實也無損於《結婚十年》的價值。在過去，大眾接受了《紅樓夢》，又有幾個不是因為單戀著林妹妹或是寶哥哥，或是喜歡裏面的富貴排場？就連《紅樓夢》，大家也還恨不得把結局給修改一下，方才心滿意足。完全貼近大眾的心，甚至於就像從他們心裏生長出來的，同時又是高等的藝術，那樣的東西，不是沒有，例如有些老戲，有些民間故事，源久流長的；造形藝術一方面的例子尤其多。可是沒法子拿這個來做創作的標準。迎合大眾，或者可以左右他們一時的愛憎，然而不能持久。而且存心迎合，根本就寫不出蘇青那樣的真情實意的書。

而且無論怎麼說，蘇青的書能夠多銷，能夠賺錢，文人能夠救濟自己，免得等人來救濟，豈不是很好的事麼？

我認為《結婚十年》比《浣錦集》要差一點。蘇青最好的時候能夠做到一種「天涯若比鄰」的廣大親切，喚醒了往古來今無所不在的妻性母性的回憶，個個人都熟悉，而容易忽略的。實在是偉大的。她就是「女人」，「女人」就是她。（但是我忽然想到有一點：從前她進行離婚，初出來找事的時候，她的處境是最確切地代表了一般女人。而她現在的地位是很特別的，女作家的生活環境與普通的職業女性，女職員女教師，大不相同，蘇青四周的那些人也有一種特殊的習氣，不能代表一般男人。而蘇青的觀察態度向來是非常的主觀，直接，所以，雖然這是一切職業文人的危機，我格外的為蘇青慮到這一點。）也有兩篇她寫得太潦草，我讀了，彷彿是走進一個舊識的房間，還是那些擺設，可是主人不在家，心裏很惆悵。有人批評她的技巧不夠，其實她的技巧正在那不知不覺中，喜歡花稍的稚氣些的作者讀者是不能領略的。人家拿藝術的大帽子去壓她，她只有生氣，漸漸的也會心虛起來，因為她自己也不知其所以然。她是眼低手高的。可是這些以後再談罷，現在且說她的人。她這樣問過我：「怎麼你小說裏從來沒有一個人像我的？我一直留心著，總找不到。」

我平常看人，很容易把人家看扁了，扁的小紙人，放在書裏比較便利。「看扁了」，不一定是發現人家的短處，不過是將立體化為平面的意思，就像一枝花的黑影在粉牆上，已經畫好了在那裏，只等用墨筆勾一勾。因為是寫小說的人，我想這是我的本分，把人生的來龍去脈看得很清楚。如果原先有憎惡的心，看明白之後，也只有哀矜。眼中所見，有些天資很高的人，分明在哪裏走錯了一步，後來怎麼樣也不行了，因為整個的人生態度的關係，就壞也壞得鬼鬼祟祟。有的也不是壞，只是沒出息，不乾淨，不愉快。我書裏多的是這等人，因為他們最能夠代表現社會的空氣，同時也比較容易寫。從前人說「畫鬼怪易，畫人物難」，似乎倒是聖賢豪傑惡魔妖精之類的奇蹟比較普通人容易表現，但那是寫實功夫深淺的問題。寫實功夫進步到托爾斯泰那樣的程度，他的小說裏卻是一班小人物寫得最成功，偉大的中心人物總來得模糊，隱隱地有不足的感覺。次一等的作家更不必說了，總把他們的好人寫得最壞。所以我想，還是慢慢地一步一步來罷，等我多一點自信再嘗試。

我寫到的那些人，他們有什麼不好我都能夠原諒，有時候還有喜愛，就因為他們存在，他們是真的。可是在日常生活裏碰見他們，因為我的幼稚無能，我知道我同他們混在一起，得不到什麼好處的，如果必須有接觸，也是斤斤較量，沒有一點容讓，總要個恩怨分明。但是像蘇青，即使她有什麼地方得罪我，我也不會記恨的。——並不是因為她是個女人。她起初寫給我的索稿信，一來就說「叨在同性」，我看了總要笑。——也不是因為她豪爽大方，不像女人。第一，我不喜歡男性化的女人，而且根本，蘇青也不是男性化的女人。女人的弱點她都有，她很容易就哭了，多心了，也常常不講理。譬如說：前兩天的對談會裏，一開頭，她發表了一段意見關於婦女職業。《雜誌》方面的人提出了一個問題，說：「可是——」她凝思了一會，臉色慢慢地紅起來，忽然有一點生氣了，說：「我又不是同你對談——要你說我做什麼？」大家哄然笑了，她也笑。我覺得這是非常可愛的。

即使在她的寫作裏，她也沒有過人的理性。她的理性不過是常識——雖然常識也正是難得的東西。她與她丈夫之間，起初或者有負氣，到得離婚的一步，卻是心平氣和，把事情看得非常明白簡單。她丈夫並不壞，不過就是個少爺。如果能夠一輩子在家裏做少爺少奶奶，他們的關係是可以維持下去的。然而背後的社會制度的崩壞，暴露了他的不負責。他不能養家，他的自尊心又限制了她職業上的發展。而蘇青的脾氣又是這樣，即使委曲求全也弄不好的了。只有分開。這使我想起我自己，從父親家裏跑出來之前，我母親秘密傳話給我：「你仔細想一想。跟父親，自然是有錢的，跟了我，可是一個錢都沒有，你要吃得了這個苦，沒有反悔的。」當時雖然被禁錮著，渴想著自由，這樣的問題也還使我痛苦了許久。後來我想，在家裏，儘管滿眼看到的是銀錢進出，也不是我的，將來也不一定輪得到我，最吃重的最後幾年的求學的年齡反倒被耽擱了。這樣一想，立刻決定了。這樣的出走沒有一點慷慨激昂。我們這時代本來不是羅曼蒂克的。

生在現在，要繼續活下去而且活得稱心，真是難，就像「雙手擘開生死路」那樣的艱難鉅大的事，所以我們這一代的人對於物質生活，生命的本身，能夠多一點明瞭與愛悅，也是應當的。而對於我，蘇青就象徵了物質生活。

我將來想要一間中國風的房，雪白的粉牆，金漆桌椅，大紅椅墊，桌上放著豆綠糯米磁的茶碗，堆得高高的一盆糕糰，每一隻上面點著個胭脂點。中國的房屋有所謂「一明兩暗」，這當然是明間。這裏就有一點蘇青的空氣。

這篇文章本來是關於蘇青的，卻把我自己說上許多，實在對不起得很，但是有好些需要解釋的地方，我只能由我自己出發來解釋。說到物質，與奢侈享受似乎是不可分開的。可是我覺得，刺激性的享樂，如同浴缸裏淺淺地放了水，坐在裏面，熱氣上騰，也感到昏濛的愉快，然而終究淺，即使躺下去，也沒法子淹沒全身。思想複雜一點的人，再荒唐，也難求得整個的沉湎。也許我見識得不夠多，所以這樣想。

我對於聲色犬馬最初的一個印象，是小時候有一次，在姑姑家裏借宿，她晚上有宴會，出去了，剩我一個人在公寓裏，對門的逸園跑狗場，紅燈綠燈，數不盡的一點一點，黑夜裏，狗的吠聲似沸，聽得人心裏亂亂地。街上過去一輛汽車，雪亮的車燈照到樓窗裏來，黑房裏家具的影子滿房跳舞，直飛到房頂上。

久已忘記了這一節了。前些時有一次較緊張的空襲，我們經濟力量夠不上避難，（因為逃難不是一時的事，卻是要久久耽擱在無事可做的地方。）轟炸倒是聽天由命了，可是萬一長期地斷了水，也不能不設法離開這城市。我忽然記起了那紅綠燈的繁華，雲裏霧裏的狗的狂吠。我又是一個人坐在黑房裏，沒有電，磁缸裏點了一支白蠟燭，黃磁缸上凸出綠的小雲龍，靜靜含著圓光不吐。全上海死寂，只聽見房間裏一隻鐘滴答滴答走。蠟燭放在熱水汀上的一塊玻璃板上，隱約照見熱水汀管子的撲落，撲落上一個小箭頭指著「開」，另一個小箭頭指著「關」，恍如隔世。今天的一份小報還是照常送來的，拿在手裏，有一種奇異的感覺，是親切、傷慟。就著燭光，吃力地讀著，什麼郎什麼翁，用我們熟悉的語調說著俏皮話，關於大餅，白報紙，暴發戶，慨嘆著回憶到從前，三塊錢叫堂差的黃金時代。這一切，在著的時候也不曾為我所有，可是眼看它毀壞，還是難過的——對於千千萬萬的城裏人，別的也沒有什麼了呀！

一隻鐘滴答滴答，越走越響。將來也許整個的地面上見不到一隻時辰鐘。夜晚投宿到荒村，如果忽然聽見鐘擺的滴答，那一定又驚又喜——文明的節拍！文明的日子是一分一秒劃分清楚的，如同十字布上挑花。十字布上挑花，我並不喜歡，綉出來的也有小狗，也有人，都是一曲一曲，一格一格，看了很不舒服。蠻荒的日夜，沒有鐘，只是悠悠地日以繼夜，夜以繼日，日子過得像鈞窖的淡青底子上的紫暈，那倒也好。

我於是想到我自己，也是充滿了計畫的。在香港讀書的時候，我真的發憤用功了，連得了兩個獎學金，畢業之後還有希望被送到英國去。我能夠揣摩每一個教授的心思，所以每一樣功課總是考第一。有一個先生說他教了十幾年的書，沒給過他給我的分數。然後戰爭來了，學校的文件紀錄統統燒掉，一點痕跡都沒留下。那一類的努力，即使有成就，也是注定了要被打翻的罷？在那邊三年，於我有益的也許還是偷空的遊山玩水，看人，談天，而當時總是被逼迫著，心裏很不情願，認為是糟蹋時間。我一個人坐著，守著蠟燭，想到從前，想到現在，近兩年來孜孜忙著的，是不是也注定了要被打翻的——我應當有數。

後來看到《天地》，知道蘇青在同一晚上也感到非常難過。然而這末日似的一天終於過去了。一天又一天。清晨躺在床上，聽見隔壁房裏嗤嗤嗤拉窗簾的聲音，後門口，不知哪一家的男傭人在同我們阿媽說話，只聽見嗡嗡的高聲，不知說些什麼，聽了那聲音，使我更覺得我是深深睡在被窩裏，外面的屋瓦上應當有白的霜——其實屋上的霜，還是小時候在北方，一早起來常常見到的，上海難得有——我向來喜歡不把窗簾拉上，一睜眼就可以看到白天。即使明知道這一天不會有什麼事發生的，這堂堂的開頭也可愛。

到了晚上，我坐在火盆邊，就要去睡覺了，把炭基子戳戳碎，可以有非常溫暖的一剎那；炭屑發出很大的熱氣，星星紅火，散佈在高高下下的灰堆裏，像山城的元夜，放的烟火，不由得使人想起唐宋的燈市的記載。可是我真可笑，用鐵鉗夾住火楊梅似的紅炭基，只是捨不得弄碎它。碎了之後，燦爛地大燒一下就沒有了。雖然我馬上就要去睡了，再燒下去於我也無益，但還是非常心痛。這一種吝惜，我倒是很喜歡的。

我有一件藍綠的薄棉袍，已經穿得很舊，袖口都泛了色了，今年拿出來，才上身，又脫了下來，唯其因為就快壞了，更是看重它，總要等再有一件同樣的顏色的，才捨得穿。吃菜我也不講究換花樣。才夾了一筷子，說：「好吃，」接下去就說：「明天再買，好麼？」永遠蟬聯下去，也不會厭。姑姑總是嘲笑我這一點，又說：「不過，不知道，也許你們這種脾氣是載福的。」

我做了個夢，夢見我又到香港去了，船到的時候是深夜，而且下大雨。我狼狽地拎著箱子上山，管理宿舍的天主教尼僧，我不敢驚醒她們。只得在黑漆漆的門洞子裏過夜。（也不知道為什麼我要把自己刻劃得這麼可憐，她們何至於這樣地苛待我。）風向一變，冷雨大點大點掃進來，我把一雙腳直縮直縮，還是沒處躲。忽然聽見汽車喇叭響，來了闊客，一個施主太太帶了女兒，才考進大學，以後要住讀的。汽車夫砰砰拍門，宿舍裏頓時燈火輝煌，我趁亂向裏一鑽，看見舍監，我像見晚娘似的，陪笑上前稱了一聲「Sister」。她淡淡地點了點頭，說：「你也來了？」我也沒有多寒暄，逕自上樓，找到自己的房間。夢到這裏為止。第二天我告訴姑姑，一面說，漸漸漲紅了臉，滿眼含淚；後來在電話上告訴一個朋友，又哭了；在一封信裏提到這個夢，寫到這裏又哭了。簡直可笑——我自從長大自立之後實在難得掉眼淚的。

我對姑姑說：「姑姑雖然經過的事很多，這一類的經驗卻是沒有的，沒做過窮學生，窮親戚。其實我在香港的時候也不至於窘到那樣，都是我那班同學太闊了的緣故。」姑姑說：「你什麼時候做過窮親戚的？」我說：「我最記得有一次，那時我剛離開父親家不久，舅母說，等她翻箱子的時候她要把表姐們的舊衣服找點出來給我穿。我連忙說：『不，不，真的，舅母不要！』立刻紅了臉，眼淚滾下來了。我不由得要想，從幾時起，輪到我被周濟了呢？」

真是小氣得很，把這些都記得這樣牢，但我想於我也是好的。多少總受了點傷，可是不太嚴重，不夠使我感到劇烈的憎惡，或是使我激越起來，超過這一切；只夠使我生活得比較切實，有個寫實的底子；使我對於眼前所有格外知道愛惜，使這世界顯得更豐富。

想到貧窮，我就想起有一次，也是我投奔到母親與姑姑那裏，時刻感到我不該拖累了她們，對於前途又沒有一點把握的時候，姑姑那一向心境也不好，可是有一天忽然高興，因為我想吃包子，用現成的芝蔴醬作餡，捏了四隻小小的包子，蒸了出來。包子上面縐著，看了它，使我的心也縐了起來，一把抓似的，喉嚨裏一陣陣哽咽著，東西吃了下去也不知是什麼滋味。

好像我還是笑著說「好吃」的。這件事我不忍想起，又願意想起。

看蘇青文章裏的紀錄，她有一個時期的困苦的情形雖然與我不同，感情上受影響的程度我想是與我相仿的。所以我們都是非常明顯地有著世俗的進取心，對於錢，比一般文人要爽直得多。我們的生活方式有很多不同的地方，但那是個性的關係。

姑姑常常說我：「不知道你從哪裏來的這一身俗骨！」她把我父母分析了一下，他們縱有缺點，好像都還不俗。有時候我疑心我的俗不過是避嫌疑，怕沾上了名士派，有時候又覺得是天生的俗。我自己為《傾城之戀》的戲寫了篇宣傳稿子，擬題目的時候，腦子裏第一個浮起的是：「傾心吐胆話傾城」，套的是「苜蓿生涯話廿年」之類的題目，有一向非常時髦的，可是被我一學，就俗不可耐。

蘇青是——她家門口的兩棵高高的柳樹，初春抽出了淡金的絲，誰都說：「你們那兒的楊柳真好看！」她走出走進，從來就沒看見。可是她的俗，常常有一種無意的雋逸。譬如今年過年之前，她一時錢不湊手，性急慌忙在大雪中坐了輛黃包車，載了一車的書，各處兜售。書又掉下來了，《結婚十年》龍鳳帖式的封面紛紛滾在雪地裏，真是一幅上品的圖畫。

對於蘇青的穿著打扮，從前我常常有許多意見，現在我能夠懂得她的觀點了。對於她，一件考究衣服就是一件考究衣服；於她自己，是得用；於眾人，是表示她的身分地位；對於她立意要吸引的人，是吸引。蘇青的作風裏極少「玩味人間」的成分。

去年秋天她做了件黑呢大衣，試樣子的時候，要炎櫻幫著看看。我們三個人一同到那時裝店去，炎櫻說：「線條簡單的於她最相宜，」把大衣上的翻領首先去掉，裝飾性的摺裥也去掉，方形的大口袋也去掉，肩頭過度的墊高也減掉。最後，前面的一排大鈕扣也要去掉，改裝暗鈕。蘇青漸漸不以為然了，用商量的口吻，說道：「我想……鈕扣總要的罷？人家都有的！沒有，好像有點滑稽。」

我在旁邊笑了起來，兩手插在雨衣袋裏，看著她。鏡子上端的一盞燈，強烈的青綠的光正照在她臉上，下面襯著寬博的黑衣，背景也是影幢幢的，更顯明地看見她的臉，有一點慘白。她難得有這樣靜靜立著，端相她自己，雖然微笑著，因為從來沒這麼安靜，一靜下來就像有一種悲哀，那緊湊明倩的眉眼裏有一種橫了心的鋒稜，使我想到「亂世佳人」。

蘇青是亂世裏的盛世的人。她本心是忠厚的，她願意有所依附；只要有個千年不散的筵席，叫她像《紅樓夢》裏的孫媳婦那麼辛苦地在旁邊照應著，招呼人家吃菜，她也可以忙得興興頭頭。她的家族觀念很重，對母親，對弟妹，對伯父，她無不盡心幫助，出於她的責任範圍之外。在這不可靠的世界裏，想要抓住一點熟悉可靠的東西，那還是自己人。她疼小孩子也是因為「與其讓人家佔我的便宜，寧可讓自己的小孩佔我的便宜。」她的戀愛，也是要求可信賴的人，而不是尋求刺激。她應當是高等調情的理想對象，伶俐倜儻，有經驗的，什麼都說得出，看得開，可是她太認真了，她不能輕鬆。也許她自以為是輕鬆的，可是她馬上又會怪人家不負責。這是女人的矛盾麼？我想，倒是因為她有著簡單健康的底子的緣故。

高級調情的第一個條件是距離——並不一定指身體上的。保持距離，是保護自己的感情，免得受痛苦。應用到別的上面，這可以說是近代人的基本思想，結果生活得輕描淡寫的，與生命之間也有了距離了。蘇青在理論上往往不能跳出流行思想的圈子，可是以蘇青來提倡距離，本來就是笑話，因為她是那樣的一個興興轟轟火燒似的人，她沒法子伸伸縮縮，寸步留心的。

我純粹以寫小說的態度對她加以推測，錯誤的地方一定很多，但我只能做到這樣。

有一次我同炎櫻說到蘇青，炎櫻說：「我想她最大的吸引力是：男人總覺得他們不欠她什麼，同她一起很安心。」然而蘇青認為她就吃虧在這裏。男人看得起她，把她當男人看待，凡事由她自己負責。她不願意了，他們就說她自相矛盾，新式女人的自由她也要，舊式女人的權利她也要。這原是一般新女性的悲劇，可是蘇青我們不能說她是自取其咎。她的豪爽是天生的。她不過是一個直截的女人，謀生之外也謀愛，可是很失望，因為她看來看去沒有一個人是看得上眼的，也有很笨的，照樣地也壞。她又有她天真的一方面，輕易把人幻想得非常崇高，然後很快地又發現他卑劣之點，一次又一次，憧憬破滅了。

於是她說：「沒有愛，」微笑的眼睛裏有一種藐視的風情。但是她的諷刺並不徹底，因為她對於人生有著太基本的愛好，她不能發展到刻骨的諷刺。

在中國現在，諷刺是容易討好的。前一個時期，大家都是感傷的，充滿了未成年人的夢與嘆息，雲裏霧裏，不大懂事。一旦懂事了，就看穿一切，進到諷刺。喜戲而非諷刺喜劇，就是沒有意思，粉飾現實。本來，要把那些濫調的感傷清除乾淨，諷刺是必須的階段，可是很容易停留在諷刺上，不知道在感傷之外還可以有感情。因為滿眼看到的只是殘缺不全的東西，就把這殘缺不全認作真實——性愛就是性行為；原始的人沒有我們這些花頭不也過得很好的麼？是的，可是我們已經文明到這一步，再想退保獸的健康是不可能的了。

從前在學校裏被逼著念《聖經》，有一節，記不清楚了，彷彿是說，上帝的奴僕各自領了錢去做生意，拿得多的人，可以獲得更多；拿得少的人，連那一點也不能保，上帝追還了錢，還責罰他。當時看了，非常不平。那意思實在很難懂，我想在這裏多解釋兩句，也還怕說不清楚。總之，生命是殘酷的。看到我們縮小又縮小的、怯怯的願望，我總覺得有無限的慘傷。

有一陣子，外間傳說蘇青與她離了婚的丈夫言歸於好了。我一向不是愛管閒事的人，聽了卻是很担憂。後來知道完全是謠言，可是想起來也很近情理，她起初的結婚是一大半家裏做主的，兩人都是極年青，一同讀書長大，她丈夫幾乎是天生在那裏，無可選擇的，兄弟一樣的自己人。如果處處覺得，「還是自己人！」那麼對他也感到親切了，何況他們本來沒有太嚴重的合不來的地方。然而她的離婚不是賭氣，是仔細想過來的。跑出來，在人間走了一趟，自己覺得無聊，又回去了，這樣地否定了世界，否定了自己，蘇青是受不了的。她會變得暗啞了，整個地消沉下去。所以我想，如果蘇青另外有愛人，不論是為了片刻的熱情還是經濟上的幫助，總比回到她丈夫那裏去的好。

然而她現在似乎是真的有一點疲倦了。事業，戀愛，小孩在身邊，母親在故鄉的匪氛中，弟弟在內地生肺病，妹妹也有她的問題，許許多多牽掛。照她這樣生命力強烈的人，其實就有再多的拖泥帶水也不至於累倒了的，還是因為這些事太零碎，各自成塊，缺少統一的感情緣故。如果可以把戀愛隔開來作為生命的一部，一科，題作「戀愛」，那樣的戀愛還是代用品罷？

蘇青同我談起她的理想生活。丈夫要有男子氣概，不是小白臉，人是有架子的，即使官派一點也不妨，又還有點落拓不羈。他們住在自己的房子裏，常常請客，來往的朋友都是談得來的，女朋友當然也很多，不過都是年紀比她略大兩歲，容貌比她略微差一點的，免得麻煩。丈夫的職業性質是常常要有短期的旅行的，那麼家庭生活也不至於太刻板無變化。丈夫不在的時候她可以匀出時間來應酬女朋友（因為到底還是不放心）。偶爾生一場病，朋友都來慰問，帶了吃的來，還有花，電話鈴聲不斷。

絕對不是過分的要求，然而這裏面的一種生活空氣還是早兩年的，現在已經沒有了。當然不是說現在沒有人住自己的小洋房，天天請客吃飯。——是那種安定的感情。要一個人為她製造整個的社會氣氛，的確很難，但這是個性的問題。越是亂世，個性越是突出，人與人之間的差別是很大的。難當然是難找。如果感到時間逼促，那麼，真的要說倨促，她的時間已經過去了——中國人嘴裏的「花信年華」，不是已經有遲暮之感了嗎？可是我從小看到的，儘有許多三、四十歲的美婦人。〈傾城之戀〉裏的白流蘇，在我原來的想像中決不止三十歲，因為恐怕這一點不能為讀者大眾所接受，所以把她改成二十八歲。（恰巧與蘇青同年，後來我發現。）我見到的那些人，當然她們是保養得好，不像現代職業女性的勞苦。有一次我和朋友談話之中研究出來一條道理，駐顏有術的女人總是（一）身體相當好，（二）生活安定，（三）心裏不安定。因為不是死心塌地，所以時時注意到自己的體格容貌，知道當心。普通的確是如此。蘇青現在是可以生活得很從容的，她的美又是最容易保持的那一種，有輪廓，有神氣的。——這一節，都是惹人見笑的話，可是實在很要緊——有幾個女人是為了她靈魂的美而被愛。

我們家的女傭，男人是個不成器的裁縫，然而那一天空襲過後，我在昏夜的馬路上遇見他，看他急急忙忙直奔我們的公寓，慰問老婆孩子，倒是感動人的。我把這個告訴蘇青，她也說：「是的——」稍稍沉默了一下。逃難起來，她是只有她保護人，沒有人保護她的，所以她近來特別地胆小，多幻想，一個慣壞了的小女孩在夢魘的黑暗裏。她忽然地會說：「如果炸彈把我的眼睛炸壞了，以後寫稿子還得嘴裏唸出來叫別人記，那多要命呢——」這不像她平常的為人。心境好一點的話，不論在什麼樣的患難中，她還是有一種生之爛漫。多遇見患難，於她只有好處；多一點枝枝節節，就多開一點花。

本來我想寫一篇文章關於幾個古美人，總是寫不好。裏面提到楊貴妃。楊貴妃一直到她死，三十八歲的時候，唐明皇的愛她，沒有一點倦意。我想她決不是單靠著口才便給和一點狡智，也不是因為她是中國歷史上唯一的一個具有肉體美的女人。還是因為她的為人的親熱，熱鬧。有了錢，就有熱鬧，這是很普遍的一個錯誤的觀念。帝王家的富貴，天寶年間的燈節，火樹銀花，唐明皇與妃嬪坐在樓上像神仙，百姓人山人海在樓下參拜；皇親國戚撥珠嵌寶的車子，路人向裏窺探了一下，身上沾的香氣經月不散；生活在那樣迷離惝恍的戲台上的輝煌裏，越是需要一個著實的親人。所以唐明皇喜歡楊貴妃，因為她於他是一個妻而不是「臣妾」。我們看楊妃梅妃爭寵的經過，楊貴妃幾次和皇帝吵翻了，被逐，回到娘家去，簡直是「本埠新聞」裏的故事，與歷代宮闈的陰謀、詭秘森慘的，大不相同，也就是這種地方，使他們親近人生，使我們千載之下還能夠親近他們。

楊貴妃的熱鬧，我想是像一種陶磁的湯壺，溫潤如玉的，在腳頭，裏面的水漸漸冷去的時候，令人感到溫柔的惆悵。蘇青卻是個紅泥小火爐，有它自己獨立的火，看得見紅燄燄的光，聽得見嗶哩剝落的爆炸，可是比較難伺候，添煤添柴，烟氣嗆人。我又想起胡金人的一幅畫，畫著個老女僕，伸手向火。慘淡的隆冬的色調，灰褐，紫褐。她彎腰坐著，龐大的人把小小的火爐四面八方包圍起來，圍裙底下，她身上各處都發出淒淒的冷氣，就像要把火爐吹滅了。由此我想到蘇青。整個的社會到蘇青那裏去取暖，擁上前來，撲出一陣陣的冷風——真是寒冷的天氣呀，從來，從來沒這麼冷過！

所以我同蘇青談話，到後來常常有點戀戀不捨的。為什麼這樣，以前我一直不明白。她可是要抱怨：「你是一句爽氣話也沒有的！甚至於我說出話來你都不一定立刻聽得懂。」那一半是因為方言的關係，但我也實在是遲鈍。我抱歉地笑著說：「我是這樣的一個人，有什麼辦法呢？可是你知道，只要有多一點的時間，隨便你說什麼我都能夠懂得的。」她說：「是的，我知道——你能夠完全懂得的。不過，女朋友至多只能夠懂得，要是男朋友才能夠安慰。」她這一類的雋語，向來是聽上去有點過分，可笑，仔細想起來卻是結實的真實。

常常她有精采的議論，我就說：「你為什麼不把這個寫下來呢？」她卻睜大了眼睛，很詫異似的，把臉色正了一正，說：「這個怎麼可以寫呢？」然而她過後也許想著，張愛玲說可以寫，大約不至於觸犯了非禮勿視的人們，因為，隔不了多少天，這一節意見還是在她的文章裏出現了。這我覺得很榮幸。

她看到這篇文章，指出幾節來說：「這句話說得有道理。」我笑起來了：「是你自己說的呀——當然你覺得有道理了！」關於進取心，她說：「是的，總覺得要向上，向上，雖然很朦朧，究竟怎樣是向上，自己也不大知道。——你想，將來到底是不是要有一個理想的國家呢？」我說：「我想是有的。可是最快最快也要許多年。即使我們看得見的話，也享受不到了，是下一代的世界了。」她嘆息，說：「那有什麼好呢？到那時候已經老了。在太平的世界裏，我們變得寄人籬下了嗎？」

她走了之後，我一個人在黃昏的洋台上，驟然看到遠處的一個高樓，邊緣上附著一大塊胭脂紅，還當是玻璃窗上落日的反光，再一看，卻是元宵的月亮，紅紅地升起來了。我想道：「這是亂世。」晚烟裏，上海的邊疆微微起伏，雖沒有山也像是層巒疊嶂。我想到許多人的命運，連我在內的；有一種鬱鬱蒼蒼的身世之感。「身世之感」，普通總是自傷、自憐的意思罷，但我想是可以有更廣大的解釋的。將來的平安，來到的時候已經不是我們的了，我們只能各人就近求得自己的平安。然而我把這些話來對蘇青說，我可以想像到她的玩世的、世故的眼睛微笑望著我，一面聽，一面想：「簡直不知道你在說什麼！大概是藝術吧？」一看見她那樣的眼色，我就說不下去，笑了。

・初載於一九四五年四月上海《天地》第十九期。

吉利

炎櫻的一個朋友結婚，她去道賀，每人分到一片結婚蛋糕。他們說：「用紙包了放在枕頭底下，是吉利的，你自己也可以早早出嫁。」

炎櫻說：「讓我把它放在肚子裏，把枕頭放在肚子上面罷。」

・初載於一九四五年四月上海《雜誌》第十五卷第一期。

天地人

精明人，又要馬兒好，又要馬兒不吃草。難得煨個雞湯，也恨不得要那隻雞在湯裏下蛋，一隻一隻生下來，稱為「水鋪蛋」。

有個外國太太帶了小女兒乘車經過憶定盤路小菜場，指點道：「這就是市場，阿媽每天來買菜的地方。」小女孩東看西看，問道：「但是媽媽，黑市在哪裏呢？」

大出喪的音樂隊，不知為什麼總吹打著有一隻調子叫做〈甜蜜的再會〉（Sweet Bye,Bye）。這亡人該是怎樣討厭的一個人呢——和他道別，是最甜蜜的事情。

一切食物，標榜「衛生」與「維他命」內，普通都很難吃，例如科學製造的醬油，果醬，還有一種「十字麵包」，小圓麵包上面塗著個糖質的白十字，一股醫院的氣味也許不過是心理作用罷。所以現在聰明的廣告裏也有「老法醬油」這樣的句子了。

無燈之夜，從浴缸裏爬出來聽電話，蠟燭在浴室裏，來不及拿，跌跌衝衝來到電話旁邊，鈴聲停了。一路摸回去，剛走到電話與蠟燭之間，鈴又響了起來。再摸回來，頭撞在櫃上。一接，是打錯了的。待要砰的一聲掛斷它，震聾那邊的耳朵，又摸不到電話機。摸索了半天，方才把耳機放還原處。

中國人過年，茶葉蛋，青菜，火盆裏的炭塞，都用來代表元寶；在北方，餃子也算元寶；在寧波，蛤蜊也是元寶。眼裏看到的，什麼都像元寶，真是個財迷心竅的民族。

最近也有些性學專家，一來就很震動地質問讀者：「寶塔的式樣是像什麼？玉蜀黍的式樣是像什麼？酒席上荷葉夾子的式樣又像什麼？」用弗洛德詳夢的態度來觀看人生，到處都是陰陽，就像法文的文法，手杖茶杯都有男女之別，這毛病，中國人從前好像倒是沒有的。

・初載於一九四五年四月十五日上海《光化日報》。

姑姑語錄

我姑姑說話有一種清平的機智見識，我告訴她有點像周作人他們的。她照例說她不懂得這些，也不感到興趣——因為她不喜歡文人，所以處處需要撇清。可是有一次她也這樣說了：「我簡直一天到晚的發出沖淡之氣來！」

有一天夜裏非常的寒冷。急急地要往床裏鑽的時候，她說：「視睡如歸。」寫下來可以成為一首小詩：「冬之夜，視睡如歸。」

洗頭髮，那一次不知怎麼的頭髮很髒很髒了，水墨黑。她說：「好像頭髮掉色似的。」

她有過一個年老嘮叨的朋友，現在不大來往了。她說：「生命太短了，費那麼些時間和這樣的人在一起是太可惜——可是，和她在一起，又使人覺得生命太長了。」

起初我當作她是說：因為厭煩的緣故，彷彿時間過得奇慢。後來發現她是另外一個意思：一個人老了，可以變得那麼的龍鍾糊塗，看了那樣子，不由得覺得生命太長了。

她讀了蘇青和我對談的紀錄，（一切書報雜誌，都要我押著她看的。她一來就聲稱「看不進去」我的小說，因為親戚份上，她倒是很忠實地篇篇過目，雖然嫌它太不愉快。原稿她絕對拒絕看，清樣還可以將就。）關於職業婦女，她也有許多意見。她覺得一般人都把職業婦女分開作為一種特別的類型，其實不必。職業上的成敗，全看一個人的為人態度，與家庭生活裏沒有什麼不同。普通的婦女職業，都不是什麼專門技術的性質，不過是在寫字間裏做人罷了。在家裏有本領的，如同王熙鳳，出來了一定是個了不起的經理人才。將來她也許要寫本書關於女人就職的秘訣，譬如說開始的時候應當怎樣地「有衝頭」，對於自己怎樣地「隱惡揚善」……然而後來她又說：「不用勸我寫了，我做文人是不行的。在公事房裏專管打電報，養成了一種電報作風，只會一味的省字，拿起稿費來太不上算了！」

她找起事來，挑剔得非常厲害，因為：「如果是個男人，必須養家活口的，有時候就沒有選擇的餘地，怎麼苦也得幹，說起來是他的責任，還有個名目。像我這樣沒有家累的，做著個不稱心的事，愁眉苦臉賺了錢來，愁眉苦臉活下去，卻是為什麼呢？」

從前有一個時期她在無線電台上報告新聞，誦讀社論，每天工作半小時。她感慨地說：「我每天說半個鐘頭沒意思的話，可以拿好幾萬的薪水；我一天到晚說著有意思的話，卻拿不到一個錢。」

她批評一個胆小的人吃吃艾艾的演說：「人家唾珠咳玉，他是珠玉卡住了喉嚨了。」

「愛德華七世路」（愛多亞路）我弄錯了當作是「愛德華八世路」，她說：「愛德華八世還沒來得及成馬路呢。」

她對於我們張家的人沒有多少好感——對我比較好些，但也是因為我自動地黏附上來，拿我無可奈何的緣故。就這樣她也常常抱怨：「和你住在一起，使人變得非常嘮叨（因為需要嘀嘀咕咕）而且自大（因為對方太低能）。」

有一次她說到我弟弟很可憐地站在她眼前：「一雙大眼睛吧達吧達望著我。」「吧達吧達」四個字用得真是好，表現一個無告的男孩子沉重而潮濕地睒著眼。

她說她自己：「我是文武雙全，文能夠寫信，武能夠納鞋底。」我在香港讀書的時候頂喜歡收到她的信，淑女化的藍色字細細寫在極薄的粉紅拷貝紙上，（是她辦公室裏省下來的，用過的部份裁了去，所以一頁頁大小不等，讀起來淅瀝沙啦作脆響。）信裏有一種無聊的情趣，總像是春夏的晴天。語氣很平淡，可是用上許多驚嘆號，幾乎全用驚嘆號來做標點，十年前是有那麼一派的時髦文章的罷？還有，她老是寫著「狠好，」「狠高興，」我同她辯駁過，她不承認她這裏應當用「很」字。後來我問她：「那麼，『兇狠』的『狠』字，姑姑怎麼寫呢？」她也寫作「狠」。我說：「那麼那一個『很』字要它做什麼呢？姑姑不能否認，是有這麼一個字的。」她想想，也有理，我又說：「現在沒有人寫『狠好』了。一這樣寫，馬上把自己歸入了周瘦鵑他們那一代。」她果然從此改了。

她今年過了年之後，運氣一直不怎麼好。越是諸事不順心，反倒胖了起來。她寫信給一個朋友說：「近來就是悶吃悶睡悶長。……好容易決定做條袴子，前天裁了一隻腿，昨天又裁了一隻腿，今天早上縫了一條縫，現在想去縫第二條縫。這條袴子總有成功的一日罷？」

去年她生過病，病後久久沒有復元。她帶一點嘲笑，說道：「又是這樣的懨懨的天氣，又這樣的虛弱，一個人整個地像一首詞了！」

她手裏賣掉過許多珠寶，只有一塊淡紅的披霞，還留到現在，因為欠好的緣故。戰前拿去估價，店裏出她十塊錢，她沒有賣。每隔些時，她總把它拿出來看看，這裏比比，那裏比比，總想把它派點用場，結果又還是收了起來。青綠絲線穿著的一塊寶石，凍瘡腫到一個程度就有那樣的淡紫紅的半透明。襯上掛著做個裝飾品罷，襯著什麼底子都不好看。放在同樣的顏色上，倒是不錯，可是看不見，等於沒有了。放在白的上，那比較出色了，可是白的也顯得髒相了。還是放在黑緞子上面頂相宜——可是為那黑色衣服的本身著想，不放，又還要更好些。

除非把它懸空宕著，做個扇墜什麼的。然而它只有一面是光滑的，反面就不中看；上頭的一個洞，位置又不對，在寶石的正中。

姑姑嘆了口氣，說：「看著這塊披霞，使人覺得生命沒有意義。」

・初載於一九四五年五月上海《雜誌》第十五卷第二期。

有幾句話同讀者說

我自己從來沒想到需要辯白，但最近一年來常常被人議論到，似乎被列為文化漢奸之一，自己也弄得莫名其妙。我所寫的文章從來沒有涉及政治，也沒有拿過任何津貼。想想看我惟一的嫌疑要麼就是所謂「大東亞文學者大會」第三屆曾經叫我參加，報上登出的名單內有我；雖然我寫了辭函去，（那封信我還記得，因為很短，僅只是：「承聘為第三屆大東亞文學者大會代表，謹辭。張愛玲謹上。」）報上仍舊沒有把名字去掉。

至於還有許多無稽的謾罵，甚而涉及我的私生活，可以辯駁之點本來非常多。而且即使有這種事實，也還牽涉不到我是否有漢奸嫌疑的問題；何況私人的事本來用不著向大眾剖白，除了對自己家的家長之外彷彿我沒有解釋的義務。所以一直緘默著。同時我也實在不願意耗費時間與精神去打筆墨官司，徒然攪亂心思，耽誤了正當的工作。但一直這樣沉默著，始終沒有闡明我的地位，給社會上一個錯誤的印象，我也覺得是對不起關心我的前途的人。所以在小說集重印的時候寫了這樣一段作為序。反正只要讀者知道了就是了。

《傳奇》裏面新收進去的五篇，〈留情〉，〈鴻鸞禧〉，〈紅玫瑰與白玫瑰〉，〈等〉，〈桂花蒸阿小悲秋〉，初發表的時候有許多草率的地方，實在對讀者感到抱歉，這次付印之前大部份都經過增刪。還有兩篇改也無從改起的，只好不要了。

我不會作詩的，去年冬天卻作了兩首，自己很喜歡，又怕人家看了說：「不知所云。」原想解釋一下，寫到後來也成了一篇獨立的散文。現在我把這篇〈中國的日夜〉放在這裏當作跋，雖然它也並不能夠代表這裏許多故事的共同的背景，但作為一個傳奇末了的「餘韻」，似乎還適當。

封面是請炎櫻設計的。借用了晚清的一張時裝仕女圖，畫著個女人幽幽地在那裏弄骨牌，旁邊坐著奶媽，抱著孩子，彷彿是晚飯後家常的一幕。可是欄杆外，很突兀地，有個比例不對的人形，像鬼魂出現似的，那是現代人，非常好奇地孜孜往裏窺視。如果這畫面有使人感到不安的地方，那也正是我希望造成的氣氛。

・初載於一九四六年十一月上海山河圖書公司《傳奇》增訂版，新增此篇代序。

中國的日夜

去年秋冬之交我天天去買菜。有兩趟買菜回來竟作出一首詩，使我自己非常詫異而且快樂。一次是看見路上洋梧桐的落葉，極慢極慢的掉下一片來，那姿勢從容得奇怪。我立定了看它，然而等不及它到地我就又往前走了，免得老站在那裏像是發獃，走走又回過頭去看了個究竟。以後就寫了這個：

落葉的愛

大的黃葉子朝下掉；
慢慢的，它經過風，
經過淡青的天，
經過天的刀光，
黃灰樓房的塵夢。
下來到半路上，
看得出它是要
去吻它的影子。

地上它的影子，
迎上來迎上來，
又像是往斜裏飄。
葉子儘著慢著，
裝出中年的漠然，
但是，一到地，
金焦的手掌
小心覆著個小黑影，
如同捉蟋蟀——
「唔，在這兒了！」
秋陽裏的
水門汀地上，
靜靜睡在一起，
它和它的愛。

又一次我到小菜場去，已經是冬天了。太陽煌煌的，然而空氣裏有一種清濕的氣味，如同晾在竹竿上成陣的衣裳。地下搖搖擺擺走著的兩個小孩子，棉袍的花色相仿，一個像碎切醃菜，一個像醬菜，各人都是胸前自小而大一片深暗的油漬，像關公頷下盛囊鬚的錦囊。又有個抱在手裏的小孩，穿著桃紅假嗶嘰的棉袍，那珍貴的顏色在一冬日積累的黑膩污穢裏真是雙手捧出來的，看了叫人心痛，穿髒了也還是污泥裏的蓮花。至於藍布的藍，那是中國的「國色」。不過街上一般人穿的藍布衫大都經過補綴，深深淺淺，都像雨洗出來的，青翠醒目。我們中國本來是補釘的國家，連天都是女媧補過的。

一個賣橘子的把担子歇在馬路邊上，抱著胳膊閒看景致，扁圓臉上的大眼睛黑白分明。但是，忽然——我已經走過他面前了，忽然把臉一揚，綻開極大的嘴，朝天唱將起來……「一百隻洋買兩隻！一百隻洋兩隻買咧！夥頤！一百隻洋賤末賤咧！」這歌聲我在樓上常常聽見的，但還是嚇了一跳，不大能夠相信就是從他嘴裏出來的，因為聲音極大，而前一秒鐘他還是在那裏靜靜眺望著一切的。現在他仰著頭，面如滿月，笑嘻嘻張開大口吆喝著。完全像SAPAJOU漫畫裏的中國人。外國人畫出的中國人總是樂天的，狡猾可愛的苦哈哈，使人樂於給他騙兩個錢去的。那種愉快的空氣想起來真叫人傷心。

有個道士沿街化緣，穿一件黃黃的黑布道袍，頭頂心梳的一個灰撲撲的小髻，很像摩登女人的兩個小鬈疊在一起。黃臉上的細眼睛與頭髮同時一把拉了上去，也是一個苦命女人的臉相。看不出他有多大年紀，但是因為營養不足，身材又高又瘦，永遠是十七八歲抽長條子的模樣。他斜斜揮著一個竹筒，「托——托——」敲著，也是一種鐘擺，可是計算的是另一種時間，彷彿荒山古廟裏的一寸寸斜陽。時間與空間一樣，也有它的值錢地段，也有大片的荒蕪。不要說「寸金難買」了，多少人想為一口苦飯賣掉一生的光陰還沒人要，（連來生也肯賣——那是子孫後裔的前途。）這道士現在帶著他們一錢不值的過剩的時間，來到這高速度的大城市裏。周圍許多繽紛的廣告牌、店舖、汽車喇叭嘟嘟響；他是古時候傳奇故事裏那個做黃粱夢的人，不過他單只睡了一覺起來了，並沒有做那麼個夢——更有一種惘然。……那道士走到一個五金店門前倒身下拜。當然人家沒有錢給他，他也目中無人似的，茫茫的磕了個頭就算了。自扒起來，「托——托——」敲著，過渡到隔壁的烟紙店門首，復又「跪倒在地埃塵」，歪垂著一顆頭，動作是黑色的淤流，像一朵黑菊花徐徐開了。看著他，好像這世界的塵埃真是越積越深了，非但灰了心，無論什麼東西都是一捏就粉粉碎，成了灰。我很覺得震動，再一想，老這麼跟在他後面看著，或者要來向我捐錢了——這才三腳兩步走開了。

從菜場回來的一個女傭，菜籃裏一團銀白的粉絲，像個蓬頭老婦人的髻。又有個女人很滿意地端端正正捧著個朱漆盤子，裏面矗立著一堆壽麵，巧妙地有層次地摺疊懸掛；頂上的一撮子麵用個桃紅小紙條一束，如同小女孩子紮的紅線把根。淡米色的頭髮披垂下來，一莖一莖粗得像小蛇。

又有個小女孩拈著個有蓋的鍋走過，那鍋兩邊兩隻絆子裏穿進一根藍布條，便於提攜，很寬的一條藍布帶子，看著有點髒相，可是更覺得這個鍋是同她有切身關係的「心連手，手連心」。

肉店裏學徒的一雙手已經凍得非常大了，囊囊拿刀斬著肉，猛一看就像在那裏斬著紅腫的手指。櫃台外面來了個女人，是個衰年的娼妓罷，現在是老鴇，或是合夥做生意的娘姨。頭髮依舊燙得蓬蓬鬆鬆擄向耳後，臉上有眉目姣好的遺跡，現在也不疤不痲，不知怎麼有點凸凹不平，猶猶疑疑的。她口鑲金牙，黑綢捲皮袍起了袖口，袖口的羊皮因為舊的緣故，一絲一絲膠為一瓣一瓣，紛披著如同白色的螃蟹菊。她要買半斤肉，學徒忙著切他的肉絲，也不知他是沒聽見還是不答理。她臉上現出不確定的笑容，在門外立了一會，翹起兩隻手，顯揚她袖口的羊皮，指頭手上兩隻金戒指，指甲上斑駁的紅蔻丹。

肉店老闆娘坐在八仙桌旁邊，向一個鄉下上來的親戚宣講小姑的劣跡。她兩手抄在口袋裏，太緊的棉袍與藍布罩袍把她像五花大綁似的綁了起來；她掙扎著，頭往前伸，瞪著一雙麻黃眼睛，但是在本埠新聞裏她還可以是個「略具姿首」的少婦。「噢！阿哥格就是伊個！阿哥屋裏就是伊屋裏——從前格能講末哉，現在算啥？」她那口氣不是控訴也不是指斥，她眼睛裏也並沒有那親戚，只是仇深似海，如同面前展開了一個大海似的，她眼睛裏是那樣的茫茫的無望。一次一次她提高了喉嚨，發聲喊，都彷彿是向海裏吐口痰，明知無濟於事。那親戚啣著旱烟管，穿短打，一隻腳踏在長板凳上；他也這樣勸她：「格種閒話倒也勿去講伊……」然而她緊接著還是恨一聲：「噢！儂阿哥囥兩塊肉皮儂也搭伊去賣賣脫！」她把下巴舉起來向牆上一指；板壁高處，打著幾枚釘，現在只有件藍布圍裙掛在那裏。

再過去一家店面，無線電裏娓娓唱著申曲，也是同樣的入情入理有來有去的家常是非。先是個女人在那裏發言，然後一個男子高亢流利地接口唱出這一串：「想我年紀大來歲數增，三長兩短命歸陰，抱頭送終有啥人？」我真喜歡聽，耳朵如魚得水，在那音樂裏栩栩游著。街道轉了個彎，突然荒涼起來。迎面一帶紅牆，紅磚上漆出來佬佬大的四個藍團白字，是一個小學校。校園裏高高生長著許多蕭條的白色大樹，背後的瑩白的天，將微欹的樹幹映成了淡綠的。申曲還在那裏唱著，可是詞句再也聽不清了。我想起在一個唱本上看到的開篇：「譙樓初鼓定天下……隱隱譙樓二鼓敲……譙樓三鼓更淒涼……」第一句口氣很大，我非常喜歡那壯麗的景象，漢唐一路傳下來的中國，萬家燈火，在更鼓聲中漸漸靜了下來。

我拿著個網袋，裏面瓶瓶罐罐，兩隻洋磁蓋碗裏的豆腐與甜麵醬都不能夠讓它傾側，一大棵黃芽菜又得側著點，不給它壓碎了底下的雞蛋，扶著挽著，吃力得很。冬天的陽光雖然微弱，正當午時，而且我路走得多，晒得久了，日光像個黃蜂在頭上嗡嗡轉，營營擾擾的，竟使人癢刺刺地出了汗。我真快樂我是走在中國的太陽底下。我也喜歡覺得手與腳都是年青有氣力的。而這一切都是連在一起的，不知為什麼。快樂的時候，無線電的聲音，街上的顏色，彷彿我也都有份；即使憂愁沉澱下去也是中國的泥沙。總之，到底是中國。

回家來，來不及地把菜蔬往廚房裏一堆，就坐到書桌前。我從來沒有這麼快的寫出東西來過，所以簡直心驚胆戰。塗改之後成為這樣：

中國的日夜

我的路
走在我自己的國土。
亂紛紛都是自己人；
補了又補，連了又連的，
補釘的彩雲的人民。
我的人民，

我的青春，
我真高興晒著太陽去買回來
沉重累贅的一日三餐。
譙樓初鼓定天下；
安民心，
嘈嘈的煩冤的人聲下沉。
沉到底。……
中國，到底。

・初載於一九四六年十一月上海山河圖書公司《傳奇》增訂版，新增此篇代跋。

華麗緣

正月裏鄉下照例要做戲。這兩天大家見面的招呼一律都由「吃飯了沒有？」變成了「看戲文去啊？」閔少奶奶陪了我去，路上有個老婦人在渡頭洗菜，閔少奶奶笑吟吟的大聲問她：「十六婆婆，看戲文去啊？」我立刻担憂起來，怕她回答不出，因為她那樣子不像是花得起娛樂費的。她穿著藍一塊白一塊的衲襖，蹲在石級的最下層，臉紅紅的，抬頭望著我們含糊地笑著。她的臉型短而凹，臉上是一種風乾了的紅笑——一個小姑娘羞澀的笑容放在烈日底下晒乾了的。閔少奶奶一逕問著：「去啊？」老婦人便也答道：「去噯！你們去啊？」閔少奶奶便又親熱地催促著：「去啊？去啊？」說話間，我們業已走了過去，度過高高低低的黃土隴，老遠就聽見祠堂裏「哐哐哐哐」鑼鼓之聲。新搭的蘆蓆棚上貼滿了大紅招紙，寫著許多香艷的人名：「竺麗琴，尹月香，樊桂蓮。」而對著隆冬的淡黃田地，那紅紙也顯得是「寂寞紅」，好像擊鼓催花，迅即花開花落。

惟其因為是一年到頭難得的事，鄉下人越發要做出滿不在乎的樣子。眾口一詞都說今年這班子蹩腳，表示他們眼界高，看戲的經驗豐富。一個個的都帶著懶洋洋冷清清的微笑，兩手攏在袖子裏，惟恐人家當他們是和小孩子們一樣的真心喜歡過年。開演前一天大家先去參觀劇場，提起那戲班子都搖頭。惟有一個負責人員，二、三十歲年紀，梳著西式分頭，小長臉，酒糟鼻子，學著城裏流行的打扮，穿著栗色充呢長袍，頸上圍著花格子小圍巾，他高高在上騎在個椅子背上，代表官方發言道：「今年的班子，行頭是好的——班子是普通的班子。可是我說，真要是好的班子，我們榴溪這地方也請不起！是嘔？」雖不是對我說的，我在旁邊早已順帶地被折服了，他兀自心平氣和地翻來覆去說了七、八遍：「班子我沒看見，不敢說『好』的一個字。行頭是好的！班子呢是普通的班子。」

閔少奶奶對於地方戲沒什麼興趣，家下人手又缺，她第二天送了我便回去了。這舞台不是完全露天的，只在舞台與客座之間有一小截地方是沒有屋頂。台頂的建築很花稍，中央陷進去像個六角冰紋乳白大碗，每一隻角上梗起了棕色陶器粗稜。戲台方方的伸出來，盤金龍的黑漆柱上左右各黏著一份「靜」與「特等」的紙條。右邊還高掛著一個大自鳴鐘。台上自然有張桌子，大紅平金桌圍。場面上打雜的人便籠手端坐在方桌上首，比京戲裏的侍役要威風得多。他穿著一件灰布大棉袍，大個子，灰色的大臉，像一個陰官，肉眼看不見的，可是冥冥中在那裏監督著一切。

下午一兩點鐘起演。這是我第一次看見舞台上有真的太陽，奇異地覺得非常感動。繡著一行行湖色仙鶴的大紅平金帳幔，那上面斜照著的陽光，的確是另一個年代的陽光。那繡花簾幔便也發出淡淡的腦油氣，沒有那些銷洋莊的假古董那麼乾淨。我想起上海我們家附近有個賣雜糧的北方舖子。他們的麵粉蓑豆赤豆，有的裝在口袋裏，屜子裏，玻璃格子裏，也有的盛在大磁瓶裏，白磁上描著五彩武俠人物，瓶上安著亭亭的一個蓋，磁蓋上包著老藍布沿邊（不知怎麼做上去的），裏面還襯著層棉花，使它不透氣。襯著這藍布墊子，這瓶就有了濃厚的人情味。這戲台上佈置的想必是個中產的仕宦人家的上房，但是房間裏一樣還可以放著瓶瓶罐罐，裏面裝著餵雀子的小米，或是糖蓮子。可以想像房間裏除了紅木家具屏風字畫之外還有馬桶在床背後。烏沉沉的垂著湘簾，然而還是滿房紅馚馚的太陽影子。彷彿是一個初夏的上午，在一個興旺的人家。

一個老生坐在正中的一把椅子上，已經唱了半天了。他對觀眾負有一種道義上的責任，生平所作所為都要有個交代。我雖聽不懂，總疑心他在忠君愛國之外也該說到賺錢養家的話，因為那唱腔十分平實。老生是個闊臉的女孩子所扮，雖然也掛著烏黑的一部大髯鬚，依舊濃粧艷抹，塗出一張紅粉大面。天氣雖在隆冬，看那臉色總似乎香汗淫淫。他穿的一件敝舊的大紅金補服，完全消失在大紅背景裏——本來，他不過是小生的父親，一個淒慘的角色。

他把小生喚出來，吩咐他到姑母家去住一晌，靜心讀書，徜門裏大約過於吵鬧。小生的白袍周身綉藍鶴，行頭果然光鮮。他進去打了個轉身，又換了件檸檬黃滿綉品藍花鳥的長衣，出門作客，拜見姑母。坐下來，便有人護惜地替他把後襟掀起來，高高搭在椅背上，台下一直可以看見他後身大紅袴子的白袴腰與黑隱隱的汗衫。姑姪正在寒暄敘話，小姐上堂來參見母親，一看見公子有這般美貌，頓時把臉一呆，肩膀一聳，身子向後一縮，由拍板連打了兩個噎。然後她笑逐顏開，媚眼水淋淋的一個一個橫抛過來；情不自禁似的，把她豐厚的肩膀一抬一抬。得空向他定睛細看時，卻又吃驚，又打了兩個噎。觀眾噗嗤噗嗤笑聲不絕，都說：「怎這麼難看相的？」又道：「怎麼這班子裏的人一個個的面孔都這麼難看？」又批評「腰身哪有這麼粗的？」我聽了很覺刺耳，不免代她難過，這才明白中國人所謂「抛頭露面」是怎麼一回事。其實這旦角生得也並不醜，厚墩墩的方圓臉，杏子眼，口鼻稍嫌笨重鬆懈了些；腮上倒是一對酒渦，粉荷色的面龐像是吹脹了又用指甲輕輕彈上兩彈而僥倖不破。頭髮仿照時行式樣，額前堆了幾大堆；臉上也為了趨時，胭脂搽得淡淡的。身穿鵝黃對襟衫子，上綉紅牡丹，下面卻是草草繫了一條舊白布裙。和小生的黃袍一比，便給他比下去了。一幕戲裏兩個主角同時穿黃，似乎是不智的，可是在那大紅背景之前，兩個人神光離合，一進一退，的確像兩條龍似的，又像是端午節鬧龍舟。

經老夫人介紹過了，表兄妹竟公然調起情來，一問一答，越挨越近。老夫人插身其間，兩手扠腰，歪著頭睖著他們，從這個臉上看到那個臉上。便不是宦人，就是鄉下的種田人家，也絕沒有這樣的局面。這老夫人若在京戲裏，無論如何對她總有相當的敬意的；紹興戲卻是比較任性的年青人的看法，很不喜歡她。天曉得，她沒有給他們多少阻礙，然而她還是被抹了白鼻子，披著一綹長髮如同囚犯，腦後的頭髮膠成一隻尖翹的角，又像個顯靈的鬼；穿的一身污舊的大紅禮服也和椅帔差不多。

小姐回房，心事很重，坐著唱了一段，然後吩咐丫鬟到書房去問候表少爺。丫鬟猜到了小姐的心事，覺得她在中間傳話也担著干係，似乎也感到為難，站在穿堂裏也有一段獨唱，表明自己的立場。這丫鬟長長的臉，有點凹。是所謂「鞍轎臉」。頭髮就是便裝，後面齊臻臻的剪短了，前面的鬢髮裏插著幾朵紅絹花，是內地的文明結婚裏女儐相的打扮。她穿一身石青摹本緞襖袴，繫一條湖綠腰帶，背後襯托著大紅帷幔，顯得身段極其伶俐，其實她的背有點駝，胸前勒著小緊身，只見心口頭微微墳起一塊。她立在舞台的一角，全身都在陰影裏，惟有一線陽光從上面射下來，像個惺忪隨便的spotlight，不端不正恰恰照在她肚腹上。她一手扠腰，一手翹著蘭花手指，點住空中，一句句唱出來。紹興戲裏不論男女老少，一開口都是同一個腔調，在我看來也很應當。如果有個實驗性的西方歌劇，背景在十八世紀英國鄉村，要是敢一個唱腔到底，一定可以有一種特殊的效果，用來表現那平靜狹小的社會，裏面「人同此心，心同此理。」說起來莫不頭頭是道，可是永遠是那一套。紹興戲的社會是中國農村，可是不斷的有家裏人出去經商，趕考，做官，做師爺，「賺銅板」回來。紹興戲的歌聲永遠是一個少婦的聲音，江南那一帶的女人常有這種樣的；白油油的闊面頰，雖有滿臉橫肉的趨勢，人還是老實人；那一雙漆黑的小眼睛，略有點蝌蚪式，倒掛著，瞟起人來卻又很大胆，手上戴著金戒指金鐲子，身上胖胖的像布店裏整疋的白布，聞著也有新布的氣味。生在從前，尤其在戲文裏，她大概很守婦道的，若在現在的上海杭州，她也可以在遊藝場裏結識個把男朋友，背夫捲逃，報上登出「警告逃妻湯玉珍」的小廣告，限她三日內回家。但是無論在什麼情形下，她都理直氣壯，彷彿放開喉嚨就可以唱上這麼一段。板紮的拍子，末了拖上個慢悠悠的「嗳——嗳——嗳！」雖是餘波，也絕不耍弄花巧，照樣直著喉嚨，唱完為止。那女人的聲音，對於心慌意亂的現代人是一粒定心丸，所以現在從都市到農村，處處風行著。那歌聲肉哚哚的簡直可以用手捫上去。這時代的恐怖，彷彿看一場恐怖電影，觀眾在黑暗中牢牢握住這女人的手，使自己安心。

而紹興戲在這個地方演出，因為是它的本鄉，彷彿是一個破敗的大家庭裏，難得有一個發財衣錦榮歸的兒子，於歡喜中另有一種悽然。我坐在前排，後面是長板凳，前面卻是一張張的太師椅與紅木匟床，坐在上面使人受寵若驚。我禁不住時時刻刻要注意到台上的陽光，那巨大的光筒，裏面一蓬蓬浮著淡藍的灰塵——是一種聽頭裝的日光，打開了放射下來，如夢如烟。……我再也說不清楚，戲台上照著點真的太陽，怎麼會有這樣的一種悽哀。藝術與現實之間有一塊地方疊印著，變得恍惚起來；好像拿著根洋火在陽光裏燃燒，悠悠忽忽的，看不大見那淡橙黃的火光，但是可以更分明地覺得自己的手，在陽光中也是一件暫時的倏忽的東西……

台上那丫鬟唱了一會，手托茶盤，以分花拂柳的姿勢穿房入戶，跨過無數的門檻，來到書房裏，向表少爺一鞠躬下去，將茶盤高舉齊眉。這齣戲裏她屢次獻茶，公子小姐們總現出極度倦怠的臉色，淡淡說一句：「罷了。放在檯上。」表示不稀罕。丫鬟來回奔走了兩次，其間想必有許多外交辭令，我聽不懂也罷。但見當天晚上公子便潛入綉房。

小姐似乎並沒有曉得他要來，且忙著在燈下綉鴛鴦，慢條斯理的先搓起線來，蹺起一隻腿，把無形的絲線繞在綉花鞋尖，兩隻手做工繁重。她坐的一張椅子不過是鄉下普遍的暗紅漆椅子，椅背上的一根橫木兩頭翹起，如同飛簷，倒很有古意。她正坐在太陽裏，側著臉，暴露著一大片淺粉色的腮頷，那柔艷使人想起畫錦裏的鴨蛋粉，裝在描金網紋紅紙盒裏的。只要身為中國人，大約總想去聞聞她的。她耳朵上戴著個時式的獨粒頭假金剛鑽墜子，時而大大地一亮，那靜靜的亙古的陽光也像是哽咽了一下。觀眾此刻是用隱身在黑影裏的小生的眼光來偷覰著，愛戀著她的。她這時候也忽然變得天真可愛起來了，一心一意就只想綉一對鴛鴦送給他。

小生是俊秀的廣東式棗核臉，滿臉的疙瘩相，倒豎著一字長眉，胭脂幾乎把整個的面龐都紅遍了。他看上去沒那女孩子成熟，可是無論是誰先起意的，這時候他顯得十分情急而又慌張。躲在她後面向她左端相，右端相，忍不住笑嘻嘻；待要躡腳掩上去一把抱住，卻又不敢。最後到底鼓起了勇氣把兩隻手在她肩上虛虛的一籠，她早已嚇得跳了起來，一看原來是表兄，連忙客氣地讓座，大方地對談。古時候中國男女間的社交，沒有便罷，難得有的時候，原來也很像樣。中國原是個不可測的國度。小生一時被禮貌拘住了，也只得裝著好像表兄妹深夜相對是最普通的事。後來漸漸的言不及義起來，兩人站在台前，只管把蝴蝶與花與雙飛鳥左一比右一比。公子一句話逼過來，小姐又一句話宕開去。觀眾對於文藝腔的調情不感興趣，漸漸嘖有煩言。公子到萬不得已的時候便臉紅紅的把他領圈裏插著的一把摺扇抽出來，含笑在小姐臂上輕輕打一下。小姐慌忙把衫袖上撣兩撣，白了他一眼。許久，只是相持不下。

我注意到那綉著「樂怡劇團」橫額的三幅大紅幔子，正中的一幅不知什麼時候已經撤掉了，露出祠堂裏原有的陳設；裏面黑洞洞的，卻供著孫中山遺像；兩邊掛著「革命尚未成功，同志仍須努力」的對聯。那兩句話在這意想不到的地方看到，分外眼明。我從來沒知道是這樣偉大的話。隔著台前的黃龍似的扭著的兩個人，我望著那副對聯，雖然我是連感慨的資格都沒有的，還是一陣心酸，眼淚都要掉下來了。

那佈景拆下來原來是用它代表床帳。戲台上打雜的兩手執著兩邊的竹竿，撐開那綉花幔子，在一旁侍候著。但看兩人調情到熱烈之際，那不懷好意的床帳便湧上前來。看樣子又像是不成功了，那張床便又悄然退了下去。我在台下驚訝萬分——如果用在現代戲劇裏，豈不是最大胆的象徵手法。

一唱一和，拖到不能再拖的時候，男人終於動手來拉了。女人便在鑼鼓聲中繞著台飛跑，一個逃，一個追，花枝招展。觀眾到此方才精神一振。那女孩子起初似乎是很大胆，事情發展到這地步，卻也出她意料之外。她逃命似的，但終於被捉住。她心生一計，叫道：「噯呀，有人來了！」哄他回過頭去，把燈一口吹滅了，掙脫身跑到房間外面，一直跑到母親跟前，急得話也說不出，抖作一團。老夫人偏又糊塗得緊，只是閒閒坐著搖著扇子，問：「什麼事？」小姐吞吞吐吐半晌，和母親附耳說了一句隱語，她母親便用扇子敲了她一下，嗔道：「你這丫頭！表哥問你要什麼東西，還不給他就是了！」把她當個不懂禮貌的小孩子。她走出房門，芳心無主，徬徨了一會；頓時就像個塗脂抹粉穿紅著綠的胖孩子。掌燈回到自己房裏，表兄卻已經不在那裏了，她倒是一喜，連忙將燈台放在地下，且去關門，上閂。一道一道都閂上了，表兄原來是躲在房裏的，突然跳了出來。她吃了一嚇，拍拍胸脯，白了他一眼，但隨即一笑接著一笑，不盡的眼波向他流過去。兩人重新又站到原來的地位，酬唱起來。在這期間，那張床自又出現了，在左近一聳一聳的只是徘徊不去。

末了，小生並不是用強，而是提出了一宗有力的理由——我非常想曉得是什麼理由——小姐還是揚著臉唱著：「又好氣來又好笑……」經他一席話之後便又愁眉深鎖起來，唱道：「左又難來右又難……」顯然是口氣已經鬆了。不一會，他便挽著她同入羅帳。她背後脖子根上有一塊肉肥墩墩的；一綹子細長的假髮沿著背脊垂下來，描出一條微駝的黑色曲線。小生只把她的脖子一勾，兩人並排，同時把腰一彎，頭一低，便鑽到帳子裏去了。那可笑的一剎那很明顯地表示他們是兩個女孩子。

老夫人這時候卻又醒悟過來，覺得有些蹊蹺，獨自前來察看。敲敲門，叫「阿囡開門！」

小姐顫聲叫母親等一等。老夫人道：「『母親』就『母親』，怎麼你『母母母母母』的——要謀殺我呀？」小姐不得已開了門放老夫人進來，自己卻堅決地向床前一站，扛著肩膀守住帳門，反手抓著帳子。老夫人查問起來，她只說：「看不得的！」老夫人一定要看，她竟和母親扭打，被母親推了一跤，她立刻爬起身來，又去死守著帳門；掙扎著，又是一跤摜得老遠。母親揭開帳子，小生在裏面順勢一個跌撲，跪在老夫人跟前，衣褶飄起來搭在頭上蓋住了臉。老夫人叫喊起來道：「嚇殺我了！這是什麼怪物？」小姐道：「所以我說看不得的呀。」老夫人把他的蓋頭扯掉，見是自己的內姪，當即大發雷霆。老夫人坐在椅上，小姐便倚在母親肩上撒嬌，笑嘻嘻的拉拉扯扯，屢次被母親甩脫了手。老夫人的生氣，也不像是家法森嚴，而是一個賭氣的女人，別過臉去噘著嘴，把人不瞅不睬。後來到底饒了他們，吩咐公子先回書房去讀書，婚事以後補辦。不料他們立刻又黏纏在一起，笑吟吟對看，對唱，用肘彎互相推一下。老夫人橫攔在裏面，楞起了眼睛，臉對臉看看這個又看看那個；半晌，方才罵罵咧咧的把他們趕散了。

這一幕鄉氣到極點。本來，不管說的是什麼大戶人家的故事，即使是皇宮內院，裏面的人還是他們自己人，照樣的做粗事，不過穿上了平金綉花的衣裳。我想民間戲劇最可愛的一點正在此；如同唐詩裏的「銀釧金釵來負水，」——是多麼華麗的人生。想必從前是這樣，在印度就一直是這樣。

戲往下做著：小生帶著兩個書僮回家去了，不知是不是去告訴父親央媒人來求親。路上經過一個廟，進去祝禱，便在廟中「驚艷」，看中了另一個小姐。那小姐才一出場，觀眾便紛紛讚許道：「這個人末相貌好的！」「還是這個人好一點！」「就只有這一個還……」以後始終不絕口地誇著「相貌好」「相貌好」。我想無論哪個城裏女人聽到這樣的批評總該有點心驚胆戰，因為曉得他們的標準，而且是非常狹隘苛刻的，毫無通融的餘地。這旦角矮矮的，生著個粉撲臉，櫻桃小口，端秀的鼻梁，腫腫的眼泡上輕輕抹了些胭脂。她在四鄉演出的時候大約聽慣了這樣的讚美，因此格外的矜持，如同慈禧太后的轎夫一樣穩重緩慢地抬著她的一張臉。她穿著玉色長襖，綉著兩叢寶藍色蘭花。小生這時候也換了淺藍綉花袍子。這一幕又是男女主角同穿著淡藍，看著就像是燈光一變，幽幽的，是庵堂佛殿的空氣了。小姐燒過香，上轎回府。兩個書僮磕起了頭來，尋不見他家公子；他已經跟到她門上賣身投靠了。——他那表妹將來知道了，作何感想呢？大概她可以用不著担憂的，有朝一日他功成名就，奉旨完婚的時候，自會一路娶過來，決不會漏掉她一個。從前的男人是沒有負心的必要的。

小生找了個媒婆介紹他上門。這媒婆一搖一擺，搧著個蒲扇，起初不肯薦他去，因為陌生人不知底細，禁不起他再三央告，畢竟經手把他賣進去了。臨走卻有許多囑咐，說：「相公當心！你在此新來乍到，只怕你過不慣這樣的日子，諸事務必留心；主人面前千萬小心在意，同事之間要和和氣氣。我過幾天再來看你！」那悲悲切切的口吻簡直使人詫異——是從前人厚道，連這樣的關係裏都有親誼？小生得機會便將他的來意據實告訴一個丫鬟。丫鬟把小姐請出來，轉述給她聽。他便背剪著手面朝外站著，靜等她託以終身。這時候的戲劇性減少到不絕如縷。……

閔少奶奶抱著孩子來接我，我一直賴著不走。終於不得不站起身來一同擠出去。我看看這些觀眾——如此鮮明簡單的「淫戲」，而他們坐在那裏像個教會學校的懇親會。真是奇怪，沒有傳教師的影響，會有這樣無色彩的正經而愉快的集團。其中有貧有富，但幾乎一律穿著舊藍布罩袍。在這凋零的地方，但凡有一點東西就顯得是惡俗的賣弄，不怪他們對於鄉氣俗氣特別的避諱。有個老太太托人買布，買了件灰黑格子的，隱隱夾著點紅絲，老太太便罵了起來道：「把我當小孩子呀？」把顏色歸於小孩子，把故事歸於戲台上。我忍不住想問：你們自己呢？我曉得他們也常有偷情離異的事件，不見得有農村小說裏特別誇張用來調劑沉悶的原始的熱情，但也不見得規矩到這個地步。

劇場裏有個深目高鼻的黑瘦婦人，架著鋼絲眼鏡，剪髮，留得長長的擄到耳後，穿著深藍布罩袍——她是從什麼地方嫁到這村莊裏來的呢？簡直不能想像！——她欠起身子，親熱而又大方地和許多男人打招呼，跟著她的兒女稱呼他們「林伯伯！」「三新哥！」笑吟吟趕著他們說玩話。那些人無不停下來和她說笑一番，叫她「水根嫂。」男男女女都好得非凡。每人都是幾何學上的一個「點」——只有地位，沒有長度、寬度與厚度。整個的集會全是一點一點，虛線構成的圖畫；而我，雖然也和別人一樣的在厚棉袍外面罩著藍布長衫，卻是沒有地位，只有長度、闊度與厚度的一大塊，所以我非常窘，一路跌跌衝衝，踉踉蹌蹌的走了出去。

（一九四七年作，一九八二年修訂於美國洛杉磯。）

‧初載於一九四七年四月上海《大家》第一期。

《太太萬歲》題記

《太太萬歲》是關於一個普通人的太太。上海的弄堂裏，一幢房子裏就可以有好幾個她。她的氣息是我們最熟悉的，如同樓下人家炊烟的氣味，淡淡的，午夢一般的，微微有一點窒息；從窗子裏一陣陣的透進來，隨即有炒菜下鍋的沙沙的清而急的流水似的聲音。主婦自己大概並不動手做飯，但有時候娘姨忙不過來，她也會坐在客堂裏的圓匾面前摘菜或剝辣椒。翠綠的燈籠椒，一切兩半，成為耳朵的式樣，然後掏出每一瓣裏面的籽與絲絲縷縷的棉毛，耐心地，彷彿在給無數的小孩挖耳朵。家裏上有老，下有小，然而她還得是一個安於寂寞的人。沒有可交談的人，而她也不見得有什麼好朋友。她的顧忌太多了，對人難得有一句真心話。不大出去，但是出去的時候也很像樣；穿上「雨衣肩胛」的春大衣，手挽玻璃皮包，粉白脂紅地笑著，替丈夫吹噓，替娘家撐場面，替不及格的小孩子遮蓋……

她的生活情形有一種不幸的趨勢，使人變成狹窄，小氣，庸俗，以至於社會上一般人提起「太太」兩個字往往都帶著點嘲笑的意味。現代中國對於太太們似乎沒有多少期望，除貞操外也很少要求。而有許多不稱職的太太也就安然度過一生。那些盡責的太太呢，如同這齣戲裏的陳思珍，在一個半大不小的家庭裏周旋著，處處委屈自己，顧全大局，雖然也煞費苦心，但和舊時代的賢妻良母那種慘酷的犧牲精神比較起來，就成了小巫見大巫了。陳思珍畢竟不是《列女傳》上的人物。她比她們少一些聖賢氣，英雄氣，因此看上去要平易近人得多。然而實在是更不近人情的。沒有環境的壓力，憑什麼她要這樣克己呢？這種心理似乎很費解。如果她有任何偉大之點，我想這偉大倒在於她的行為都是自動的，我們不能把她算作一個制度下的犧牲者。

中國女人向來是一結婚立刻由少女變為中年人，跳掉了少婦這一個階段。陳思珍就已經有中年人的氣質了。她最後得到了快樂的結局也並不怎麼快樂；所謂「哀樂中年」，大概那意思就是他們的歡樂裏面永遠夾雜著一絲辛酸，他們的悲哀也不是完全沒有安慰的。我非常喜歡「浮世的悲哀」這幾個字，但如果是「浮世的悲歡」，那比「浮世的悲哀」其實更可悲，因而有一種蒼茫變幻的感覺。

陳思珍用她的處世的技巧使她四周的人們的生活圓滑化，使生命的逝去悄無聲息，她運用那些手腕，心機，是否必需的!!她這種做人的態度是否無可疵議呢？這當然還是個問題。在《太太萬歲》裏，我並沒有把陳思珍這個人加以肯定或袒護之意，我只是提出有她這樣的一個人就是了。

像思珍這樣的女人，會嫁給一個沒出息的丈夫，本來也是意中事。她丈夫總是鬱鬱地感到懷才不遇，一旦時來運來，馬上桃花運也來了。當初原來是他太太造成他發財的機會的，他知道之後，自尊心被傷害了，反倒向她大發脾氣——這也都是人之常情。觀眾裏面閱歷多一些的人，也許不會過分譴責他的罷？

對於觀眾的心理，說老實話，到現在我還是一點把握都沒有，雖然一直在那裏探索著。偶然有些發現，也是使人的心情更為慘淡的發現。然而……文藝可以有少數人的文藝，電影這樣東西可是不能給二三知己互相傳觀的。就連在試片室裏看，空氣都和在戲院裏看不同，因為沒有廣大的觀眾。有一次我在街上看見三個十四五歲的孩子，馬路英雄型的；他們勾肩搭背走著，說：「去看電影去。」我想著：「啊，是觀眾嗎？」頓時生出幾分敬意，同時好像他們陡然離我遠了一大截子，我望著他們的後影，很覺得惆悵。

中國觀眾最難應付的一點並不是低級趣味或是理解力差，而是他們太習慣於傳奇。不幸，《太太萬歲》裏的太太沒有一個曲折離奇可歌可泣的身世。她的事跡平淡得像木頭的心裏漣漪的花紋。無論怎樣想方設法給添齣戲來，恐怕也仍舊難於彌補這缺陷，在觀眾的眼光中。但我總覺得，冀圖用技巧來代替傳奇，逐漸沖淡觀眾對於傳奇戲的無饜的欲望，這一點苦心，應當可以被諒解的罷？

John Gassner批評《Our Town》那齣戲，說它「將人性加以肯定——一種簡單的人性，只求安靜地完成它的生命與戀愛與死亡的循環。」《太太萬歲》的題材也屬於這一類。戲的進行也應當像日光的移動，濛濛地從房間的這一個角落照到那一個角落簡直看不見它動，卻又是倏忽的。梅特林克一度提倡過的「靜的戲劇」，幾乎使戲劇與圖畫的領域交疊，其實還是在銀幕上最有實現的可能。然而我們現在暫時對於這些只能止於嚮往。例如《太太萬歲》就必須弄上許多情節，把幾個演員忙得團團轉。嚴格地說來，這本來是不足為訓的。然而，正因為如此，我倒覺得它更是中國的。我喜歡它像我喜歡街頭賣的鞋樣，白紙剪出的鏤空花樣，托在玫瑰紅的紙上，那些淺顯的圖案。

出現在《太太萬歲》的一些人物，他們所經歷的都是些注定了要被遺忘的淚與笑，連自己都要忘懷的。這悠悠的生之負荷，大家分担著，只這一點，就應當使人與人之間感到親切的罷？「死亡使一切人都平等」，但是為什麼要等到死呢？生命本身不也使一切人都平等麼？人之一生，所經過的事真正使他們驚心動魄的，不都是差不多的幾件事麼？為什麼偏要那樣的重視死亡呢？難道就因為死亡比較具有傳奇性——而生活卻顯得瑣碎，平凡？

我這樣想著，彷彿忽然有了什麼重大的發現似的，於高興之外又有種淒然的感覺，當時也就知道，一離開那黃昏的洋台我就再也說不明白的。洋台上撐出的半截綠竹簾子，一夏天晒下來，已經和秋草一樣的黃了。我在洋台上篦頭，也像落葉似的掉頭髮，一陣陣掉下來，在手臂上披披拂拂，如同夜雨。遠遠近近有許多汽車喇叭倉皇地叫著；逐漸暗下來的天，四面展開如同烟霞萬頃的湖面。對過一幢房子最下層有一個窗洞裏冒出一縷淡白的炊烟，非常猶疑地上升，彷彿不大知道天在何方。露水下來了，頭髮濕了就更澀，越篦越篦不通。赤著腳踝，風吹上來寒颼颼的，我後來就進去了。

‧初載於一九四七年十二月三日上海《大公報‧戲劇與電影》第五十九期。

色，戒 短篇小說集三・一九四七年以後

真正的了解一定是從愛而來的，
但是恨也有它的一種
奇異的徹底的了解。

張愛玲
100TH ANNIVERSARY EDITION
百歲誕辰
紀念版

張愛玲最知名也最具爭議性的作品
國際大導演李安改編拍成電影
榮獲威尼斯影展最佳影片金獅獎，橫掃金馬獎八項大獎

為了「救國鋤奸」，王佳芝亟欲色誘刺殺特務頭目易先生，可始料未及的是，權勢的春藥雖然融解了易先生的城府，卻也撩燒著她體內的魔鬼，而隨著這場「愛國遊戲」逐漸失控，獵人與獵物，早已在不知不覺間錯位……〈色，戒〉是張愛玲少數以真實歷史為藍本，探討女性心理與情慾的異色之作。歷經家國戰火、與愛人走向歧路的她，文字風格亦隨之洗盡鉛華，從譏誚濃烈轉為樸素凝鍊。張愛玲為人生翦落了枝蔓，卻也因此撥雲見日，開啟了文學創作的神域。

國家圖書館出版品預行編目資料

華麗緣：散文集一 一九四〇年代／張愛玲 著.
-- 二版. -- 臺北市：皇冠, 2020.6
面；公分. --（皇冠叢書；第4853種）
（張愛玲典藏；11）

ISBN 978-957-33-3538-2（平裝）

855　　109005506

皇冠叢書第4853種
張愛玲典藏 11

華麗緣

散文集一　一九四〇年代
【張愛玲百歲誕辰紀念版】

作　　者—張愛玲
發 行 人—平　雲
出版發行—皇冠文化出版有限公司
台北市敦化北路120巷50號
電話◎02-2716-8888
郵撥帳號◎15261516號
皇冠出版社(香港)有限公司
香港銅鑼灣道180號百樂商業中心
19字樓1903室
電話◎2529-1778　傳真◎2527-0904
總 編 輯—許婷婷
責任編輯—張懿祥
美術設計—王瓊瑤
著作完成日期—1947年
張愛玲典藏二版一刷日期—2020年6月
張愛玲典藏二版九刷日期—2024年8月
法律顧問—王惠光律師

讀者服務傳真專線◎02-27150507
電腦編號◎001211
ISBN◎978-957-33-3538-2
Printed in Taiwan
本書定價◎新台幣350元　港幣117元